中国现代小说
市镇叙事研究

邱诗越◎著

中国社会科学出版社

图书在版编目（CIP）数据

中国现代小说市镇叙事研究/邱诗越著．—北京：
中国社会科学出版社，2017.12
ISBN 978-7-5203-0318-7

Ⅰ.①中…　Ⅱ.①邱…　Ⅲ.①小说研究—中国—当代
Ⅳ.①I207.42

中国版本图书馆 CIP 数据核字(2017)第 090597 号

出 版 人	赵剑英	
责任编辑	郭晓鸿	
特约编辑	席建海	
责任校对	韩海超	
责任印制	戴　宽	

出　　版	中国社会科学出版社	
社　　址	北京鼓楼西大街甲 158 号	
邮　　编	100720	
网　　址	http://www.csspw.cn	
发 行 部	010-84083685	
门 市 部	010-84029450	
经　　销	新华书店及其他书店	

印刷装订	北京君升印刷有限公司
版　　次	2017 年 12 月第 1 版
印　　次	2017 年 12 月第 1 次印刷

开　　本	710×1000　1/16
印　　张	18.75
插　　页	2
字　　数	218 千字
定　　价	79.00 元

目　　录

绪　　论

　　在中国现代社会，除了广袤的乡村和屈指可数的都市，还有遍布各地的市镇。中国现代市镇文学是中国现代文学中的一个独特的文学现象。中国现代文学史上，有一大批现代作家有意识或无意识地从事市镇文学的创作，并且成绩斐然。市镇文学在中国现代文学史上是一个客观存在的文学现象，却因概念、内涵的模糊而被学界在一定程度上忽略。在中国现代社会，在地理空间和份额上，市镇社会与乡村社会、都市社会呈三足鼎立之势。市镇是认识中国现代社会的一个重要的地理单元，市镇与乡村、都市之间既相互联系又相互区别，既兼带有乡村与都市的一些特点，又具有自己的独立品格。市镇是介于都市和乡村之间的存在，是乡村的扩大、都市的缩小。中国现代市镇小说与乡土文学相通，但又有所超越：既趋向现代性，又与都市文学相联系，与大众生活息息相关；既是现代的，又是传统的。中国现代市镇小说的叙事角度既是向后看的又是向前看的。因此，以市镇小说叙事作为研究视角所反映的社会现实与民族现状就具有了某种普遍性与特殊性。

一 市镇概念辨析与市镇叙事的内涵

本书的研究对象为中国现代小说市镇叙事，那么就有必要先对"市镇"进行明确的概念辨析与定义。本论著用的"市镇"一词源于我国著名社会学家费孝通的《乡村·市镇·都会》一文，他在该文里首次将我国社会结构划分为"乡村、市镇和都会"三元并立模式的结构，而不是此前的"乡村和都市"二元对立模式的结构，这一提法在当时引起了很大的社会反响，他本人也为我国的城镇建设和城市发展做出了突出的贡献。对对象的定义也即对其边界的划定和对其意义的揭示，这也说明了定义的难度与复杂性。关于定义，齐格蒙·鲍曼在他的《立法者与阐释者》里就指出："每一次定义活动都在努力确立定义者自己的身份。每一种定义都把一个领域劈为两半：彼与此，内与外，我们与他们。每一种定义都最终宣告了一种对立，这种对立的标志就是：在界线的这边存在的某一种特征，恰为界线之另一边所缺乏。"① 对市镇的定义也恰如齐格蒙·鲍曼所说的那样，市镇是相对于乡村和都市的比照来进行界定的。

在对市镇进行界定之前，我们先看看有关城市的定义。马克

---

① ［美］齐格蒙·鲍曼：《立法者与阐释者》，洪涛译，上海人民出版社 2000 年版，第 9 页。

思、恩格斯对城市的定义是："城市本身表明了人口、生产工具、资本、享乐和需要的集中；而在乡村里所看到的都是完全相反的情况：孤立和分散。"① 在这里，将城市和乡村的特征进行了对比，指出城市所具有的鲜明特征之一是"享乐和需要"。列宁认为："城市是经济、政治和人民的精神生活的中心，是前进的动力。"② 指出了城市的重要地位及其在社会发展中所起的重大作用。我国学者杨东平说："城市是一个自然和地理单元；城市是人类的一种聚居方式；城市是一片经济区域；城市是一种文化空间；……城市是一种生活方式；城市是一种群体人格；城市是一种氛围，城市是一种特征……城市正像文化一样，是一种很难定义是什么的现实。"③ 从这里，我们可以看出对城市定义的难度及城市内涵的丰富性。帕克在《城市》一书里认为："城市不只是一群人和社会设施（街道、建筑等）的聚合，也不只是一组制度和管理设施（宫廷、医院、学校）。城市毋宁说是一种心态，一套习俗和传统，一套有序的态度与情感，它们内在于习俗中，通过传统而传承。"这一观点指出了城市的物化特征和文化内涵。《康熙字典》里认为城市应具有如下特征。（1）买卖之所也。（2）日中为市，致天下之民，聚天下之货，交易而退，各得其所。（3）古未有市，若朝聚井汲，便将货物于井边货卖，曰市井。（4）大市，是昃（中）而市，百姓为主；朝市，朝时而市，

---

① 《马克思恩格斯全集》第 3 卷，人民出版社 1986 年版，第 24—25 页。
② 《列宁全集》第 19 卷，人民出版社 1989 年版，第 264 页。
③ 杨东平：《城市季风》，东方出版社 1994 年版，第 2 页。

商贾为主；夕市，夕时而市，贩夫贩妇为主。① 这里指出了城市的形成及其经济贸易功能。《不列颠百科全书》认为："城市是一个相对永久性的和高度组织起来的人口集中的地方，比城镇和村庄的规模大，也更为重要。"将城镇和村庄作为城市的参照物，强调人口聚集和一定的规模。《美国百科全书》认为："城市是一个特定的市政自治体的类型，是比较密集的相当规模人口（2500 人以上）的聚合体。"这里强调了城市的管理方式，并将人口规模纳入硬性指标。《中国大百科全书》认为："城市实际上是规模大于乡村和集镇的、以非农业活动和非农业人口为主的聚落，是一定地域范围内的政治、经济、文化中心。"突出城市的规模、主要人口的组成成分和其功能特点。《苏联百科全书》认为："城市是一个规模大的，其居民主要从事工业、贸易以及服务业、行政、科学和文化领域的人口聚居地区，是周围的行政和文化中心。"该定义与《中国大百科全书》的界定相似，强调了城市的规模和功能，指出了更加具体的人口组成成分。

上述各种关于城市的定义归纳起来强调了城市的如下特征：一定的规模、人口密度及其非农成分、政治功能、经贸中心、精神特点和文化内涵等。从以上诸多的界定中，我们可以看出城市内涵的丰富性和复杂性。并且在实践中，不同国家、不同时代、不同标准对城市的具体界定也不同，这是因为城市自身

---

① 转引自费孝通《谈小城镇研究》，《费孝通文集》第 8 卷，群言出版社 1999 年版，第 494—495 页。

处在不断的变化发展中，它是动态的而不是静态的，因此得出的是一个相对概念，就如同上海，由早期的小渔村渐渐发展成县城，经过上百年的发展，今日已是繁华的国际性大都市。也正因为如此，格拉夫梅耶尔关于"城市现象的辖地现实是模糊的"① 这一研究结论就很好理解了。

我们看到，上述各种定义对城市进行界定时，以乡村为参照物，常常在对照比较中确立两者之间的内涵。威廉斯（Williams）在《乡村与城市》一书中就曾这样写道："在乡村汇聚了自然生活方式的想法：平和、简单、纯朴的美德。在城市则汇聚了成就中心的想法：学问、通信、光。由此发展出强烈的对立观念：城市是喧嚣、庸俗、充满野心的地方，乡村则是落后、愚昧、狭隘的地方。"这里写出了乡村与城市这种二元对立社会结构的不同内涵：现代、世俗是城市的特点，传统、落后则是乡村的代名词。同样，对市镇的定义也是在都市与乡村的双向比照制约中进行的，正如社会学家辛秋水所说的："它的形成与发展正是我国城乡二元社会的结构对立运动的逻辑结果。"② 在社会的发展中，市镇这一社会结构现象确实存在，是不同于乡村和城市的另一种社会形态，"如果仔细地考察小城镇社会，将发现小城镇社会既不同于一般意义的城市社会，更不是一般意义的乡村社会"③。这说明市镇的存在呈现了自身的特点与内涵，拥有了自身的意义。

---

① ［法］格拉夫梅耶尔：《城市社会学》，徐伟民译，天津人民出版社 2005 年版，第 1 页。

② 辛秋水：《小城镇：第三种社会》，《福建论坛》2001 年第 5 期。

③ 同上。

"市镇"这一术语与常用的"小城市、县城、小城镇、集镇或镇"近似，具有类似的内涵与外延，甚至有时候替换使用。关于城镇的研究，国外开始得比较早。国外早在 20 世纪 20 年代就已开始了对城镇体系（urban system）的研究，英国学者霍华德（E. Howard）在"田园城市"（garden cities）模式中就提出了关于城镇体系的概念雏形。随后，德国地理学家克里斯泰勒（W. Christaller）在 1933 年提出了著名的中心地理论，进一步深化了城镇体系的概念内涵；直到 1960 年，"城镇体系"这一名称才得以确立，由美国地理学家邓肯（O. D. Duncan）和其同事在《大都市和区域》一书中首次明确提出。进入 20 世纪 70 年代以后，对城镇体系的研究进入了高潮时期。① "韦伯认为中世纪市镇是西方历史上的一个重要阶段。市镇在很大程度上宣告了资本主义和现代国家的发展，而后两者反过来又对市镇组织及其他权力机构的关系施加影响。"② 这也说明了在西方社会市镇也是很重要的一种社会形态。而我国著名社会学家费孝通对我国小城镇的研究也做出了突出贡献，他写成于 1947 年、收录于《乡土重建》一书的有重要影响力的《乡村·市镇·都会》一文中也提到了关于市镇与都会和乡村在经济发展上的关系，这里的市镇也即指小城镇。在《乡土重建》一书里，费孝通将因乡村间的商业活动而使人口聚集所形成的社区称为"市"，以此来区分"城"；所谓"市"，

---

① 参见李靖《国内外城镇体系研究综述与展望——兼论贵州城镇体系研究应注意的几个问题》，《农村经济与科技》2008 年第 12 期。
② ［法］格拉夫梅耶尔：《城市社会学》，徐伟民译，天津人民出版社 2005 年版，第 8 页。

即是买卖的地方，因为在我国古代"'城'的本义指包围在一个社区的防御工事，也即是城墙"。①

市镇是在农村集市的基础上逐步发展起来的。在早期，农民之间因彼此的需要进行物品交换以互通有无，由开始的物物交换到后来的货币贸易，渐渐发展成了农村农产品的交换中心，由不定期至定期的交易发展到长期稳定的市场贸易活动，从农村的贸易中心逐渐发展成商业集镇。学者顾朝林就指出了市镇的形成发展过程："草市向商业集镇演变。随着草市的进一步发展和大量兴起，使一些大的农村集市成为附近地区的集散中心和城乡交流的联结点，从而演变为市镇。"②

农村集市的称谓有很多，刘石吉在研究中就指出："墟市或集市贸易，是中国城乡传统的商品交换形式。根据古代文献记载，它的前身，名称繁多，最初称为'市'；南北朝后，长江流域及北方农村称'草市'，南方农村称'墟市'；西南地区特别是四川叫'亥市'。有些地方称村市、山市、野市、子市、早市、庙市、草墟、村墟、水步、山步、道店、庄店、草店、野店等，不一而足。"③ 集市发展成为集镇、市镇，除了交换剩余农产品，还有相当部分的商品性农产品参与交换，这样集镇慢慢就成了收购农产品和手工业品的基点，集镇也因此成为附近农民的经济交换中心。

---

① 费孝通：《费孝通文集》第四卷，群言出版社 1999 年版，第 322 页。

② 顾朝林：《中国城镇体系——历史·现状·展望》，商务印书馆 1992 年版，第 83 页。

③ 刘石吉：《明清时代江西墟市与市镇的发展》，梁庚尧等编《城市与乡村》，中国大百科全书出版社 2005 年版，第 289 页。

目前，学者对市镇概念的界定还较模糊，不甚明晰。城市有时涵盖了城镇，如胡顺延等在《中国城镇化发展战略》一书中就指出了这一情况："从广义上讲，城市是与乡村居民点相区别的各种城镇型居民点的总称。在这种情况下，'城市'与'城镇'这两个概念是相同的。从狭义看，'城市'与'城镇'这两个概念又有严格区别。"① 这里反映了一种现象，城镇概念因模糊不清被纳入城市范围，而实际上这两个概念是有不同之处的。著名社会学家费孝通曾在《小城镇，大问题》一文中给出了"小城镇"的定义："有一种比农村社区高一层次的社会实体的存在，这种社会实体是以一批并不从事农业生产劳动的人口为主体组成的社区。无论从地域、人口、经济、环境等因素看，它们都既具有与农村社区相异的特点，又都与周围的农村保留着不可缺少的联系。我们把这样的社会实体用一普通的名字加以概括，称之为'小城镇'。"② 费孝通从与农村的对比中，指出小城镇自身所具有的特点及与乡村的联系。而李云才则认为："小城镇是一个包括市镇地区及其周围乡村在内的经济社会实体，它是乡村中一定范围内政治、经济、文化的中心，又是城市联络乡村的桥梁、纽带和结合点。它既是一个行政区划概念，又是一种经济社会形态。""行政概念上，凡是建制镇都是国家政权中的基层政权，和乡是同一级建制。作为经济形态，小城镇是城、镇、乡经济网络中的网点。小城镇不仅包括作为基层政权的建制镇，还包括各种不同规模、

---

① 胡顺延等：《中国城镇化发展战略》，中共中央党校出版社2002年版，第2页。
② 费孝通：《费孝通文集》第9卷，群言出版社1999年版，第199页。

不同层次的非建制镇。从性质上说，小城镇具有城市和农村的双
重属性。"① 这里，主要说明了小城镇与乡村的紧密联系及近乡联
城的特点，指出小城镇不仅是社会形态也是一种经济形态。学者
熊家良在他的专著《现代中国的小城文化与小城文学》一书里这
样定义"小城"："区别于大、中城市和农村乡脚的，具有一定规
模的，主要由从事非农业生产活动的人口聚居的，一定区域的政
治、经济、文化和教育中心。"② 熊家良将"一部分小城市、县
城、建制镇、非建制镇、规模较大的农村集镇和规模较小的中等
城市纳入'小城'的范畴。"③ 熊家良如此界定"小城概念"是由
于他主要着重于外部研究，涉及文本本身的研究所占的比例较小，
但笔者依旧觉得他在认定"小城"时较抽象，将小城范围有扩大
之嫌。在美国，小城镇就有两种概念，一种就叫小城市，即
"small city"；另一种叫小镇，即"little town"；美国的小城镇往往
是由居民住宅区演变而来的，一般 200 人的社区就可申请设镇，
如有足够的税源，几千人的社区就可申请设"市"。鉴于以上所
述及笔者的具体研究对象，本书所指的中国现代"市镇"既不包
括以农业生产为经济活动的乡村聚落，又不包括层次复杂的都
市（大、中城市），比都市小且具有一定的规模，人口绝大多数主
要从事非农业生产活动，是一定区域的政治经济、文化教育、交
通运输、娱乐消费和商业服务的中心，它既有都市的部分要素

---

① 李云才：《小城镇新论》，气象出版社 1994 年版，第 489 页。
② 熊家良：《现代中国的小城文化与小城文学》，中国社会科学出版社 2007 年
版，第 52 页。
③ 同上。

又有乡村的部分属性，是都市与乡村之间的过渡带，也是城乡要素交流的载体。在这里所指的规模范围主要采用学术界通用的标准，即指 20 万人口以下、2000 人口以上的，非农业人口和非农业活动占有相当比例的小城市、工矿区、县城、建制镇和非建制镇及集镇。这样，对中国社会结构的划分就构成了"都市—市镇—乡村"三元并立的社会结构划分模式。从特性和功能来说，市镇与都市和乡村既有联系又有区别，是城乡的过渡带，"是一定社会范围内一定量的各种城市生产和生活要素与农村生产和生活要素的有机的空间结合形式"①。"小城镇是城乡生产要素交流的'变换炉''合成塔'和商品交换的'中转站'"，② 市镇带有都市的某些色彩，又带动影响着农村的发展，是所谓的"城之尾，乡之头"；市镇具有城与乡的双重特色，"它是作为联结城乡的纽带，既是构成城市体系的一部分内容，也是农村发展的中心。"③

笔者在书中使用"市镇"而不沿用其他的类似术语，主要原因有三。第一，因为笔者的研究对象"市镇"相较于其他的术语更能体现其因商业经贸的发展而逐步形成的渐进动态过程；市镇是逐步形成的：人们因生活所需先是形成初级草市、集市，伴随着经济的发展逐步发展成为集镇至市镇。正如学者顾朝林在其专著中所说的："明、清时期，大多数市镇都是在原有乡村的基础

---

① 李云才：《小城镇新论》，气象出版社 1994 年版，第 7 页。
② 同上书，第 14 页。
③ 张晓山、胡必亮编《小城镇与区域一体化》，山西人民出版社 2002 年版，第 8 页。

上逐渐发展成集市、集镇和市镇的，其人口增长很迅速。"① 在
《周礼·地官》中也生动地描述了古代市镇的形成过程及其所具
有的经济性质，"大市日昃而市，百族为主。朝市朝时而市，商贾
为主。夕市夕时而市，贩夫贩妇为主"。明朝正德年间编纂的
《姑苏志》（卷18）在写到"市镇"时就认为："居民所聚谓之
村，商贾所集谓之镇"；明朝成化年间编撰的《湖州志》（卷4）
也有类似的看法："商贾聚集之处，皆称为市镇"，这里很明确地
指出了村与镇的人口成分的不同，市镇主要人口为"商贾"，同
时也指出了市镇所具有的商业性特征。这些说明了市镇是因经济
的发展而逐步形成的，最显著的特征是其商业性。第二，通过大
量的阅读发现，在中国现代小说文本里常常出现"市镇"这一称
谓，如"看了我们这样多的茶馆，人们会以为我们这市镇很大
吧……"②"远远的一带枫树林子，拥抱着一个江边的市镇，这个
市镇在左右的乡村中，算是一个人口最多风景最美的地方"。③
等。第三，通过阅读发现，笔者所研究的对象背景主要为县城和
镇，那种经济不够发达、规模较小的小城市在笔者的研究对象中
并不多，只占很小一部分。基于以上诸种原因，笔者将研究对象
称之为"市镇"而不是其他的名谓。

巴赫金曾说："对内涵的界定，揭示其深刻而复杂的本质。理
解内涵就是通过直观（观照）来发现实有的东西，再通过建树性

---

① 顾朝林：《中国城镇体系——历史·现状·展望》，商务印书馆1992年版，第
115页。
② 沙汀：《沙汀文集》第1卷，上海文艺出版社1986年版，第318页。
③ 王统照：《王统照文集》第1卷，山东人民出版社1980年版，第23页。

的创造去加以补充。"① 那么，中国现代市镇文学的内涵又是什么呢？笔者认为中国现代市镇文学的内涵为：一是以市镇为背景，写作市镇内容为其素材，作品呈现出市镇生活特征，以此来区别于都市文学和乡土文学；二是市镇的地方性内涵，作品中呈现出市镇的地方风俗、自然风物和人文风貌等独特的区域性特色，彰显其特有的意蕴价值，而这些特征既有别于都市也不同于乡土；三是现代市镇意识，在现代化的发展过程中，文本体现了对城乡的冲突与抵牾的观照，写出了现代市镇生活的内涵，呈现出不同于其他时代的同类题材作品的特征。因此，笔者认为市镇叙事即是以市镇为其背景，以写作市镇人物及市镇生活为其主要内容，市镇在文本中能对人物及情节起到牵引或推动的作用，且呈现了现代市镇意识及市镇的独特地方性内涵与意义的文本，皆称之为市镇叙事作品。中国现代市镇小说是中国现代市镇叙事的主要表现形式。

二　中国现代小说市镇叙事研究的意义

学术界对城市的研究无论在国内或国外都非常重视且取得了累累硕果，而对市镇的研究相对来说就较为薄弱了，究其原因主要是因为市镇的概念未能得到确立、内涵界定模糊不清所导致。在现代，中国市镇的地位和性质似乎尴尬而暧昧不清，在一定程度上被忽略。市镇在理论上没有独立的地位，城市学家、社会学家常常将小城镇（或市镇）研究纳入城市视角，关注其在社会政

---

① 〔苏〕巴赫金：《文本：对话与人文》，白春仁等译，河北教育出版社 1998 年版，第 377 页。

治经济层面的城市化、工业化进程。1947 年，我国著名社会学家费孝通在《乡村·市镇·都会》一文里提到了市镇，但只是将其作为一种现象提出来，指出市镇经济现象的存在，他本人 1983 年在《小城镇，大问题》一文里对"小城镇"给出了自己的定义，指出小城镇是有别于城市与乡村的一种社会形态；辛秋水 2001 年在《小城镇：第三种社会》里也指出小城镇既不是一般意义上的城市社会，也不是一般意义上的乡村社会，而是"单位—家族制"的"第三种社会"，认为当前中国的社会结构形态，实际上呈乡村社会、城市社会与市镇（或小城镇）社会的"三足鼎立"之势。就中国现代社会结构形态而言，更是如此。目前，研究者对市镇（或小城镇）的研究主要集中在经济学、社会学、城市地理学等方面，而从市镇角度对市镇文学现象进行的研究则相对较少。

　　中国现代市镇文学是中国现代文学中的一个独特存在。在中国现代文学研究中，因研究者的研究视角不清导致市镇的地位、性质模糊，致使市镇的特殊性没有受到重视。许多研究者常常把小县城、大集镇甚至部分中等城市都当作"大农村"，这样从理论的角度来看，市镇又似乎与乡村连为一体了；在文学研究领域，常常是将市镇文学现象放到"乡土文学（或乡村文学）"的范畴里去研究讨论，如凌宇等主编的《中国现代文学史》在谈到"乡土小说"时就指出："所谓'乡土小说'，是指以故乡农村或小市镇的生活为题材，着力于风土人情的描绘，具有浓郁的地方色彩的小说。"[1] 这里，我们看到乡土文学将市镇题材涵盖了，市镇文

---

① 凌宇等编：《中国现代文学史》，湖南师范大学出版社 1993 年版，第 88 页。

学现象被遮蔽了。袁行霈在他的《中国文学概论》里把中国古代文学分为宫廷文学、士林文学、市井文学、乡村文学四类，其中的"市井文学"就涵盖了市镇文学作品。可见，市镇文学现象无论过去或是现在常因概念、内涵的模糊而被学界在一定程度上忽略了。市镇文学在中国文学史上是一个客观存在的文学现象。在古代，南北朝民歌、唐传奇、宋元话本等都有对市镇现象的反映，如"三言二拍"里的《蒋兴哥重会珍珠衫》《王娇鸾百年长恨》《十五贯戏言成巧祸》等作品里就有对古代市镇的叙述；然而，由于古代封建传统文化的强制作用和制约力量，以及古代市镇体系经济职能大都寄生于行政职能的特性，文化中的区域特征并不十分明显，语境的界限相对来说较模糊。在古代文学里，流派的形成、作家作品的差异主要是由于文学主张的不同而形成各自的特色，如在文坛上影响深远的"桐城派"，戴名世、方苞、刘大櫆、姚鼐、梅曾亮、曾国藩等同为此派，代表人物并不全是桐城人，地域超越桐城遍及全国，如梅曾亮为江苏上元人（今江苏南京人）、曾国藩为湖南湘乡人，但他们都隶属此派，其主要原因是他们的观点主张相同，风格特色相近，此派在思想上倡导"阐道翼教"，提倡程朱理学，语言简明、条理清晰，追求清真雅正的风格是其鲜明的特色。在外国文学中，也有市镇文学作品，不过西方国家特别是美国的市镇与中国的市镇有所不同，美国的市镇高度自治，独立性强，各种机构设施都相对完善，工业化、城市化、现代化水平较高，正因如此，他们的市镇作品有别于中国的同类题材作品，而是呈现了自己的鲜明特色。如美国著名作家舍伍德·安德森发表于1919年的成名作《小城畸人》里就反映了小镇人的孤独和痛苦，人们没有因工业化带来的经济发展和物质丰富而感受到生活的幸福，相反在人与人的隔膜与无助中，他们无力主宰自己的命运，时时遭受各种压抑而异化成为畸人。

就市镇所处的空间共生结构而言，市镇是乡的扩大和都市的缩小，与城乡有血缘联系但又有差别。叶圣陶在《某镇纪事》里就写出了城镇之间的差别：李大爷当官的儿子回来，为了设宴迎接款待，镇上名厨阿鲜想办法力求在此次筵席上做得尽善尽美，"马上搭小火轮跑上海。回来时带着一大网篮西式点心糖果以及渡过太平洋远道而来的橘子、苹果之类，阿鲜说，这叫没法里想出办法来。在这镇上，大批地消费这类东西，的确是破天荒"①。这里写出了城镇间物质寡丰上的鲜明差异。市镇既具有自然经济也有商品经济，与农村相区别同时又保持着联系，兼有乡村与都市的特点，又具有自己的独立品位，即市镇既有商业性又有小农性，如同"半农的城市"。茅盾的小说《霜叶红似二月花》里就写出了市镇与都市和农村的联系：王伯申开办的轮船公司已经使得"上海市面上一种新巧的东西出来才一礼拜，我们县里也有了"；商路开通后，他用存款开办地方工业，进行经济扩张，从这些因素我们可以看出市镇经济趋利的一方面。另外，在小说中，我们也看到了市镇经济对农村的影响，赵守义与王伯申的冲突最后却直接损害了农民的利益——轮船在河水暴涨时通行冲毁了农田，农民受损。在茅盾的小说《林家铺子》里，通过小商人及其经营的商品，把殖民化的都市与殖民化的农村自然地联系起来，从小

---

① 叶圣陶：《叶圣陶集》，江苏教育出版社1987年版，第411页。

说里我们很清楚地看到了市镇与都市和农村之间的联系。在现代中国，市镇是认识中国社会的一个重要地理单元和观察窗口，市镇邻接乡村，翘首都市，处在乡村与都市的两极之间，是都市联络乡村的桥梁、纽带和结合点；在文化上，市镇是现代与传统的过渡带，一方面深受乡土文明牵绊，另一方面又亲近现代文明，这就决定了市镇小说在意识形态上的边缘性和中介性，同时也形成了文学上市镇叙事的二向性功能。同时，就空间构形来说，市镇显然不同于大城市。学者王德威就曾这样描述沈从文的故乡凤凰县："漂浮、回荡在沈从文记忆中的超自然力量与古老道德，是凤凰与湘西不同于上海或北京的地方，它们构成了楚文化。"① 王德威这样说，是为了说明在中国现代文学中，凤凰作为市镇与上海、北京等大城市的不同之处，不仅在于它的空间轮廓，还在于它的文化内蕴，这也进一步说明了地方文化对市镇的"构形"有很大的影响。不同的地方呈现出不同的地方特色和文化特征，正如荀子所说的"越人安越，楚人安楚，君子安雅。是非知能材性然也，是注错习俗之节异也"。（出自《荀子·荣辱第四》）"居楚而楚，居越而越，居夏而夏，是非天性也，积靡使然也。"（出自《荀子·儒效第八》）这也进一步说明了不同的作家在其作品里呈现出独具的地方性特征是一种普遍特色。美国人类学家施坚雅在研究中国的市镇发展后，在《中华帝国晚期的城市》一书中就指出地方化是中国市镇发展和城市化进程的一个鲜明特色。市镇小说文本的叙述语境呈现出特定的地域文化色彩，蕴含了独特的审

---

① 王德威：《写实主义与中国现代小说》，麦田出版社 2009 年版，第 265 页。

美意蕴和价值，呈现了独特的风格和审美特征。汪曾祺的小说创作正是因为呈现出明显的地域特色，才被学界称为"最有风格的作家"，并将其定位为"风俗画作家"。

　　中国现代市镇文学是最近几年学术界才提出的一个新课题。从市镇这一特定的角度入手，结合中国现代市镇所特有的社会结构和文化形态，笔者从不同的研究"视角"发现了一些重要的文学现象，这有益于拓展研究视野、深化中国现代文学研究，有助于完整、清晰地把握中国现代市镇小说所特有的审美内涵，展示其被既有研究模式所忽视或遮蔽的文学价值。作为小说文本中的一个地域空间，市镇在叙事中最基本的功能就是标明故事发生的地点，但它在文本中的意义又不仅仅止于"地域空间"，"市镇"的功能超出了文本。市镇既是作家的想象空间也是其叙事资源，如小镇在鲁迅的创作想象中就占有非常重要的地位，学者李欧梵在《铁屋中的呐喊》一书中就指出："在他（鲁迅）的 25 篇小说中，14 篇说的都是以 S 城（显然是鲁迅故乡绍兴的投影）和鲁镇（他母亲的故乡）为中心的农村世界"。① 市镇承载了丰富的意义与内涵，它不仅是静态的地理概念，还是一个不断变化的历史范畴；它既是一种地理意义上的现实区域，也是精神意识层面上的一种文化符码，其丰厚的内蕴涉及社会学、历史学、经济学、人类学等诸多领域，包含了多重语义空间；它能给人以遐思与想象，既呈现了地域特点和文化内涵，又包含了现代性质素和都市文化的内涵，还与传统文化息息相关。

---

　　① ［美］李欧梵：《铁屋中的呐喊》，李慧珉译，岳麓书社 1999 年版，第 60 页。

在中国现代文学史上，乡土文学是一个非常重要的范畴。据文学史家考证，这一提法最早由张定璜提出，1926 年他在评论鲁迅先生的创作时称之为"乡土小说"；而真正对乡土文学进行界定并产生深远影响的是鲁迅先生，他于 1935 年 3 月在《中国新文学大系·小说二集·导言》中写道："蹇先艾叙述过贵州，裴文中关心着榆关，凡在北京用笔写出他的胸臆来的人们，无论他自称为主观或客观，其实往往是乡土文学……"① 而事实上"乡土文学"并非是一个文学地理学概念，它其实是对某种文学风格或文学特点的概括，因"乡土文学"的提法重在主观，重乡土内容和地方色彩，人文学者更多关注的是"乡土中国"与"现代中国"的互动关系。"中国现代市镇小说"的提出超越了以往在中国现代文学分类上的狭隘性和二元化的文学分类模式（"乡土文学——都市文学"）。中国现代市镇文学与乡土文学相通，但又有所超越；既趋向现代性，又与都市文学相联系，与大众生活息息相关，既是现代的，又是传统的。中国现代市镇小说的叙事角度既是向后看的又是向前看的。向后看指向乡土和传统文明，向前看指向城市和现代文明，这种叙事角度对作家来说是矛盾的、二律背反的，如沈从文、师陀等作家的市镇小说都有这方面内容的呈示。

市镇在中国现代社会是一个客观的存在图景，正如学者张英进指出的，"在现代中国小说描述的文化景观中，小镇占有突出地

---

① 鲁迅：《中国新文学大系·小说二集·导言》，赵家璧编《中国新文学大系》，上海良友图书公司 1935 年版，第 9 页。

位，这已是批评界的共识。大多数情况下，当一个中文作品中提到'县城'或'山城'时，我们的脑海里马上会浮现出小镇的形象"。① 不同作家笔下的市镇呈现着不同的风貌，不同地区的市镇在地理、风俗、生活等方面也存在着差异，而作为整体的这些市镇小说，生动地再现或表现了20世纪的上半个世纪中国的时代风云变化，以及介于乡村和大城市之间的市镇的生活状况。

中国现代市镇小说内涵深广，作家多、作品量丰、存在面广，因此很有必要对所研究的对象划定一个疆界，这样更有利于对研究对象进行深入的探讨研究。笔者的研究范围为1917年"五四文学革命"后至1949年前的中国大陆市镇小说作品。在此范围之外的此前此后，都有市镇文学作品，如此前的《祝县令》（瞻庐）、《小木工》（天乐）、《一日三迁》（长佛）、《汽车盗》（陈仁灼）等，此后的《许三观卖血记》（余华）、《小城无故事》（何立伟）、《芙蓉镇》（古华）、《小镇孤女》（何玉茹）等都是很有代表性的市镇小说作品。在中国现代文学史上，一大批现代作家有意识或无意识地从事市镇文学的创作，并且成绩斐然。主要市镇小说作家如鲁迅、沈从文、师陀、沙汀、萧红、蹇先艾、茅盾、汪曾祺等，另有如罗洪、王鲁彦、王西彦、施蛰存、周文、许钦文、彭家煌、张天翼、废名、林淡秋、王家棫、陈瘦竹、寒波、李劼人、陈翔鹤、葛琴、白朗、许杰、靳以、李辉英、刘祖春、许志行、端木蕻良等非主要市镇小说作家。中国现代市镇小说是

---

① 张英进：《中国现代文学与电影中的城市：空间、时间与性别构形》，秦立彦译，江苏人民出版社2007年版，第33页。

一个复杂而独特的存在，就市镇作家而言，既有那些生于大城市的作家写作市镇的，如出生于苏州的叶圣陶，出生于南京的张天翼，出生于成都的李劼人等；又有生于市镇写作市镇的，如鲁迅、沈从文、茅盾、沙汀、萧红、蹇先艾等；还有生于农村写作市镇的，如师陀、王鲁彦、王西彦等。

在中国现代文学的小说作品中，有很多讲述市镇故事或者说以市镇为背景、为题材的小说。对中国现代市镇文学的研究虽然已经展开，但无论是从量上还是质上来看，均有待进一步拓展。通过对文献作品的搜集整理后，我们会发现中国现代文学史上市镇作家人数多，作品量大，市镇小说所呈现出的社会容量与文本内涵都相当宽广。近年来学术界已开始关注市镇文学（特别是市镇小说）这一文学现象，但从目前已有的研究成果来看，研究还不够深入，亟须向纵深开拓。

诸多中国现代文学佳作都可归入市镇文学之中。将中国现代市镇文学从传统的乡土文学视域中独立出来，拓展出其与乡土文学、都市文学三元并立的文学形式，有着其客观性、必要性和重要性，这对于开拓我们的学术视野、深入开展中国现代文学的研究等，有着十分重要的意义和价值。对中国现代市镇小说叙事展开研究的意义重大。其一，市镇小说作品亟待爬梳整理。有很多非常典型的中国现代市镇小说被遗漏，还未被纳入研究视野，特别是对次要市镇小说作家的典型市镇小说作品的梳理目前还很薄弱。其二，市镇小说界定模糊。以往的论者在进行研究时，为了立论的需要，常常将某些非市镇的现代作品纳入现代市镇文学的研究中，未能从真正意义上将现代市镇小说作为独立的一元存在进行探讨研究,因而厘清现代市镇小说的界限和范围就尤为必要。其三,市镇叙事研究不够全面。从以往的研究成果来看,研究者多集中在对现代几个主要作家的代表性作品进行研究,而将很多不是主流作家创作的非常典型的市镇小说忽略掉了。其四,市镇叙事意义未受到足够关注。有些市镇叙事作品在现代文学史上作为"乡土文学——都市文学"二元模式分类存在时的意义并不十分重要,只有将其纳入现代市镇小说里进行研究,才能彰显其独特的价值与意义,才能将其内涵的特殊性凸显出来。对中国现代市镇小说的研究正逐步走向深入,已经取得了一定的进展与突破,但还有较大的开拓空间,目前还未发现有从叙事学角度对中国现代市镇小说进行专题研究的学术专著。本书将从市镇小说的叙事视角与视点,叙事界面与时空,叙事意象和主题等方面进行深入开掘;运用叙事学、文化学、阐释学、社会学等相关理论对中国现代市镇小说的文本内涵进行深入的研究,力求突破已有的研究视野。

三 中国现代市镇小说叙事的研究现状

目前,中国现代市镇文学这一提法在文学研究界还比较新鲜,此前学界多用中国现代小城文学概之。自 20 世纪 90 年代以来,小城文学开始引起学界的关注,现在对小城文学(特别是小城小说)的研究已逐渐展开并不断走向深入,已取得了一些突破性的成果。

（一）中国现代小城文学与小城意识的提出及现代小城文学
现象的意义与价值的研究

在中国现代城市文学研究方面，学术界关注较多的是都市文学，相对而论，对小城文化和小城文学（特别是小城小说）的研究则要逊色得多。以往对小城文学现象有意识的研究，在学术上几乎是一个空白，直到近年来，小城文学才引起学术界的注意和研讨。较早提到"小城文化"这一概念的是学者赵园，她在《北京：城与人》这一著作中论及贾平凹笔下的人物时，这样写道："当着中国乃未脱出乡土中国时，全然脱出乡下人的城市眼光是不可能的。……贾平凹即常写到乡下人眼中的城市。他的人物有时并未真正进入城市，他们仅仅处在城市装饰（且往往是粗俗过火的装饰）中，这也许恰是一种小城文化，小城文化对于'都市文化'的模拟形态。"① 在这里，赵园使用"小城文化"这一名词时，只是象征意义上的提及，既未能展开说明，也没有明确的概念意识。随后，熊家良在他的《小城：在传统乡村与现代都市之间》一文中指出："小城，不仅是个地理概念、社会概念，更是一个文化概念，也是一个文学概念。"② 在这里，熊家良明确地提出了"小城文学"这一说法，但很可惜的是，他并未对这一概念内涵进行深入探讨。栾梅健在《小城镇意识与中国新文学作家》一文中明确提出了"小城镇意识"，指出中国现代文学中"反映

---

① 赵园：《北京：城与人》，上海人民出版社 1991 年版，第 240 页。
② 熊家良：《小城：在传统乡村与现代都市之间》，《湖北民族学院学报》1993年第 4 期。

小城镇生活的作品也有相当多的篇章"，认为小城镇意识已"成
为影响新文学的一个重要因素"，"成为许多作家审美趣味、价值
观念上的一种重要选择"。① 张磊在他的《城乡交响中的小城乐
章——浅论现代作家的小城意识》一文中，明确地指出了"小城
意识"的内涵是："站在小城中的现代作家要比立足城市看乡村
和立足乡村看城市的人们对两种文化冲突的体验更加直接和深刻；
进一步讲，由这种亲身体验的直接性和深刻性生发出的精神理念
更能充分地体现现代作家的时代意识和精神特质，这就是小城意
识。其实质是现代作家在中西文化冲突背景下对城乡文明冲突的
体认和观照。"并从作品的审美观照和精神寄予出发，将小城意识
"具象化为现代作家的审美意识、忧患意识和退守意识（或家园
意识）"，并指出小城意识真正体现的是"现代作家深切的人文关
怀和高尚的人文精神"。②

　　随着对小城文学研究的深入，学术界对小城文学现象也更
加关注。《湛江师范学院学报》2003 年第 5 期专门推出了一组
"小城文化与小城文学"的笔谈文章：熊家良在《三元并立结构
中的小城文化与小城文学》里提出了关于"小城文学"的构想。
学者杨剑龙在《小城文学的价值与研究方法谈》一文中指出，
在农村文学和都市文学之间，小城文学的存在已是毋庸置疑的
文学史事实，其独特的价值表现在三个方面。一是生动地展示

　　①　栾梅健：《小城镇意识与中国新文学作家》，《中国现代文学研究丛刊》1997
年第 4 期。
　　②　张磊：《城乡交响中的小城乐章——浅论现代作家的小城意识》，《山东师范大
学学报（人文社会科学版）》2001 年第 6 期。

了在中国社会走向现代化的过程中，小城的发展变化与小城人们心理心态的嬗变。二是以其浓郁的地方色彩及民俗气息，呈现了风俗画的价值。三是以其独特的美学风范构成了中国文学发展中的重要组成部分。学者逄增玉在《文学视野中的小城镇形象及其价值》一文中就认为小城"在中国的历史和社会中扮演着重要而又独特的角色，在中国的社会结构里具有和发挥着独特的功能"；小城镇人生、小城春秋已成为中国人生活中既灰色又浪漫，既感伤又温柔的集体记忆；作为近现代中国历史与文化产物的小城文学，理应进入文学的视野，成为重要的文学表现对象。几乎与笔谈文章同时期，武汉大学的易竹贤教授和他指导的博士研究生李莉发表了《小城镇题材创作与中国现代小说》，论文从题材角度切入小城文学研究，认为"小城镇是中国现代小说重要的题材类型之一。小城镇题材创作为中国现代文学提供了独具特色的人情风貌和人物系列，展示了近现代中国'乡土'社会蜕变初期复杂的历史文化状态。将'小城镇题材创作'作为一种相对独立的研究对象"，① 并详细论述了小城镇题材创作独特的文学价值及其对中国现代小说研究领域开拓的重要性。学者贾剑秋在其专著《文化与中国现代小说》中独辟一节来讨论"小城镇文化与中国现代小说"，认为小城镇文化基本属于"一种农业与工商结合的农业小生产文化，其文化形态表现得更为传统，更为古典"，并特别指出"中国现代作家大

---

① 易竹贤、李莉：《小城镇题材创作与中国现代小说》，《江汉论坛》2003 年第 11 期。

多是从小城镇或乡村进入大都市"，① 其笔下的小城多呈现出具有浓郁乡土气息的历史遗留和文化面貌。赵冬梅在《20 世纪小城小说：一种独特的文学现象》这篇文章中，就指出"在中国现代小说创作中，有着众多的以小城镇为故事背景的作品"，② 这些作品独具特色，呈现出了独有的特点。论文在对中国现代、当代及台湾的小城小说的比较中展开评说，并认为当代大陆和台湾文学中的小城小说拥有大致相同的审美风格，且和现代文学是一脉相承的。袁国兴在《鲁迅小说的"小城镇氛围"——兼谈中国现代小城镇文学》里，以鲁迅的小城镇小说作品为例简略地谈到了中国现代文学里的"小城镇文学氛围"现象，并结合具体作品论及小城人的生活与农村及都市人生活的不同之处。③ 杨加印在《现代文学中的"小城镇世界"》里，论及了鲁迅、施蛰存、茅盾、师陀、萧红、沙汀、沈从文等作家笔下不同的小城镇世界，以及各自呈现出的不同特色与内容，指出"小城镇作为乡村与大中城市的连接纽带，随时上演着乡村文明与都市文明的争斗融合，而小城镇题材创作也以其绚烂多姿的城镇风景和内蕴丰富的艺术形象，客观展现了这一独特的社会区域在 20 世纪上半叶独特的政治、经济与文化风貌"。④ 熊家良在《空间·故乡·童年——中国现代小城作家现象研究》一文

---

①　贾剑秋：《文化与中国现代小说》，巴蜀书社 2003 年版，第 244、287 页。

②　赵冬梅：《20 世纪小城小说：一种独特的文学现象》，《南都学坛》2004 年第 2 期。

③　袁国兴：《鲁迅小说的"小城镇氛围"——兼谈中国现代小城镇文学》，《鲁迅研究月刊》2007 年第 5 期。

④　杨加印：《现代文学中的"小城镇世界"》，《文艺争鸣》2004 年第 6 期。

中，主要考察了小城文学与小城作家现象的关系，宏观地探究了作家与地域之间的关系以及文学现象与地域文化变异之间的关系；论文指出"小城文学现象是与作家创作主体的小城背景和小城生活联系在一起的。小城构成了作家主体各种文化心态的生态背景"。①

从对已有研究成果的梳理可以看出，小城文学现象对中国现代文学研究的重要性和意义已逐渐被学术界认可。

（二）中国现代小城文学内涵阐发与个案研究

近年来，对中国现代小城文学的研究呈蓬勃发展之势，并从多角度对现代小城文学展开了深入研究，取得了一些开拓性的成果。目前，对现代小城文学的研究主要集中在小城文学的审美风格、文本内涵、人物系列及少量的个案研究。

1. 中国现代小城文学的审美风格与地域特色研究

中国现代小城文学作为一个特别的文学现象，呈现了独特的风格特征。赵冬梅在《诗意与悲剧——中国现代小城小说的审美风格》中指出，"中国现代文学中的小城小说都程度不等地蕴含着'诗意'与'悲剧'这两种审美因素"，② 在论述中结合茅盾、鲁迅、沈从文、萧红、沙汀等作家的作品进行了对比阐述，指出这些作家的小城创作风格的同与异。关于小城文学所呈现出的抒

---

① 熊家良：《空间·故乡·童年——中国现代小城作家现象研究》，《宁夏社会科学》2007 年第 4 期。

② 赵冬梅：《诗意与悲剧——中国现代小城小说的审美风格》，《南都学坛》2005 年第 4 期。

情性特征，在熊家良的《现代中国小城叙事中的"诗情"与"乡情"》和李莉的《风俗叙事与中国现代小城镇小说结构的散文化》都进行了较为深入的研究。熊家良从文体形式、情调情绪、视觉手法、意境意蕴等方面细致归纳并分析了小城叙事所蕴含的抒情特征和诗性质素，并从小城的文化表征、小城作家的主体建构以及诗学传统的传承等原因着眼给予了解说。① 李莉从小城镇独特的文化形态说明风俗在该类题材小说叙事中的重要地位，并指出风俗特有的叙事功能及小说叙述节奏的舒缓与散漫使小说结构呈现出明显的散文化倾向。② 小城文学的叙事也颇具特点，熊家良在他的《"无常"与"日常"——论中国现代小城叙事中的生活图景》中就指出，中国现代小城叙事的一个重要特征就是对日常生活的描写，有意消解意识形态紧张情绪，使社会现实与历史面目得以更加真实生动地呈现。③

以小城镇为题材的小城文学，地域空间的特殊性与中介性是其特色与价值所在。赵冬梅在《现代小说中的小城场景》一文里，从小城风貌、四季风物、日常生活和家庭伦理四个方面论述了各具特色的小城场景及其呈现出的不同社会生活和历史文化。④ 熊家良在《小城文学：一个地域文化空间的命题》里指出小城与乡村和都市的区别，小城呈现出独特的地域文化，指明了小城文

---

① 熊家良：《现代中国小城叙事中的"诗情"与"乡情"》，《首都师范大学学报》2006 年第 5 期。
② 李莉：《风俗叙事与中国现代小城镇小说结构的散文化》，《湖北工业大学学报》2008 年第 6 期。
③ 熊家良：《"无常"与"日常"——论中国现代小城叙事中的生活图景》，《学术交流》2007 年第 6 期。
④ 赵冬梅：《现代小说中的小城场景》，《北方论丛》2001 年第 1 期。

学的独特性及其在中国现代文学里的客观存在，并从整体上勾勒了 20 世纪中国文学的蓝图。①

2. 对中国现代小城文学的内涵阐述

中国现代小城文学作品颇丰，其深广的文学内涵也日益被学术界关注。赵冬梅在《现代小说中的时空关系》一文中，主要以现代文学中的小城镇小说为例来探讨现代小说中的时空关系，论述了时间与空间的彼此交叉存在和相互转化关系，指出在小城文学里的时空关系蕴含并承载着作家的、社会的、时代的、民族的等众多信息和意义。②

与其他视角的研究相比，对小城文学的文化内涵的研究则比较深入，对其文化价值的探讨显得较为厚实。熊家良有四篇小城文学论文是关于文化研究的：《茶馆酒店：中国现代小城叙事的核心化意象》一文就论述了茶馆酒店所呈现的文化意义，并指出"小城文学中这些特有的空间物象与意象，不再仅仅是为人物、事件服务的'布景'，亦不再仅仅是作品中人物活动的地方、事件进行的处所，或渲染着氛围，或烘托着人物的心理、情绪的生活场景，而且它们本身就是人格化的小城，或'人化的自然'"。③在《论现代中国"小城"叙事的文化意蕴》一文里，熊家良就指出小城文化属于自然、传统、现代型文化，而以传统文化为主，小城叙事显现了从文化冲突到文化整合的演进历程，并呈现了丰

---

① 熊家良：《小城文学：一个地域文化空间的命题》，《文艺理论与批评》2007年第 3 期。

② 赵冬梅：《现代小说中的时空关系》，《河北学刊》2003 年第 2 期。

③ 熊家良：《茶馆酒店：中国现代小城叙事的核心化意象》，《东南大学学报（哲学社会科学版）》2006 年第 3 期。

富的意蕴。① 在《"犹睡"的小城与觉醒者的永恒冲撞——中国现代文学中的小城叙事》一文里，熊家良则主要论述了小城的封闭保守与小城人物觉醒者的冲突，小城的停滞让人物深感悲观失望。② 在《现代性视阈中的现代中国小城文学》这篇论文里，熊家良主要是从现代性的理论视角，阐明小城的独特空间境域为小城作家提供了独特的现代性体验，并且指出小城作品在"审美现代性"与"历史现代性"之间形成了逆向张力与诗性批判，从而有效地促进了 20 世纪中国文学的"现代性的两重性"格局及现代文化的自我批判机制的形成。③ 赵冬梅发表在《学术研究》2007年第 3 期上的《东西冲突中的现代小城文化》，指出小城镇在中西文化交汇、碰撞的时代，处于大城市和乡村之间的中介位置，在与二者的对比中，呈现出传统与现代、新与旧、中与西、城与乡共存互渗的文化品格，并呈示了现代中国独特而意蕴深长的小城文化。

3. 中国现代小城文学个案研究

对中国现代小城文学的个案研究相对来说是比较少的，研究视野也不大开阔。毕绪龙的《"鲁镇"里的"人"——重释鲁迅小说的人物形象》一文从鲁镇时空形式与下层悲剧主人公、作为"闯入者"的"知识者"角色、士绅形象的隐喻意义和结构功能

---

① 熊家良：《论现代中国"小城"叙事的文化意蕴》，《中山大学学报》（社会科学版）2007 年第 3 期。

② 熊家良：《"犹睡"的小城与觉醒者的永恒冲撞——中国现代文学中的小城叙事》，《名作欣赏》2007 年第 7 期。

③ 熊家良：《现代性视阈中的现代中国小城文学》，《东北师范大学学报（哲学社会科学版）》2007 年第 3 期。

等方面阐述了鲁迅笔下的人物形象，并特别指出"士绅形象还担负着另外的重要的小说形象塑造的结构功能：他们为市镇形象系统中的另一极——悲剧主人公作出规定和阐释。这一形象的关键之处在于，作家在一种简约化处理的基础上把它与主人公悲剧原因的'具体化'联系起来"。① 杨杰在他的《施蛰存"城镇文学"创作论》里以施蛰存的小说为例来评述其城镇文学创作的价值，说明外国文化修养的背景与生活背景的融合一致是施蛰存创作的成功之处，并指出了施蛰存的城镇小说是现代意义小说的理由。② 蓝棣之的《边缘颠覆中心——沈从文〈边城〉症候式分析》一文虽然是就小城小说进行阐释的，但没有明确的小城意识，文章指出"'边缘颠覆中心'的含义：乡下人'检察'和'解除'都市人，边城颠覆都城"。③

（三）中国现代小城文学研究的不足之处及亟待开拓的研究空间

通过上述对中国现代小城文学研究成果所做的爬梳整理以及对此所作的评述，可以看出，目前学术界在小城文学研究方面确实取得了一些成绩，但就总体而言，对小城文学创作研究尚处于探索阶段，仍然存在着明显的不足。小城文学研究在对象的定性定位及观照的角度方面，还存在一些失误之处：或以

---

① 毕绪龙：《"鲁镇"里的"人"——重释鲁迅小说的人物形象》，《山东社会科学》2005 年第 4 期。

② 杨杰：《施蛰存"城镇文学"创作论》，《山东社会科学》1998 年第 4 期。

③ 蓝棣之：《边缘颠覆中心——沈从文〈边城〉症候式分析》，《名作欣赏》1999 年第 3 期。

都市文学来反观小城文学，以此来建构都市文学自身的批判话语，导致将小城文学的研究边缘化；或以小城文学为乡土文学之另一极，从而将小城文学消融在了"乡土文学"或"乡镇文学"中。对"乡镇小说""小城意识"等过于零散的研究，割裂了完整的文学现象，削弱了研究对象的研究意义；另外，"乡土文学"等概念宽泛的归类及研究对象的随意性，遮蔽了小城文学的研究对象的界限。虽然对小城文学的研究已经展开，但无论在数量上还是质量上均很不够，研究也还不够系统，亟须进一步开拓研究空间。小城小说内涵广，作家多，作品量大，当前学术界对小城小说作品的整理搜集及确定还做得不够，并且对小城小说的内涵与小城叙事的价值研究亟须更进一步的拓展与深化。

第一章

表征与同构：身体症状与国瘰民疾

——论中国现代市镇小说的疾病叙事

随着美国著名女作家苏珊·桑塔格的"疾病隐喻"理论的广泛传播，身体、隐喻、疾病等词语成了当今的热门学术用语，同时这也成了中国现当代文学研究里一个亟待深入的领域。苏珊·桑塔格在《疾病的隐喻》一书中强调疾病的本义，使"词"重新返回"物"，剥离了对疾病的各种想象和神话，主要指向疾病隐喻的社会文化内涵。就文学领域来说，疾病隐喻既是一种文学修辞、叙事方式，也是作者阐释表达的空间和意义生成的载体，同时也意味着对一个知识系统的建构与言说。隐喻的本体与载体之间的自如互动及若有若无的共同指向，能引发思考、激发想象，从而形成了隐喻的复杂意义与魅力。

苏珊·桑塔格认为："正是那些被认为具有多重病因的（也就是说，神秘的）疾病，具有被当作隐喻使用的最广泛的可能性，它们被用来描绘那些从社会意义和道德意义上感到不正确的事物。"① 疾病成了一种隐喻，疾病的内涵就逾越了疾病本身的阈限，我们可以从中理解或阐释出某种道德、政治、文化等方面的意义。在文学作品里，疾病常常成了对社会中某种缺失状态的展示，或者是对这种缺失关系、根源的揭示，通过疾病的隐喻传达出作者的一种价值判断，同时也是读者通过对其的阅读使这种价值判断得到理解与再诠释，甚至进而产生共鸣。

疾病在文学里既是所指的又是能指的，它成了一个载体，已超越了具体的生理病象与医学意义。文学中的疾病描写和叙述不仅仅是对真实疾病的客观反映，而且具有了丰富的社会、政治、经济、文化及美学等方面的意义，也许正因此，学者叶舒宪才会说："疾病和疗救的主题成为仅次于爱与死的文学永恒主题。"② 因而，在文学中出现的疾病意象也具有耐人寻味的文化意蕴和审美指向，承载了丰富而复杂的社会功能性内涵。中国现代市镇小说里有大量的对各种疾病和痼疾的叙述与描写，如张天翼《寻找刺激的人》里的皮肤病，鲁迅《药》里的华小栓得肺痨、《孤独者》里的魏连殳得肺结核，王鲁彦《菊英的出嫁》里菊英的白痴，沙汀《兽道》里魏老婆子的发疯等，这里对疾病的叙

---

① ［美］苏珊·桑塔格：《疾病的隐喻》，程巍译，上海译文出版社 2003 年版，第 55 页。

② 叶舒宪：《文学治疗的原理及实践》，《文艺研究》1998 年第 6 期。

述既反映了个体的现实状况和身体症状，又指涉了市镇的社会现状和民众的生存际遇。市镇小说的疾病叙事是具有多重指向性的，既有形而上的思考，又有形而下的反映，这正如亚·蒲柏所说的："疾病是一种早期的老龄。它教给我们现世状态中的脆弱，同时启发我们思考未来，可以说胜过一千卷哲学家和神学家的著述。"①

　　修辞学研究认为，隐喻作为一种修辞手法，把属于别的事物的名称用来命名该事物，逐渐被提升为一种方式和世界观。当代隐喻理论把隐喻从单纯的语言现象提高到了认知手段和思维方式的高度。隐喻的思维就在于借助想象性事物，以相对熟识的方式思考和认识隐秘而陌生的事物。在文学上，对疾病的叙写不只是对疾患的确指，而是具有了象征意义与隐喻功能，疾病往往与国家民族的痼疾和社会现实的颓然相关。中国现代市镇小说的疾病叙事是对中国现代文化病态特征的展示，疾病症状的呈现是对现代中国文化和社会问题的折射，间接指向国家制度、社会伦常以及人的生存困境、人生信念、精神追求等方面的问题。中国现代市镇小说里写到的某种确切的疾病，其实作家的目的有时是直指民族的痼疾，是作家对社会、政治、文化等方面的一个总体的思考与探寻。

---

① ［英］亚·蒲柏：《论疾病》，林石《疾病的隐喻》，花城出版社 2003 年版，第 57 页。

第一节 在场的际遇：疾病隐喻与
社会现实的投射

中国近代著名思想家严复就曾用疾病来比喻近代中国的现状："盖一国之事，同于人身。今夫人之身，逸则弱、劳则强者，固常理也。而使病夫焉，日从事于超距赢越之间，则有速死而已。中国者，非犹是病夫也耶？"① 这是对旧中国沉疴痼疾的形象表述，也是对急需变革的落后、衰微、颓然的民族前现代状态符码的表征；这样"病夫"就被政治编码成了衰败民族的隐喻符号，蕴含了与当时民族现状相同的内涵，作者以此来表达了对孱弱民族当时落后现状的清醒认识和理性批判。

疾病意象及其现实隐喻功能并不是在现代文学作品中才大量出现的，在此之前的中西方文学中都有明显的表现，并在漫长的文学传统中逐渐形成了种种附加在疾病上的隐喻义。正是对疾病的这种隐喻性思维，文学中的疾病叙述才会呈现出丰富的内涵与意义。亚里士多德在《形而上学》中说："健康的本质就是身体处于平衡状态；疾病的本质就是身体处于不平衡状态。"② 中国现代文学的疾病隐喻正是在此基础上构建了自己的

---

① 严复：《天演之声——严复文选》，百花文艺出版社2002年版，第24页。
② ［古希腊］亚里士多德：《形而上学》，陈村富等：《古希腊名著精要》，浙江人民出版社1989年版，第356页。

独特表达方式，文学里的疾病隐喻的立足点是对人自身的关注，也是对人的社会生存的反映，"疾病"首先不应该仅仅看作是一种事实性的表述，而更应该被理解成作者给读者开启的一个探索作品深层含义的窗口。这样，对人的身体症状的思考，就暗含了人本主义内容，是对生命伦理的关切与社会现象的关照，对疾病的描写就包含了特定时代的社会性、精神性内涵。

陈铨在《天问》里描写了婆婆对鹏运媳妇的苛责，使媳妇生活在无法自适的痛苦之中。文本里对媳妇的心痛病的描述，就是对女性存在的隐喻，体现了媳妇的受压制、受役使的家庭地位，写出了女性历史场景中的命运和处境，疾病成了旧社会封建制度里的女性地位及生存现状的表征。

研究者林舟在他的《生命的谛视——读阎连科近年中篇小说》一文里指出："人的生命存在是由自然存在、社会存在和精神存在的塔形结构而成，三者的和谐标志着生命的和谐健全，三者的偏废则预示着生命的残缺破损，意味着人的非人状态。"①《天问》里鹏运媳妇相较于这三类存在结构来说，她只有自然存在，只有生命的指示符码而缺少了生命应有的内涵。社会存在和精神存在对她来说是附属性的，她社会地位飘摇、精神空虚，小说对其心痛病的叙述和描写就是对其生命残缺状态的揭示，也是对旧社会媳妇苦难遭际的控诉。小说将病因

---

① 林舟：《生命的谛视——读阎连科近年中篇小说》，《当代作家评论》1994年第4期。

直接指向历史的过去时间维度，并指出封建传统的毒害之深处是女性对此的认同与遵循，这也就意味着她们不会有应对行动而导致反抗的缺席，同时表明她们也就不可能因对现实处境的不满而去自觉地追求"新生"。那时的女性常常是从"他者"那里得到自身存在的确认，成为自我的镜像，正因为此，我们与其说是封建制度还不如说是女性自身泯灭了自我及其主体性，女性的存在就成了空洞的历史能指符号，是失重的此在，是受制度和传统所规训的存在。此时，虽然妇女解放、自由启蒙等现代思想已经渐浸富春县，我们从县立女子中学女学生的言行举止上的变化和校领导的执政策略都可以看出种种迹象，有知识受教育的一群正受现代启蒙思想的影响，在悄然发生着改变，而对于未受现代知识熏陶的鹏运媳妇来说，一切变动在她那儿还依旧静如止水、未变如故。对传统的认同也就说明了她站在了启蒙的对立面，是她对自我的解构，心痛病的无法治愈也就成了对如她般的媳妇们的主体性建构的遥遥无期的转喻。她的心痛病时缓时重就与家人对她的态度好坏密切相关，在她得到家人的怜惜时，她的病变轻甚至开始慢慢康复，还曾因慧林教她识字读书而心情舒畅。这样，心痛病就成了妇女处境和社会现实的表征，作家从她的疾病来观照女性的家庭际遇，从个体的生存状况来反映当时妇女群体的在场图景，以此表达作家对女性家庭身份与地位的探寻。鹏运媳妇在病重弥留之际，得到亲人的关爱与守护，其实这是作家对女性命运的美好期待与对生命伦理的关注，是对女性之存在的理想构筑。

苏珊·桑塔格指出，"在现代政治话语中，疾病隐喻的夸张透露出一种惩罚性的观念：这并不是说疾病是一种惩罚，而是疾病被当作了邪恶的标志，某种被惩罚的东西的标志"。① 疾病被视为一种惩罚，这也就意味着它隐含了一种道德的向度，本属生命现象的疾病也被赋予了社会学的色彩。《天问》里的主人公林云章为了改变自己的身份、地位获取名与利，为实现自己的目的，他曾经一度丧失人性、残害无辜，最后他达成所愿、风光无限之时，他生病了，得了痢症，这是否就是苏珊·桑塔格所说的："人格可以诱发疾病——这是因为，人格没有向外表达自己，激情由此转向内部，惊扰和妨碍了最幽深的细胞。"② 林云章为了实现愿望，人格扭曲，他的痢症是他人格欠缺的代指；林云章的痢症成了对他命运沉浮、人性欠缺的映照。在病沉恍惚中，他开始反思自己的过去与现在，道义与道德的失守让他的生命失色、价值沦落。疾病是他身体上的一种症状，更是对他人性欠缺、良知失衡的指代。将疾病与他的命运转折同时展开叙述，对疾病的描写与当时民族处境的叙述联系起来，这样对疾病的叙事就再现了大历史与小历史的复杂内容。疾病描写被放置在了更为广阔的社会背景中，对疾病的书写就因历史场景与时代语境的介入而承载了更为深刻的内容，国瘼民疾与身体疾病就成了同构表征，表达了作家对社会现实、民族现状更为深刻的思考与追问。

---

① ［美］苏珊·桑塔格：《疾病的隐喻》，程巍译，上海译文出版社 2003 年版，第 72 页。

② 同上书，第 43 页。

《二月》里小弟弟得肺炎，母亲文嫂及萧涧秋等都极力抢救也未能让其治愈活命，小孩的早夭给母亲以沉重的打击，因为儿子是她生活的唯一希望与信念。因此，对疾病的描写是对个体存在方式的思考，作家旨在通过疾病这一符号媒介来探讨女性的生命和存在问题。将具体和抽象、症状现象和症结本质等结合起来，从个体的当下来探询民族的过去和未来图景，这是作家的话语姿态和叙事逻辑。病痛不仅是一种肉体上的折磨，更是一种内心恐惧的呈示，面对生活现实，文嫂要解决两个孩子及自己最基本的温饱问题，这就决定了她实用的价值取向，不得不以最基本的本能需要为生活追求的全部内容，即"活着"。而当儿子病夭时，她的活着信念不在了，所以别人才会对她的自杀说成是殉儿子。对社会底层寄予深切的关注与同情，这是作家的叙事指向。面对黑暗现实，生活在芙蓉镇里的文嫂既没有物质经济基础使最基本的生活得到保障，也没有受到现代启蒙的精神支撑和信仰力量让她自主自立，因此，当幼子病夭时才会让她感到没有存在的意义与生存的价值。作家对这种女性生存态度和价值观是批判的。革命后代的生病不治而亡暗喻了革命未来之路的漫长，求索之路的遥远、渺茫，疾病的叙述也就是对民族未来、革命运动前途的表征与书写。对疾病的叙述再现了颓唐的社会现实，既是对妇女命运的再现，也是对未来失望的表征。

　　小说《二月》写出了女性的生活环境还未实现真正的社会解放时，就注定了妇女生活在沉重与压抑的图景中，女性的个体存在就仅是一种缺席了主体性的附属性存在。她们的精神支撑常常先是丈夫后是年幼的儿子，当这两者都不存在时，精神上便没有了依凭、缺少了支撑，就会对未来感到茫然与绝望，直接影响到她们的生存与信念，这就正如图姆斯所说的那样："生病时，过去、现在和将来的意义可能以其他方式发生改变。"① 疾病改变了女性的命运与存在，对小弟弟疾病的叙述与描写，是对女性当下的关注，是对女性生命的意义与价值的探寻，同时，也是对女性主体性的呼求，一个女人只有有了主体性后才会形成强大的精神力量与前行的勇气，才会在命运的沉浮中屹立不倒。现实的混乱无序更加凸显了女性生存的艰难。小孩的病夭就成了喻示，暗指作家的期待与现实的距离，表明了理想的实现、期待的兑现将会遥遥无期。

鲁迅的《明天》里描写了单四嫂子的儿子宝儿患热病，求神签吃单方，宝儿的病未见好转起色，最后去问诊何小仙，用尽所有的积蓄，儿子仍未见病愈弃她而去。作为母亲的单四嫂子只是个粗笨的女人，迷信的精神力量对她来说占有相当的分量，她的决断就意味着只能是无知盲目驱动下的选择，这里写出了历史镜像里的妇女的无意识存在。《明天》里的这个小说题目"明天"、药名"保婴活命丸"、药店名"贾济世老店"、医生"何小仙"等语词具有指示阅读与理解的意向性作用，这一暗示修辞具有强烈的语言表达功能，有形象的语义暗示作用；"明天"这一指向未来开放的时间维度，对单四嫂子来说有意义吗？我们看到，她今天的生活都是如此的艰辛，明天的

---

① ［美］S. K. 图姆斯：《病患的意义：医生和病人不同观点的现象学探讨》，邱鸿钟等译，青岛出版社 2000 年版，第 81 页。

她会过上怎样的日子？这不用追问都能得出显见的答案。从她目前的生活现状，我们看不到她明天的希望，宝儿的疾病就具有了深刻的象征意义，宝儿是单四嫂子生活的希望与精神支柱，儿子的病天意在揭示她守望的无望、坚守的坍塌，对她来说也就意味着今天与明天没有本质的区别，现在与未来都将会是同样的艰难，现在就是对未来的呈现。疾病的描写和叙述就是对期待的失望、对无意义的表达，生命存在对她来说只有自然性而缺席了社会性和精神性存在。从单四嫂子的生存处境与所处的社会环境来看，无望的今天正是对她失落的明天的展示；保婴活命丸、贾济世老店、何小仙这些语词都是作家对修辞技巧的巧妙运用，独具匠心，具有了深刻的寓言性的讽刺意义，直指思考理路与意义判断，语词与结构就不仅仅是形式同时还是内容，二者互喻相释，字面义直指喻义。独特修辞手法的运用有利于表达作家批判的深刻性和讽喻的独特明晰性。《明天》里对宝儿疾病的叙述纳入对女性关怀、妇女命运的言说中，具有了性别内涵，写出了生命的沉重，生命在前行的荆棘之路上失去了韧性，这是时代的沉重与悲哀，是对那个特别的时代、社会环境中女性生存困境的反映与关注。废名《桃园》里对阿毛之病的叙述是对理想家园建构的怀疑的隐喻；施蛰存《栗·芋》里母亲不治之症的描写，是对失去母亲护佑的孩子生存状态的关切。作家用疾病叙述表达了对生存的思索，对生命的感悟。

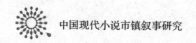

第二节　滞重的同构：身体症状与民族痼疾

众所周知，由于"五四文学革命"的启蒙传统和人道主义精神走向，众多中国现代文学作家描摹千疮百孔的社会和病态人生时，实际上是对中国现代社会历史本质的反思，文本中的意象系统也是为围绕这一总主题服务的。正因为这样，作家在作品中对人物病状的叙述与描写常常就是对病态社会的转喻与表征，因生病导致的死亡也就成了旧的社会制度的崩溃和旧的传统文化精神的衰落的隐喻。这就恰如学者王德威所说的，疾病的再发现既可以看作个人主体的诊断，也可看作国体状况的寓言。①

鲁迅在《我怎么做起小说来》一文中曾说："我的取材，多采自病态社会的不幸的人们，意思是在揭出病苦，引起疗救的注意。"② 这表明鲁迅有明确的疾病写作意识，他在《呐喊》和《彷徨》这两部小说集收录的 25 篇小说中，直接写到病的就有 11 篇：《狂人日记》里狂人患精神病、《药》里华小栓得痨病、《明天》里宝儿得热病、《白光》里陈士诚患精神病、《祝福》里贺老六得伤寒、《在酒楼上》里顺姑得肺病、《长明灯》里六顺患精神病、《孤独者》里魏连殳得肺痨、《弟兄》里靖甫得疹子、《阿 Q 正

---

① 王德威：《现代中国小说十讲》，复旦大学出版社 2003 年版，第 113 页。
② 鲁迅：《鲁迅全集》第 20 卷，人民文学出版社 1973 年版，第 108 页。

传》里阿Q之癞疮、《孔乙己》里孔乙己之断腿等。这两部小说集中的相当部分小说是关于市镇的作品。鲁迅小说中的疾病叙述主要是为了发掘、呈现和思索隐藏于表象之下的民族精神痼疾，疾病也就成了他对传统文化的批判与隐喻。

《孔乙己》里孔乙己之断腿是传统文化对人造成伤害的表征，文化、文明本应给人以力量，这里我们看到的却是对人的破坏与残害，我们甚至可以说是封建传统文化让孔乙己致残无以站立而变得矮小。小说写出了历史的沿袭与时代的沉重对旧文人的影响与规约，他们因循守旧，背负着沉重的封建传统枷锁不敢逾矩。传统文化体现在孔乙己身上，既是病症也是病因。

关露《新旧时代》里的母亲对女儿说："没有知识的女人，她的生活就像跪着一样。"① 鲁迅笔下的孔乙己是个有知识的人，而且还是个男人，他又生活得怎样呢？他穿着又脏又破的长衫，腿断了只能用手走路，和没有知识的女人处境一样甚至更坏。他是实实在在地跪在了地上，从肉体到精神都是不能自由、自主的，因知识的毒害而变得迂腐、变成残废，作家意在表明封建文化传统只能让此在的人沉落。英国哲学家、思想家弗兰西斯·培根曾说"知识就是力量"，在孔乙己这儿我们看到的是破坏力而不是建构力与信仰支撑，他的那条断腿就成了封建思想文化带给个体、民族苦难的象征载体。旧知识分子成了被言说被表现的客体，对他们而言，人的尊严被消解、生命的价值被消弭。作家对封建传统文化的批判是不言而喻的，孔乙己的断腿也就成了封建思想文

---

① 关露：《新旧时代》，上海光明书店1940年版，第34页。

化对人的残害的隐喻，是作家对封建礼教传统带给民族苦难与伤害的深刻思考，也是作家对知识分子前途命运的关怀。

学者吴俊在研究史铁生的小说时曾经指出："残疾者所感受到的最深刻的痛苦，其实是一种被弃感，一种被所属群体和文化无情抛弃的精神体验。"① 这种从自身存在上升到哲理高度的沉思在作家史铁生身上会发生，对孔乙己来说，这显然不可能发生。残腿让他更多的是感受到身体上的痛苦和行动上的不便，对旧文化传统的接受和认同就注定了对自身反思的缺席，这就正如鲁迅所说的"哀其不幸，怒其不争"，表达了对其处境的同情和无奈。旧知识分子对自我、对世界的认识都深受封建传统的规约束缚，自我成了他者，这也体现了作家对知识分子的价值关怀与生命本质的反思。残腿成了旧思想旧文化对人的伤害的生动喻示，这样一来对知识分子命运观照的主题也就汇入现代启蒙与社会解放的宏大叙述中，对知识分子的言说也纳入民族、历史、现代化等话语中，表达了作家更为深刻的人文关怀与忧患意识。

如果说，周作人倾向于描写乡土世界的"趣"，茅盾、叶紫等提倡关注农民的"苦"，那么，鲁迅则主张揭露乡土社会的"病"，揭露传统文化的痼疾、个体处境的不合理，由此奠定了鲁迅创作的基本品格：批判。而他的批判却是直指眷念，这是因为爱之深，才会有恨之切，他的批判乃是基于大爱，胡风将其概括为"在冷酷的分析里面，也燃烧着爱憎的火焰"。② 鲁迅在作品里

---

① 吴俊：《当代西绪福斯神话——史铁生小说的心理透视》，《文学评论》1989年第1期。

② 胡风：《胡风全集》第2卷，湖北人民出版社1999年版，第501页。

表达了对人物的同情与理解，更表达了对人物的反抗与觉悟的期待。

鲁迅在有关市镇的小说作品中对疾病的描写和叙述，是源于对现实社会、对民族生存的观照与审视，是立足于当下的；因此，文本中疾病叙事的目的和本意不在于对身体症状的描述，而是为了呈现当时的社会处境与民病痼疾。当时作家看到了这样一种不正常的现象，那就是：社会性的非常态存在却以普遍的形式存在于现实人生中，而且还被习惯性地认为这是常态存在而得到认可。作家用身体症状来表达了他对这种社会现象的思考与探寻。

德国哲学家恩斯特·卡西尔在他的专著《人论》中说："人被宣称为应当是不断探究他自身的存在物——一个他生存的每时每刻都必须查问和审视他的生存状况的存在物。人类生活的真正价值，恰恰就存在于这种审视中，存在于这种对人类生活的批判态度中。"① 鲁迅就正如卡西尔所言的那样，对个体、对民族的存在状态经常审视、不断批判，不断地对民族现状进行反思。

对国民性病根的探讨与疗救成了鲁迅为之奋斗毕生的事业，许寿裳在回忆鲁迅时曾说过："鲁迅在弘文学院的时候，常常和我讨论下列三个相关的大问题：一，怎样才是最理想的人性？二，中国国民性中最缺乏的是什么？三，它的病根何在？他对这三大问题的研究，毕生孜孜不懈，后来所以毅然决然放弃学医而从事于文艺运动，其目标之一，就是想解决这些问题。"② 因此，对疾

---

① ［德］恩斯特·卡西尔：《人论》，甘阳译，上海译文出版社 2004 年版，第 8 页。
② 许寿裳：《挚友的怀念——许寿裳忆鲁迅》，河北教育出版社 2000 年版，第 12 页。

病的叙述就成了作家对社会问题思考的一种方式或途径。鲁迅市镇小说中的疾病叙述是对特殊语境中整个社会病症和民族沉疴的言说，身体疾病是社会病态的表征，他从对疾病的叙述中指出国疾民病之因由与根源，这种叙事方式彰显了作家独特的思考角度与叙事立场。由于鲁迅对艺术的自律与遵循，作品中的隐喻逻辑与话语姿态就显得较为隐匿、不太直观，但通过对喻体与本体进行转化、分析，文本里隐含的丰富复杂的内蕴就显露出来了。鲁迅的小说意近旨远，具有开阔的阐释空间。通过阅读鲁迅的关于市镇的疾病意象小说，我们常常会发现，在鲁迅的疾病叙述中，表达了人们生存的普遍感受：焦虑与郁悒。正因为此，在他的小说中所表现出的突围与反抗就是一种非常态的积极的姿态。并且我们会发现在鲁迅作品中呈现出一个独特的现象，那就是无论是顺向思考还是反向思维大都会得出一个大致相同的结论：疾病场域里的伦理规范与道德标准与常态语境里的价值标准是统一的，二者没有本质上的不同。作家的这种写作策略意在指出这个社会的病态成了常态，隐喻整个社会体制都是一种不合理的存在与非常态状态。鲁迅的疾病叙事既是对个体生命的关注，又是对社会存在的思考，既有对政治的书写，又有对民族的关怀，因此对身体症状的描写表征了社会体制、文化传统、群体与个体等的抵牾状态。司马长风在评价巴金的作品时说：作家"写的都是大时代的小人物，而能从小人物以见大时代，从人间的悲欢映现族国的苦难"。① 我觉得这一评价用来评价鲁迅的作品同样也很适合。

---

① 司马长风：《中国新文学史》下卷，昭明出版有限公司 1978 年版，第 74 页。

疾病呈现出越来越多的形态，表征了社会发展、个体存在，也暴露出越来越多的问题。人们必须不断地探究治疗疾病的方法和解决社会问题的对策，正因为如此，疾病也就成了文学写作中的常态与主题。美国著名女作家苏珊·桑塔格曾说："疾病是通过身体说出的话，是个人意志的表现，它是展现内心世界的语言，是自我表现的形式。"① 疾病成了对个体非正常存在状态的言说与表述。张天翼的市镇小说《找寻刺激的人》里"找寻刺激的人"江震，患有皮肤病，是一个为自己的一己幻想所激动而以至于神魂颠倒的可怜汉。他恋爱的全部原动力都来自少爷和下女恋爱是一个够刺激的浪漫传奇故事，他在向婢女顺姑娘求爱之前，潜意识中已确定了婢女低人一等的前提：顺姑娘能与他这样的有知有识的少爷往来一定是她一直倾慕的，应是她最好的选择。显然，这种想法是建立在江震的自我认知与历史经验之上的。在文本里，江震与顺姑娘两人不同的内心活动构成了张力对比关系，江震给堂兄的信是对他在现实中对待顺姑娘意图的否定，是对其真实想法的揭露与呈示；另外，江震对顺姑娘的疯狂与幻想与顺姑娘的冷静、清醒形成鲜明的对比关系。这样的写作策略意在告知我们，江震之皮肤病不仅是一种表面的症状，更是思想欠缺的表征。正因为这样，江震向顺姑娘求爱其实并不是因为真爱她，而是为了使自己通过求爱而得到自我提升，以此来表现自己的勇敢和不同凡响，用他自己的话说是"找寻刺激"。江震不明白，他眼中的

---

　　① ［美］苏珊·桑塔格：《疾病的隐喻》，程巍译，上海译文出版社2003年版，第41页。

情人其实是自己，是为自己幻想出来的小市民传奇故事激动得热泪盈眶，而并未感动了解洞穿他心思的顺姑娘。顺姑娘最后辞工离他远去，逃离本身不仅具有了反抗的意味，而且还是对男权话语的反讽；小说里的女性具有了主导行为，体现了顺姑娘的自主与进步。顺姑娘这一女性形象，与同时期其他作品里的女性形象相比，已从男权话语中心的遮蔽下开始挣脱出来，是对既定话语秩序的解构与消解，同时也是对女性存在价值的询问与女性主体的建构。这一写作策略是作家对传统历史规范的颠覆与超越。

江震的皮肤病是否因他不健全的人格所诱发或者二者互为诱因，我们不得而知，但他的学医的同乡对他疾病的诊断是："他证明江震先生那一年到头老不断的皮肤病，是他神经衰弱的结果。这位大夫斩钉截铁地这么说着，一点儿没含糊。"这说明江震从内里到表象都是一个非正常的人。通过对江震皮肤病的演绎，暗示了疾病叙述已超越身体伦理而进入了文化思想层次的质询，疾病描写隐喻了当时的社会和文化都是病态的存在。小说通过对江震这个人物的刻画，写出了他的狂妄自大、目中无人以及自欺欺人的欠缺，是对他的伪精英符码与假启蒙者的历史角色的批判。他站在理想与现实之间，无论是彼在还是此在，在他那儿都是变形与折射，也就放逐了真实与理性。

作家从女性立场、观念与意识来观照现实，既是对传统文化的反思，也是对男性地位与存在价值的诘问。文本呈现了女性在男权主宰下的存在。男性视角下的女性只能是被主宰下的存在，而婢女的不被诱惑与理性判断，是对历史与传统的反叛，也是女性对附庸依赖的抗拒，这是对男性话语权的反思与批判。

希腊德尔斐神庙石柱上雕刻的智慧之语"认识你自己"，意在警示我们要不断反省，才能发现自身的弱点与不足，然后再去改变、修正以趋完善，最后实现人的自觉与自由。不断地对自身生存状态的审视与批判之必要性，既是对个体自我的内省要求，也是对实现群体觉悟的指向。而小说《找寻刺激的人》中的江震对自己的缺点与不足的无视，就说明了他没有也不可能认识自己，才会导致盲目自大，与之相对比的是顺姑娘的理性思考，她没有沿袭历史惯例，而是主动选择了自己的未来。作家的这一叙事目的，是通过对历史意识形态下的男权秩序的反拨来抵达对女性的现实关怀，以此撼动固有的话语秩序与传统价值体系。

　　小说中的疾病隐喻了传统的滞重与自足，疾病叙述汇入了反传统的行动中。在特定的社会背景中，疾病叙事有着耐人寻味的文化意蕴和审美指向。按照拉康的镜像理论，自我的发现和认同总是通过一个外在于自身的他者。皮肤病患者江震意欲通过小顺子来确认自身的启蒙角色与精英身份，他在自己的想象中虚构女性的存在现实与价值诉求，即是男人眼中的女人之此在，也就表明了女性是他者化的存在。这里的疾病叙述是对存在悖论的反映，是对传统的男性角色与价值的解构，也是作家对女性与男性存在的关注与思索。

　　王鲁彦的市镇小说《菊英的出嫁》里菊英患白瘊，小孩子治病的过程，成了对社会现象、民族痼疾揭露的一种途径，小孩子的死就表征了社会病态已入膏肓，未痊而亡是对现实之黑暗、社会痼疾之厚重的隐喻。社会疗救看不到希望，社会现实无药可救，疾病表现为不是遮蔽而是显性的存在，尽管众人皆知，但大家未曾想到疗救良方。菊英治病的过程，表征着国家的前途还在探索中、找寻中，良方还未找出制成，病态只能任其蔓延，具体表现为对传统不信任、对新文明不敢尝试，对白瘊的治疗就呈现了这种中西、新旧间的彼此抵牾。这样，身体的症状就成了具有现代性内涵的符码，意在表明民众离启蒙与觉醒还有距离。

通过描写菊英白瘊的治疗过程，作家的解剖批判是深刻的，一方面直指个体的愚昧落后，另一方面指向民族、社会的滞重保守，我们看到对传统的认同与持守，同时也看到了对传统的坚守中的质疑。对白瘊的治疗过程，让人们对西方文明的先进有了切身的感受，人们的观念正悄然发生着改变。"白瘊"作为象征载体，既是对愚昧迷信的否定也是对传统的批判，同时，又是对西方现代文明的眺首瞻望。

在历史场域中存在的这种东西冲突、文明与愚昧的抗衡，是对社会现实和人们观念的反映，作家对个体的隐忧已转化为对民族、传统的现实处境的关切。就菊英身上的疾病症状而言，通过对疾病的诊治过程来表现两种文明的拉锯对立，从这种冲突拒斥中，我们看到启蒙之路的艰难，现代文明之光的孱弱。对西医的欲试心理，表明了人们对现代文明的犹疑不决的态度，人们还缺少吃螃蟹的精神与勇气，这也就说明对现代文明的接受、融化到逾越还需要经过一个渐进的过程。

迷信其实除了表明人们的愚昧之外，也传达着人们无意识中的希望与恐惧。迷信直接表明其潜存的内在动因，它成了人们的精神支撑。德国哲学家卡尔·雅斯贝斯说，宗教虽然在现代社会中不可避免地衰微，但人对信仰的渴求却不会停止。其实，在旧中国的社会底层没有接受现代教育熏陶的人们，迷信的功用与西方人心中的宗教作用是一样的，它让在迷途茫然中的人们看到希望之光。在愚昧落后的民众心中，迷信成了人们唯一的精神避难所，当个体为自己的生命无法做出决断时，他们就会去祈求神祇的决断与护佑。对于无知无识的菊英母亲来讲，迷信是她的绝对信念，具有万能之力量，这是现实也是历史对其的阈限。因此菊英的白瘿，是对时代和现实的思考，也是迷信对于民众意识的无意义探寻。作家是有明确的批判意识的，是对生命和存在的质疑。

法国小说家阿尔贝·加缪认为美与光明在某种意义上和人的理性有关，是人的意义寻求取向。《菊英的出嫁》里母亲为女儿举行冥婚其实是她对美与光明的期待，是对女儿思念的表达。她是在封建迷信中寻求信念，当然这不是加缪所说的理性，是非理性中菊英母亲自我自足的理性（菊英母亲自认为的理）追求，也即指明迷信在别人看来是不存在的，而在菊英母亲心中却是枝繁叶茂的实在存在，迷信在她那儿既是力量，更是意义诉求。她对迷信的崇信与盲从，体现了她的思维方式以及思想缺陷。

加缪认为，信仰上帝，是意图以意义来取代、掩盖无意义，是对荒谬的弥平。对菊英母亲来说，对迷信的践行也如同他人信仰心中的上帝一样，冥婚对她来说不仅是义务还是精神的支点。当然，对一个理性的人来说，为死人所做的一切都是无意义的，而在菊英母亲看来，却是另一种图景，她仿佛看见了在另一个世界的女儿的鲜活成长，而得到心灵的慰藉与精神的寄托。

小说一开头就让我们看到一幅喜庆的婚嫁画面，通过倒叙菊英母亲的回忆，我们才知道新娘已早夭，如今是为天国中长大的女儿举行婚礼仪式，但在这如节庆般的迷离狂欢中我们却看不到丝毫的悲哀，这也许就如同加缪所说的，通过回忆，"我们回归自身。我们感到了我们的不幸，因此我们就更加爱。是的，这可能就是幸福，即对我们的不幸同情的感情"。① 母亲对女儿的回忆，让她感到了无比的幸福，仿佛女儿一直在身边陪伴。作家巧妙的叙事技巧，让热闹与喜庆和落寞与凄凉并置在同一文本中，互相阐释、指证，越是欢庆异常就越发反衬出母亲的悲凉与痛苦，喜庆也就成了凄凉的最好注脚，婚庆传达出来的黑色荒诞与强烈反讽，让人心灵震撼。

在对隐喻的继承与创新方面，现代文学中的精神病意象似乎更具典型性。病理学层面上的精神病指人的心理和精神处于非正常甚至是癫狂的一种状态，但在文学文本中它却隐含了其他更为复杂的意义。因为正常或异常是以社会常态为参照标准的，凡是符合传统社会规范、道德准则和价值观念的行为，被视为正常，反之则视为异常甚至"疯狂"。中国现代文学史上第一篇用现代体式创作的白话短篇小说《狂人日记》里的狂人就堪称疯癫意象的典范，而沙汀的《兽道》就可称之为市镇小说里独具特色的疯癫叙事了。

法国哲学家福柯在他的专著《疯癫与文明》里说："这并不意味着疯癫是艺术作品和现代世界所共有的唯一语言（病态的诅咒所造成的危害与心理分析所造成的威胁是对称的两极），而意味

---

① ［法］阿尔贝·加缪：《置身于苦难与阳光之间》，杜小真译，生活·读书·新知三联书店1989年版，第13页。

着一种似乎被世界所湮没的、揭示世界的荒诞的、只能用病态来
表现自己的作品，实际上是在自身内部与世界的时间打交道，驾
驭时间和引导时间。由于疯癫打断了世界的时间，艺术作品便显
示了一个虚空，一个沉默的片刻以及一个没有答案的问题。它造
成了一个不可弥合的缺口，迫使世界对自己提出质疑。艺术作品
中必然出现的亵渎成分重新出现，而在那种疯癫的作品中的时间
里，世界被迫意识到自己的罪孽。……艺术作品与疯癫共同诞生
和变成现实的时刻，也就是世界开始发现自己受到那个艺术作品
的指责，并对那个作品的性质负有责任的时候。"① 福柯的精辟论
述能启迪我们对《兽道》的解读。文本里的魏老婆子由于媳妇遭
遇大兵轮奸无处申冤而导致发疯的过程，我们看到了各种非常态
现象，大兵祸民害民，兵民对峙，作为维持公理秩序的政府官员
不但没能主持正义反而是恐吓威逼她，无知愚昧的大人小孩的共
同羞辱、周围邻人的麻木以及亲人的冷漠等，她被一步步逼上绝
境。小说揭示了旧中国社会中普遍存在的问题，而这些业已呈现
出严重病态症状的现象却被生存于其间的人们普遍认同、维持，
这表明当时整个社会根底的病态存在。发疯就成了对现存社会秩
序混乱与伦理道德沦落的隐喻，是对现存世界的政治体制合法性
与人伦秩序合理性的质疑与解构。从福柯的论述中可以看出，疯
癫被当成了一种写作策略与叙事内容。魏老婆子的疯是用非理性
消解理性，用非正常审视正常的变态存在，以此抵达对现实伦理

---

① ［法］米歇尔·福柯：《疯癫与文明》，刘北成等译，生活·读书·新知三联
书店 2003 年版，第 268—269 页。

的沉重思考。那些传统思想的因袭重负，社会的混乱无序，个体遭遇的不幸，把人推向了生命意义的虚无，历史场域和个人遭遇使一个生活在社会底层的老妇只能深陷悲苦的泥沼而无法自拔。我们看到，在这里人没有了生命之重，只剩下形而下的沉重欲坠的肉身，人成了一个空洞失义的符号。

苏珊·桑塔格说："疾病是生命的阴面，是一种更麻烦的公民身份。"① 发疯的魏老婆子的这种身份存在，是对当时人性丑陋与社会颓然的复演，疯病在这里成了作家创作的一种表达手段；小说里魏老婆子的发疯，是被周围愚昧无知、冷漠麻木的众人逼疯的，是对有冤无处申诉的控诉，同时也是对她得不到理解与同情的绝望。"疾病"在这里成了民族精神状态的文学呈现，通过对疾病的描写来实现发掘中国民族精神隐疾的目的。"疯"是对当时病态的人际、人伦关系与政治体制的再现，即通过对疾病的观照，达到对个体生命价值的关切与民族社会发展的探寻。

加缪认为世界的荒谬，也就是意义的丧失，荒谬就是揭示一个意义世界的无意义底层。并且认为，世界显得荒诞，还不是最痛苦的，最痛苦的是不能摆脱痛苦。《兽道》里老妇的发疯正如加缪所说的，媳妇被迫害致死，她的伤心痛苦没有得到亲人邻居的理解，更没有公道正义的支持，"疯"表征了她对现实的无奈与对丑陋社会的绝望，清醒与疯癫对她来说都是无

---

① ［美］苏珊·桑塔格：《疾病的隐喻》，程巍译，上海译文出版社2003年版，第7页。

法逃脱的存在之苦。对她致疯的叙述就成了沙汀以疾病的生成机制来表达对病态伦理观念以及群体性道德的宣判，是对社会体制秩序、国民落后愚昧的批判，是对鲁迅式的看与被看的再思索。

作家苏珊·桑塔格在其著作《疾病的隐喻》里指出："任何形式对社会规范的背离都可以看作是一种病态。"果真是这样的话，就中国现代市镇小说里的疾病叙事来说，疾病其实就是对病态的社会体制与社会现象的指代与表达。茅盾的《林家铺子》写出了处在半封建半殖民地的中国城乡之间的市镇商业发展的艰难。小说将20世纪30年代初期的民族战争、城乡经济、社会政治状况投影、交织在了林家铺子上，因此在林家铺子里发生的所有事情也就成了当时整个中国复杂社会情势的缩微，林家铺子的兴衰反映了当时整个社会经济结构的变动，小百货商店的经营状况就如同当时中国经济的晴雨表。小说中林大娘的病状是不断地打嗝，打嗝的轻重缓急频率与自家的小百货商店的经营状况相联系，也与家人的安危处境相关联；林大娘病状的轻重就是对当时中国的社会政治经济状况以及政府官僚的腐败现象的反映，这样，个体的病状与社会的政治经济体制的不完善不健全就形成了同构关系。小说所描写的病不仅仅是能指更是所指，疾病叙事也就具有了丰富的社会内容与意义。

第三节　疾病表征：孤独的探寻与探寻者的命运

　　中国人对身体的言说往往表现得不是很"客观"，常把身体看作文化象征意义上的"虚实体"，这样，身体也就成了不仅仅是能指的符号还是所指的意义，也就如学者葛红兵和宋耕在其合著的《身体政治》里所说的："'身'和政治紧密结合着，它是政治的工具，也是政治的目标，同时也是政治的结果。'身'在肉体论、躯体论、身份论三位一体意义上，从来就不是单纯的自然现象，而是一个人类政治现象。或者说，'革命'作为非常态的政治手段，它既是以身体（改造、消灭、新生）为目标，也以身体为工具，革命是身体政治最暴烈的手段，革命的文学家同时必然是治病救人的'医生'。"① 我们通过阅读鲁迅的小说就会发现这样一个现象，在他的叙述中，中国人的身体和民族国家的文化机体常常是互文的。并且在鲁迅看来，中国传统文化之"机体"已经病入膏肓，甚至无药可救，因此，他也就时时表露出绝望和愤激之情，这种无望是源于他对传统的否定，而对此的全盘否定也就注定了必定会有新生的诞生，改造国民性与社会改造就成了他的期盼也是他的希望，这也就是学者汪晖所说的："鲁迅对传统

---

　　① 葛红兵、宋耕：《身体政治》，生活·读书·新知三联书店 2005 年版，第 50 页。

的否定性判断来源于对民族新生的期望"①，即对"绝望的反抗"，绝望与希望就以一种悖论式的方式并存于鲁迅的世界中。而另一颇具特色的海派作家张爱玲的疾病叙事就呈现了与鲁迅不同的内涵，她的疾病叙述写出了在方生方死的暧昧纠结中，个人的不可救治与社会的渐趋颓势在相互的抗衡中彼此都沦落了。鲁迅与张爱玲的疾病描写都源于失望，但鲁迅从"绝望""虚无""黑暗"中看到"人道主义终当胜利"与未来的"希望"，而张爱玲则在挽救中陷落、失望。

"'疾病'作为隐喻日益弥漫在中国知识精英的话语表达之中，并转化为一种文化实践行为。"② 从中国新文学产生的社会语境来看，文学被功利化为治病救人的工具，文学对社会、民族、人生与生命的疗救作用，是对现代启蒙所起的工具性作用的一种转喻，是对饱受列强侵略之难后的强国保种的民族使命意识的呼唤。正因为此，鲁迅的"揭出病苦，引起疗救的注意"就奠定了他的文艺的工具功能化效用，借助文艺来疗救国民精神的劣根性。鲁迅除了关注文艺的本体性诉求之外还自觉追求文学的工具性功用，在他的创作里呈现了大量的有关社会、国家、民族等的宏大叙述。

小说中的疾病意象，不仅是表达方式，更是思维手段，它推动小说情节的发展、参与艺术层面的创造，深化了文本的内容。疾病作为象征，承载了小说的社会性价值与功利性作用，常常被

① 汪晖：《反抗绝望：鲁迅及其文学世界》，河北教育出版社2000年版，第67页。
② 杨念群：《再造"病人"》，中国人民大学出版社2006年版，第6页。

用作思想启蒙的转喻。鲁迅常常将对疾病的叙述比照传统机体的病状与个体精神缺陷的描写，对身体症状的描写隐喻了社会与民族的病态存在，身体疾病便成为一种政治隐喻，以此表达作家对其的深刻反思与质询，这就恰如苏珊·桑塔格在其专著中所说的那样，"疾病的隐喻还不满足于停留在美学和道德范畴，它经常进入政治和种族范畴"。①

文学里的疾病叙述中描写最多的疾病要数肺结核了，并且，在所有的疾病中，肺结核也有它的独特之处。在 18 世纪中叶的西欧，肺结核被指称能够引起浪漫主义的联想。② 结核病的浪漫化书写在西欧和日本曾一度盛行，中国现代作家尤其是创造社作家曾深受此影响。创造社代表作家郁达夫的小说几乎可以看作"疾病大全"，他的大多数作品都呈现出一种病态的、衰颓的美感，"在中国现代作家中，频繁地指涉疾病母题的，或许没有人能出其右"③。如《茫茫夜》中的吴迟生、《过去》中的李白时、《蜃楼》中的陈逸群和叶秋心，以及《迟桂花》中的翁则生都是结核病患者。当结核神话得到广泛传播时，结核病被看成高雅、纤细、感性丰富的标志。④ 我们看到郁达夫笔下的主人公大都是出身书香门第又身患核病的才子，脸色苍白、嘴唇灰白、身体清瘦、眼窝深

① ［美］苏珊·桑塔格：《疾病的隐喻》，程巍译，上海译文出版社 2003 年版，第 5 页。

② ［日］柄谷行人：《日本现代文学的起源》，赵京华译，生活·读书·新知三联书店 2003 年版，第 96 页。

③ 吴晓东：《一片被蚀而斑斓的病叶——疾病的文学意义》，《书城》2003 年第 4 期。

④ ［日］柄谷行人：《日本现代文学的起源》，赵京华译，生活·读书·新知三联书店 2003 年版，第 96 页。

陷、颧骨突出等几乎是患者们共有的体貌特征，而且这些人物大多表现为敏感、纤细、才华横溢，在郁达夫那里结核病也就几乎成了才子病，这就正如苏珊·桑塔格所说的那样，"从隐喻的角度说，肺病是一种灵魂病"。① 鲁迅的《药》《在酒楼上》和《孤独者》都是描写结核病的市镇小说，当然这些作品与上述结核病的浪漫风、才子气相去甚远，呈现了不同的内涵，鲁迅作品里的疾病叙述更多的是表现了生命的沉重与价值询唤之意义。

詹姆逊说："读者必须具有相应的经验，无论是身体的疾病或精神上的危机，亲身体验过我们无法从精神上逃脱的不幸异化了的现实世界，这样才能真正欣赏鲁迅所描绘的噩梦的极其恐怖。……那种不可言喻、难以名状的内心感情，其外部只能由像譬如疾病症状一类的外壳标志出来。"② 这段话有助于对鲁迅作品的解读与对疾病的理解，指示我们要透过症状的表面直抵表征对象的内里与本质。鲁迅的疾病叙事与特定时期的民族、社会症候建立起了对应关系。

疾病叙事呈现了生命的时代诉求与价值关怀，正义无法承担生命的价值与人格尊严，是对探寻者现实境遇的关照，也是对其生存的关怀。《药》反映的是愚昧的个体与启蒙者的对立状态，是看客的冷漠与被看的悲哀，是愚昧与文明的冲突，是少数革命者与落后的大众之间的裂隙和鸿沟，舐噬革命者的鲜血无法治愈

---

① ［美］苏珊·桑塔格：《疾病的隐喻》，程巍译，上海译文出版社 2003 年版，第 18 页。

② ［美］弗雷德里克·詹姆逊：《处于跨国资本主义时代中的第三世界文学》，张京媛编《新历史主义与文学批评》，北京大学出版社 1993 年版，第 236 页。

华小栓的肺痨，也无法弥补相互间的沟壑，疾病表征了愚昧的顽固强大，形成了对启蒙与文明的消解。这里，疾病叙述就成了对启蒙与革命前途境遇的生动表达与探寻，暗示了革命的阻滞与沉重，如果革命没有得到民众的理解与支持，革命者最后的结局就是牺牲、革自己的命。革命的行动成了被看的内容而落得可悲的下场，未能唤醒民众的革命，革命者的振臂一呼只能是独鸣而不是合奏，施助与被救间就因两者的距离，形成了即便在同一场域而依旧如陌路的存在。德国哲学家卡尔·雅斯贝斯认为，悲剧不仅表现失败，更重要的是传达"解救"。夏瑜的牺牲，革命的失败，传达了革命者的"解救"之行动，但未被大众感知，华小栓患肺痨用夏瑜的鲜血治疗，这也表明了革命行动的徒劳与施救的无效。夏瑜的杀身成仁不仅是他个人的悲剧，其实更是社会、民族的不幸。疾病隐喻了对世界合理性乃至启蒙者自身合理性的双重质疑，革命的成果与意义被革命对象和被救者所解构和消解，被助者本来应是革命者的盟友、同志，而现在被异化为革命的他者，革命者被自己的革命行动所解构，是革命得不到理解、支持的转喻。疾病的政治隐喻内涵凸显了疾病与旧社会的历史同构关系，在身体症状的治疗中建立起另一种意义构架，革命者的孤独就表明了群体的愚昧无知，众人处在昏沉中仍未被唤醒，个体的流血牺牲遭遇群体的价值评判标准，被群体所消解，所忽略，也就如鲁迅本人与友人谈到《药》时所诠释的："《药》描写群众的愚昧和革命者的悲哀；或者说，因群众的愚昧而来的革命者的悲哀；更直接地说，革命者为愚昧的群众奋斗而牺牲了，愚昧的群众并不知道这牺牲为的是谁，却还要因了愚昧的见解，以为这牺牲可以享用，增加群众中的某一私人的福利。"① 《药》通过描述新旧碰撞、传统文明与现代文明的交锋，以及对先觉个体与落后群体的相互对照叙述，身体疾病就与民族国家态势形成了互文关系。

学者汪晖说："中国社会伦理秩序与政治秩序的高度一体化过程实际上不仅使政治伦理化，社会结构伦理化，同时也使伦理道德体系政治化、制度化、实体化。"② 《药》中华小栓所患的"痨病"是对病态社会中形成的非正常人际关系的指代，代指中国传统文化所肯定的伦理道德就是群体本位，即群体掌握了"正确的"话语言说权力，这一规范的实质是群体对个体生命的遗弃，这种评价标准就喻示了正处病中的华小栓的命运，更是对以"药"的身份出现的革命者夏瑜牺牲价值的否定。这正是传统伦理的巨大力量，它显示了在群体掌握的话语权下，个体生命的卑微，启蒙感召的纤弱与先驱者的孤独。

《孤独者》里的魏连殳曾受时代感召立志革新，反对旧家庭，反对封建礼教，被周围人称之为"新党"，当在反抗中受困遇挫后，就开始步步退守屈服，不得不向曾经所"反对的一切"复归。从他的历程来看，他于黑暗中奋膈振翅，是因有所期望去反抗绝望，面对强大、厚重的黑暗现实，一己之力撼不动腐朽的社会，深感身陷围城无法突破，因此在得肺痨后精神自戕、拒绝治疗，他的病死就是对反抗的徒劳、救赎的绝望的表达。《孤独者》

---

① 孙伏园：《鲁迅先生二三事》，河北教育出版社 2000 年版，第 298 页。
② 汪晖：《反抗绝望：鲁迅及其文学世界》，河北教育出版社 2000 年版，第 65 页。

的疾病隐喻成了对《狂人日记》的另一个演绎，同为疾病叙事，二者相较，各有不同，那就是狂人因投降而致康复获"生"，魏连殳却因抗争导致精神与肉体的双重死亡。个体的魏连殳是为拯救群体而遭弃被疏离的，他在群体中呐喊之声的纤弱、拯救的乏力，就说明了群体对个体的放逐。小说批判了传统文化对"人"的忽略与压制，这也是中国社会与西方社会的不同之处，西方社会重视个体的利益诉求，而中国社会更重视群体的价值而常常忽视了个体的存在意义。因此，鲁迅将"个体"作为关注对象，探寻个体在集体中的存在与命运，他通过对个体生存的描写，揭示以群体为本位的道德评价机制的不合理，他的"反抗绝望"的核心思想也即对"个体"的深切关注与"立人"至"立国"的探寻，以"人"之价值标准来揭露中国历史、传统文化、礼教制度等的"吃人"真相，病也就意味着是对当时社会秩序、体制制度、思想传统等之缺陷的表征，这就亦如谭光辉所说的："当文学作品无法脱离社会文化语境而处于其中的时候，肉体就会在社会文化的巨大网络中处于中心位置，身体符号则往往成为映射社会文化的一个窗口。"① 借对身体疾病的书写来隐喻社会性的思想主题，在整个文学发展过程中都具有广泛的适用性。我们不难发现，疾病呈现在个体上的症状是对群体的症候的书写。正如学者黄子平所认为的，病弱的身体在这些作品中成为一种文化的隐喻载体。现代作家们想象着自己的国家、民族以及赖以生存的文化就像病

① 谭光辉：《晚清小说中的疾病隐喻与中国小说的现代化进程》，《中华文化论坛》2007 年第 2 期。

弱的身体一样急需救治，而把健康的、充满活力的身体想象成民
族新生的符号，于是思想启蒙、文学创作变成了一种"治疗"行
为。① 魏连殳的病是对传统文化之病态的隐喻，表征了作家对传统
文化的批判与指斥。

　　日本学者柄谷行人认为："'政治与文学'不是什么古来对立
的普遍性问题，而是相互关联的'医学式'的思想。"② 林淡秋的
市镇小说《复活》里的章植农追求政治进步、参加革命运动，但
他的行动没有得到任何人的理解与同情，家境的贫寒、养家的责
任，使他的行动既没有现实的基础，也不可能得到家人支持；当
医生无法治愈儿子的浮肿病时，妻去关帝庙求香药却被士兵刺杀。
这里对疾病的叙述，既是对个人境遇的喟叹，也是对群体生存现
状的不平；既是对愚昧落后的指斥，也是对社会混乱无序的控诉。
因此文学里的疾病叙述就是对社会的发言，当构成对社会的批判
的时候，便是对观念的呈现，也就是对意识形态的表达。约翰·
奥尼尔认为，人的身体与社会机制是互相重构的，"人类首先是将
世界和社会构想为一个巨大的身体。以此出发，他们由身体的结
构组成推衍出了世界、社会以及动物的种属类别……我们的身体
就是社会的肉身"。③ 小说以疾病之躯来隐喻社会的混乱与政治的
腐败，是作家对非正常形态的社会伦理规范的质疑与思考。小说
《复活》最后写到在家破人亡与异族入侵的形势下，章植农最后

---

① 黄子平：《"灰阑"中的叙述》，上海文艺出版社2001年版，第153—169页。
② ［日］柄谷行人：《日本现代文学的起源》，赵京华译，生活·读书·新知三
联书店2003年版，第108页。
③ ［美］约翰·奥尼尔：《身体形态——现代社会的五种身体》，张旭春译，春
风文艺出版社1999年版，第10页。

得到周围人的支持走向革命、为国效力，这是对作家的使命意识与责任感的传达。这正如作家成仿吾所说的："文学是时代的良心，文学家便应当是良心的战士。"① 疾病叙事也可看作作家的良知呈现与责任感的表达。

"疾病常常被用做隐喻，来使对社会腐败或不公正的指控显得活灵活现。"② 蹇先艾的市镇小说《酷》写了因生病而住院的晓英，看到医院里很多不正常的现象，医生对待病人态度冷漠恶劣，不但不及时救治病人，更是将病重未死的病人放置停尸间，以"我"生病住院看到的一切揭露医院丑陋的一角，暗示社会的黑暗腐败和医院的不人道行为，意在呼唤对生命的尊重与珍视。靳以的市镇小说《去路》里儿子虎儿的病弱隐喻了社会的混乱无序和民族的危难，"我"将病弱幼儿托付给友人后，走向革命去寻求社会、民族解救之良方，为国家的未来找出路，以期弱国的自新图强。

疾病叙述让我们对生命沉思、对存在观照，这样疾病叙述就犹若一个召唤结构，它让我们思考此在并向往彼在。阿德勒说："人类生活在'意义'的领域中，我们所经历的事物，并不是抽象的，而是从人的角度体验的。……无人能脱离意义。"③ 疾病叙事亦是如此。疾病作为一种生理现象，是和人的生命特征共始终

---

① 成仿吾：《新文学的使命》，王立鹏《王统照的文学道路》，学林出版社 1988 年版，第 51 页。

② [美] 苏珊·桑塔格：《疾病的隐喻》，程巍译，上海译文出版社 2003 年版，第 65 页。

③ [奥] 阿尔弗雷德·阿德勒：《生命对你意味着什么》，周朗译，国际文化出版公司 2000 年版，第 1 页。

的。它不仅是医学关注的范畴，更是文学描写的重要内容。遭遇疾病、承受疾病、战胜疾病是我们每个人都可能有的经验，然而，如何看待疾病、表现疾病之于人生的意义却是文学家常常需要考虑的问题。疾病叙事的内容与社会、文化、哲学、艺术以及日常生活等诸多领域相关。

作家经常将疾病的描写作为他们表达对外部事物的态度与观点，成了他们认知外部世界的一种方式和途径，亦即以对疾病的认知作为进入世界的一种途径。因此，文学里的种种症状，也就不仅仅是疾病本身，疾病也就成了载体，而被赋予了丰富的社会、文化、伦理的意义，疾病也就由此突破了一己的疼痛，上升为对世界的关怀、对存在的探寻，也就具有了某种普适的意义。

文学与疾病相联系，疾病被赋予了一种现代化的书写方式与现代性的思想内涵。疾病叙事关涉国家、民族、阶级、人性等多种叙事因素，构成了丰富复杂的文本内涵，既有对个体命运、生命存在的叙述，又有意识形态的宏大叙述，在广阔的历史语境中不断扩建意义，从疾病这一独特的角度来思考妇女问题、生命问题、现代启蒙乃至国家民族问题等，因此疾病叙事显示出超越时代语境的深刻性与丰富性内容。对疾病的叙述犹若建立起了一个关系网络，由个体而想到家庭与社会，进而想到民族与国家。文学里的疾病叙事常常作为象征符号和修辞手段，被用来对当时的现实社会、国家历史与民族文化进行隐喻化的阐释，附带有社会的、文化的、道德的、政治的或者美学的含义。疾病叙事以身体的病变来映射一个社会群体的颓废，来表征个体与民族的非常态存在，疾病叙事也就呈现了广泛的社会内容、直指作家的情感倾向。

周作人在《人的文学》里说："我们所信的人类正当生活，便是这灵、肉一致的生活。"那么疾病叙事则是对灵、肉不一致的生活的反映，是对人有缺欠的存在与生命的表达，也是对身与心、灵与肉疏离的言说，是对生命关切与人文关怀的期冀与企盼。疾病作为一种媒介，不仅把群体紧密地联系起来，也使群体之间的伦理关系时刻都发生着变化。作家通过疾病叙事，不同程度地表现出关于疾病的伦理取向和价值判断。

"写作乃是一个生命与拯救的问题。写作像影子一样追随着生命，延伸着生命，倾听着生命，铭记着生命。写作是一个终人之一生一刻也不能放弃对生命观照的问题。这是一项无边无际的工作。"① 这虽然是女性文学创作宗旨的表述，但也适用于来表达关于疾病叙事所承载的意义。因此，我们也可以说疾病叙事既是对现实的反映，更是对生命的观照与沉思。

---

① ［法］埃莱娜·西苏：《从潜意识场景到历史场景》，张京媛编《当代女性主义文学批评》，北京大学出版社1992年版，第218页。

第二章

生命的关怀与生存的探寻

——论中国现代市镇小说的死亡叙事

人是有限的存在，死是一种必然的自然现象，是生命的必然归趋，恰如福柯所说的："人是一个近期发明，而且他或许正在接近其终结。"[1] 海德格尔也称人是"向死的存在"，死亡是生命有限与短暂的象征。在浩如烟海的文学作品里就有大量关于死亡的叙述，这就正如学者殷国明所说的："艺术的起源不仅联结着一个阳光普照的白天，而且深深扎根于无边无际的黑夜——死亡。"[2] 死亡意识与文学艺术紧密相连而成了文学的

---

[1] 刘北成：《福柯思想肖像》，北京师范大学出版社1995年版，第135页。
[2] 殷国明：《艺术家与死》，花城出版社1990年版，第2页。

母题，哲学家叔本华曾说："如果没有死亡的问题，恐怕哲学也就不成其为哲学了。"由此可见，死亡作为文学里一个频繁出现的意象是何等的重要了。中国现代市镇小说里的死亡叙事是对人物命运的关怀，是对珍惜生命的高尚情怀的展示，也是对民族的悲剧命运的体认，体悟到人物生存的苦难与迷茫。中国现代市镇小说里有大量的对死亡的叙写，如萧红的《呼兰河传》里"小团圆"媳妇和《小城三月》里翠姨的死，师陀《颜料盒》里油三妹的死，沈从文《边城》里傩送、翠翠父母和爷爷的死，鲁迅《药》里革命者夏瑜的死和《祝福》里祥林嫂的死，罗皑岚《租差》里李四长的死，等等。作家在小说文本里用死亡叙事来探寻个体的存活状态，是对人的存在的珍视与尊重。

对死亡进行痛苦观照的实质是一种现代哲学意识，德国哲学家费尔巴哈曾说："最残酷、最摧心的真理，就是死。"随着世界"一战""二战"的相继发生，人们对死亡、对生命有了新的思考，残酷的战争经历使人们改变了对世界和人类存在的认识，死亡意识被纳入现代哲学意识而被广泛探讨。在西方，死亡意识成为海德格尔、蒙克、卡夫卡、奥尼尔、陀思妥耶夫斯基等先贤们思考与探寻的重要源泉，并成了现代思想的一种呈现，纳入了现代哲学意识。

第一节　中国现代市镇小说展示的
生存图景：艰辛与困厄

　　E. 云格尔曾说："死绝对不只是作为赤裸裸的事实施行统治，而是已经在人固有的生存关系上对人作了基本规定。"① 中国现代市镇小说作家对死亡的叙写，是对生存图景的观照，是对生命意义的反思，表达了作家对不合理社会现实的批判与忧思。中国现代市镇小说里有大量关于死亡的描写，如《兽道》（沙汀）里魏老婆子媳妇之死、《租差》（罗皑岚）里李四长之死、《霜叶红似二月花》（茅盾）里祝大儿子"小老虎"的死、《祝福》（鲁迅）里祥林嫂之死等，这些小说都以市镇为背景，通过对市镇人物"死亡"的书写来反映作为城与乡之间这样一过渡带里的人们的生存现状。

　　现实生活中的任何人都无法逃避死亡，这是一个不争的事实，也许正因为此，德国哲学家海德格尔才会说，死亡是此在"最本己的可能性"。② 但作为一个在社会中生活的人，他们的死亡不是虚空的消失，而是承载了丰富的内容与意义，作家的死亡叙事意

---

　　① ［德］E. 云格尔：《死论》，林克译，生活·读书·新知三联书店1995年版，第5页。

　　② ［德］海德格尔：《存在与时间》，陈嘉映、王庆译，生活·读书·新知三联书店2006年版，第315页。

在反映当时的社会现象与生存现状，是对现实的投射与再现。《鲁道》里魏老婆子的媳妇刚生完孩子就遭大兵轮奸，后上吊而死，婴儿也早夭了，魏老婆子不但无法申冤还遭政府官员训斥，小说用死亡来反映当时离乱的社会现实：是非正义全然颠倒，官兵扰民害民。《租差》里的李四长因无法及时缴纳租谷被保长逼得投河而死，写出了底层百姓的生活窘迫与精神麻木，在他们看来东镇人的生生死死已司空见惯，生命因物质贫乏而变得无意义、失重。《霜叶红似二月花》里年幼的"小老虎"被乱枪打死，写出了人与人之间赤裸裸的利益争夺，生存的意义只是为了拥有、抢夺物质财富，漠视生命，人的尊严远离了个体存在。死亡叙事既有对社会现实的反映，更有对人的观照，体现了作家对现实的思考、对民族命运的探寻，是对存在的凝望、对生命的关怀。人文关怀是死亡叙事的重要内涵。

鲁迅曾说："我的习性不大好，每不肯相信表面上的事情。"[①]这里表明了鲁迅对世事的明晰洞察，面对黑暗的现实不愿沉沦，同时内心又充满了彷徨与绝望，力图找寻解脱之途、救赎之路。鲁迅在写作中表达了对那个时代的知识分子、女性、农民等人物的存在现状的思考与关注。小说《祝福》里的祥林嫂在鲁镇一片祥和的新年祝福中死去，表达了他对中国传统封建思想浸淫压迫下的黑暗现实的执着批判和否定；祥林嫂生前偶遇"我"时，关于"灵魂"和"地狱"的疑问，其实是对生的留恋与对死的惶惑，她的死亡是先精神后肉体的，不是因饥饿疾病而死，而纯粹

---

① 鲁迅：《鲁迅全集》第 2 卷，人民文学出版社 2005 年版，第 126 页。

是因吃人的封建礼教致死的，丈夫的死、儿子的早夭，再加上周围人的嘲弄排斥，她从精神上失去了寄托，她做帮佣与被转卖的命运遭际反映的是当时整个社会的妇女生存现状与相似的命运；在祥林嫂周围是一群自私褊狭保守、蒙昧无知冷酷的众人，她用迎合去维持最低的生存，没有也无法守护人的尊严，这对于她来说既没有意识也没有意义。小说写出了祥林嫂无地位、无人格的社会角色，她自觉地接受苦难，认为自己罪孽深重，认同封建礼教，封建思想与礼教对她有感召和启发的力量，自从她捐了门槛后，在她心里仿佛得到了神祇的宽恕，犹若精神上得到了救赎，她也仿佛"复活"了；当她知道周围人依旧没有接受她时，她迷茫了。她选择了死，但现世的封建成规影响到她对死后彼在世界的恐惧，这也即说明了她对封建礼教的认同已经浸入骨髓，对苦难的承受也就转化为一种消极的人生姿态。文本在无情地揭露和批判吃人的封建制度的同时，也痛心疾首地暴露了祥林嫂的不觉悟。

《祝福》通过祥林嫂被夫权、父权、族权、神权四重封建枷锁所压迫的叙述和描写，呈现了那个时代女性个体命运的多舛与阻骞，表征了妇女在社会生活中所面临的困境与压力；面对封建传统思想的强大与滞重，女性个体成了封建礼教制度得以实现与实施的工具，女性成了制度化、物化的工具性存在，背离了生命应有的主体性。作家塑造的祥林嫂这个形象无疑是当时旧中国千万个下层妇女悲惨命运的缩影与再现。鲁迅对中国封建传统的痛彻批判，其实是他对民族最深沉的爱的表征，而这种爱又是与对中国社会现实的苦难和黑暗的忧虑紧密相连的，就如鲁迅在他的

《自题小像》一诗里所表达的："我以我血荐轩辕。"

苏珊·S. 兰瑟曾说，女性的"个人独白"往往表现为两个层面的意义：创作者意图的展现和小说主体的自我逻辑。① 小说中祥林嫂在看到别人的小孩时，因思念儿子阿毛常常叹息独语也呈现了两层意思：其一，表达了作家对社会现实的思考，是对妇女命运及其生存意义的追问与建构，是对吃人的封建礼制的批判；其二，再现了祥林嫂的艰辛生存图景，对做奴隶而不得感到凄苦，情感没有依凭以及物质上的贫困，这都是她的生存困境，其实她麻木地活下去，是更大、更长久的悲苦与无望，虽生犹死。孔子认为死的意义在于生，而祥林嫂的生本身就没有意义，在这里生存意义与死亡意识是并立相斥的，鲁迅的"死亡"书写也即是对女性命运的时代观照和对个体存在的人文关怀。

海德格尔指出"日常生活就是生和死之间的存在"。② 鲁迅在其他作品中写到过"三·一八"三位女子的牺牲，经历了瞿秋白、殷夫、柔石等挚友或热血青年的死，鲁迅的独特生存体验使他"深深地感觉到，惟有死才是对人生苦痛的最快意的复仇方式"③。面对现实的深重苦难，他的揭出病痛便是以疗救改造国民性为根本目的，他执着于现世、在场，作品里对反封建的时代主题的揭示，是对中国社会历史及其伦理道德的彻底的反思、怀疑

---

① 苏珊·S. 兰瑟：《虚构的权威——女性作家与叙述声音》，黄必康译，北京大学出版社 2002 年版，第 21 页。

② ［德］海德格尔：《存在与时间》，陈嘉映等译，生活·读书·新知三联书店 2006 年版，第 281 页。

③ 谭桂林：《鲁迅与佛学问题之我见》，《鲁迅研究月刊》1992 年第 10 期。

和批判。鲁迅作品里对女性命运的关怀归根结底是对民族命运的关切，也是作家对时代赋予的责任的承载与负重。死亡就是生命的一种特殊的存在形态，对于祥林嫂来说生既无从寄托又无他助，面对死后既有担忧又有恐惧。孔子曾说，"未知生，焉知死"（《论语·先进》），强调的是死的意义在于生的价值，而对于祥林嫂来说生与死是同构的，她的生与死对任何人都不会发生影响。

面对死亡，任何一种抗争都是对人类超越自我的终结力量的挑战，应该被尊重和宽容，而旧中国的妇女处在被蔑视、被忽略的地位，为封建思想所摧残、所戕害，她们在旧社会中的存在犹显无助。中国现代市镇小说作品里对妇女命运的探寻与关注，体现了作家的使命感与时代感。萧红小说《呼兰河传》里的"小团圆"媳妇天真可爱，举止行动不受封建礼教的束缚规约，一切率性而为，当然这是不合当时妇道、不符世俗常理的，因此，才被婆婆百般折磨以致死亡；王大姑娘与磨倌冯歪嘴子两情相悦生活在一起，因有违封建礼教不为世俗所接受，受到周围人的嘲弄日渐憔悴郁悒后生产而死。小说以"正常"的生活秩序衬出"小团圆"媳妇、王大姑娘等行为的"不正常"，在"合理"的生活中显示出人性的全部不合理性，这是于无声处向不人道的世间发出的控诉。她们成了畸形社会与封建思想的牺牲品，而她们的死就如一缕轻烟消失一样可忽略不计，用有二伯的话说就是："人死不如一只鸡……一伸腿就算完事……"[1]。死亡的形式也正与生命的

---

① 《一代才女的艰辛跋涉：萧红小说全集》，中国文联出版公司1996年版，第478页。

形态相对应，女性的生命与禽兽同价等值，这是旧中国封建制度下女性的遭遇与命运。无论是"小团圆"媳妇还是王大姑娘，只因她们像"人"样的生活行止，为当时的社会所不容，便遭折磨受唾骂，死后亦成了人们茶余饭后解闷的谈资。同时，这些话语也表征了众人对封建传统的认同与对封建礼教的拥护，这就恰如萧红所说的："无论过去或现在，作家的创作对着人类的愚昧。"①死亡叙事表达了作家对旧中国封建思想浸染下的女性存在的忧虑与悲愤，因此，"忧生"和"忧世"成了萧红小说主题的两个侧面，二者互为生发、相互阐释，呈现了作品更为深刻的思想意蕴。鲁迅曾在《论睁了眼看》一文中尖锐地指出："中国的文人，对于人生——至少是对于社会现象，向来就没有正视的勇气。"这里，我们看到无论是鲁迅还是萧红，他们都是敢于正视现实、敢于担当的。

传统文化根深蒂固，封建礼制对生命的钳制与摧残仍将继续，人物的死亡不是意外的、偶然的个体生命的终结，而是普遍意义上的社会悲剧的必然。死亡叙事的意义也许如哲学家海德格尔所说的那样："真正的存在之本体论的结构，须待把先行到死中去之具体结构找出来了，才弄得明白。"②死亡叙述是对生命的关怀，也是对当时社会现实的观照，从批判传统文化的角度来书写中国女性的苦难命运，潜藏着某种普遍性意味，这也就意味着苦难与悲剧还将长时间继续下去。

---

① 萧红：《现时的文艺活动与〈七月〉座谈会上的讲话》，《七月》1938 年第 3 期。
② ［德］海德格尔：《存在与时间》，陈嘉映等译，生活·读书·新知三联书店 2006 年版，第 278 页。

第二节 奔赴正义：生命的价值与意义

"死自身不仅仅是一种状态，而且是一个情节符号，对于不同的人和不同的文化，它的意义也因而有别。"① 《尘影》（黎锦明）里的熊履堂之死、《二月》（柔石）里的文嫂丈夫之死、《刀柄》（王统照）里刀主人贾乡绅长子的死、《公道》（沙汀）里的女婿阵亡等以市镇为背景的小说文本所刻画的这些人物之死都是为人民利益而死、为民族的未来而亡，他们的离去具有了宏大历史意义，用 W. H. 沃尔什的话说就是："只有当我们能够展示出历史是在朝什么方向进展，只有当作为探讨对象的历史目标是我们在道义上能够予以赞同的东西时，历史才是有内涵的。"② 他们的死亡亦是如此，具有了家国同构的历史道义内涵与价值。

"人生自古谁无死，留取丹心照汗青。"这是南宋末年抗元名将文天祥当年兵败时写下的流传千古的诗句，这里指出了死的必然性，人终不免有一死！但同时也指出，死是可以承载意义的，一如大哲学家海德格尔所阐释的："死，作为此在的终了，是此在最本己的可能性……死作为此在的终了，在这一在者向着它的终

---

① ［美］恩斯特·贝克尔：《拒斥死亡》，林和生译，华夏出版社 2000 年版，第 22 页。

② ［英］W. H. 沃尔什：《历史中的"涵义"》，［英］汤因比等：《历史的话语：现代西方历史哲学译文集》，金大白译，广西师范大学出版社 2002 年版，第 258 页。

了的在中。"① 黎锦明的小说《尘影》里的明清县重要实权人物熊履堂，为民申冤、伸张正义，打击长期横行乡里、作恶多端的土豪劣绅刘百岁，但强大的恶势力勾结在一起沆瀣一气，他的施政遭遇了当地豪绅们及上层权势人物的重重阻挠，熊履堂未能实现自己的愿望，最后以赤化分子的罪名被处以死刑。熊履堂在强大的黑恶势力面前虽遇种种阻碍但也未曾让他彷徨，这也许就是"革命者在死亡面前，永远不会畏怯"②的精神吧！他依旧坚持正义至凛然赴死；虽然此前他完全有机会逃离一死去异地苟安，而他却选择了用自己的生命捍卫正义与尊严，就如同苏格拉底所说的："只要我的良心和我那微弱的心声还在让我继续向前，我就要把通向真理的真正道路指给人们，绝不顾虑后果。"当年大哲学家苏格拉底在执行死刑之前，同样可选择逃跑而他却选择了英勇就义，选择了为真理正义而殉道，"雅典法律判处苏格拉底死刑，但他却为了维护雅典法律的尊严而拒绝逃生"。这里熊履堂之牺牲与苏格拉底之死刑具有同样崇高的意义与价值。苏格拉底所崇信的真理因与当时古希腊的宗教信仰和政治体制相龃龉，被判刑处决，他为真理、为人民而死，但他未得到当时人民的理解和同情，正如法国哲学家让·布伦所说的："雅典人不懂得，苏格拉底与其说由于他们而死，不如说是为他们而死。"③ 在小说《尘影》里，农民运动虽然受到镇压暂时失利，但我们看到了熊履堂革命牺牲的

① ［德］海德格尔：《存在与时间》，陈嘉映等译，生活·读书·新知三联书店2006年版，第303页。
② 罗广斌、杨益言：《红岩》，中国青年出版社1961年版，第401页。
③ ［法］让·布伦：《苏格拉底》，傅勇强译，商务印书馆1997年版，第111页。

价值与意义，在小说的结尾写到熊的儿子小宝和幼稚园的小朋友们齐唱"打倒列强"的儿歌，意在暗示革命斗争在大众中漫开并得到认可与支持，这一写作技巧与鲁迅的小说《药》的结尾在夏瑜坟头摆了一个花环有点儿类似，因此鲁迅说："在结末的《尘影》中，却也给我喝了一口好酒。"① 小说《尘影》展开了社会个体间利益与道义之争的广阔叙述空间，写出了时局与政局对人物行动上的钳制与挤压，为描写阶级对立和更大范围内的权力与利益争斗提供了充足的历史依据。文本里豪绅们为了维护彼此的利益相互勾结利用，结成了利益同盟，熊履堂作为公道正义的代表，虽然得到大多数穷苦底层人的拥戴，也即历史必然中的不可抗拒性的"得道多助，失道寡助"之正义性在此得以彰显，但是，寡助者在力量上的强大，多助者在力量上的薄弱，致使熊履堂的失败也就成了一种必然。这里演绎了那段特殊历史时期多数人不敌少数人的现实，这也就意味着斗争的曲折艰难与胜利的功成不易是中国历史发展的一种现象，而这作为一种审美视角，展示了民族正义的压抑和失败与黑暗势力的强势和胜利，必将引起人们的同情怜悯以及对压迫者的憎恨和对正义自由的期盼。这里的死亡叙事就如同德国历史学家约恩·吕森所说的："这种策略使过去的知识置身于现在生活的特质之中，使其具有通过文化定位使心灵发生变化的力量。"② 沙汀的《公道》里女婿的出征牺牲，长辈和当局领导乡长为瓜分他死后的那点抚恤金各居私心，为争夺利益

---

① 鲁迅：《而已集》，人民文学出版社 1980 年版，第 98 页。
② ［德］约恩·吕森：《历史秩序的失落》，［英］汤因比等：《历史的话语：西方现代历史哲学译文集》，金大白译，广西师范大学出版社 2002 年版，第 76 页。

而不见了亲情与正义，直接导致遗孀的尴尬处境。他的死亡与广泛的社会现实紧密联系在了一起，既反映了其时妇女生存处境的艰难，又观照了当时的政局与民族境遇，这种叙事策略在对死亡事件做出事实性观照的同时已经贯穿了意识形态化的意义赋予与价值评判。《二月》里文嫂的丈夫李先生为了理想变卖了家里值钱的东西作为盘费当兵打仗，在战争中他的英勇奋战换来了战役的胜利，可他却阵亡了，孤苦无告的妻儿因战局混乱拿不到抚恤金，直接导致妻儿生活的无助与死亡。李先生的牺牲承载的是其所属阶级的本质及其在特定时期的历史使命，生命的个体性存在因时代需要而消解在群体中，成为"要奋斗就会有牺牲"的时代诠释，但是，李先生死后妻儿的境遇，也反映了当时时局的混乱与底层民众生活的艰辛。《刀柄》里军官为了围剿红枪会，生擒并屠杀了十五个无辜青年，贾乡绅长子便是其中之一，贾乡绅长子带刀习武是为了防止匪患维护地方安宁，而今这把御匪的刀却在屠戮无辜，作品揭示了当时兵甚于匪、官扰民乱的惨痛现实。这些市镇作品里的死亡叙事具有了丰富的内涵，具有了儒家传统所宣扬的"杀身成仁""舍生取义"的宏大历史意义，这里的死作为此在的终结具有对生存境遇与社会现实的观照意义，正如学者何显明在《中国人的死亡心态》里所说："死的意识创造了新的生命冲动，建构了崭新的生命价值，给生命的存在注入了最强烈的力量和意志。"① 在那个动荡不安的年代里，民众形成了普遍通行而且能够达成共识的社会理念与价值观念，甚至将其作为最

---

① 何显明：《中国人的死亡心态》，上海文化出版社1993年版，第86页。

高的道德标准，这里的死亡叙事即是历史记忆的叙事，因而作品里贯注了意识形态所张扬的对革命历史观的理解，这也将顺势导向民族心理和社会文化的普遍认同与接受，作品里死亡叙事的言说的出发点和思想基础是重建民族记忆与革命历史认同。死含有了对生存意义的拷问，毛泽东在《为人民服务》里说，"我们为人民利益而死，就是死得其所"，"就比泰山还重"。这里将死亡从意义和价值上给予了至高无上的评判与褒扬，张扬了生命的意义，是对从容献身的英勇和临危不惧的壮烈的认同，因为"这些人就是我们称之为具有大我或伟大事业灵魂的人，正是他们能够为所有人的利益献出自己的生命，正是他们能唤起人们内在和外在的广泛精神，并且说：这种精神……比其他所有的东西都高尚，它是我们内心深处的精神"。① 这也是对历史的言说与认同；在叙述者的言说里，意义的倾向性和爱憎的鲜明性十分明朗，死亡标志着人的觉醒和个体意识的成熟。小说里这些为民族、为正义而牺牲的人物，将个人与社会联系起来，肩负高度的社会责任感与历史使命感，在社会价值中去认识个人的价值，超越了纯粹私利的狭隘界限，他们也如荷马史诗中的英雄们一样坦然走向死亡，这些人物身上所具有的责任感和使命感增进了小说思想内蕴的深刻性。死亡是对人的在场困境的洞察与探寻，是对生命意义的思考，是对存在的反思，是对生命的尊重。在这样的死亡叙事中，我们感受到生命本身超凡的力量及其逝去后所负载的意义，所以，

---

① ［印度］罗宾德拉纳特·泰戈尔：《人生的亲证》，宫静译，商务印书馆 1996 年版，第 108 页。

对生命的尊重与尊严的珍视，就是对死亡的尊重和超越，彰显了人的存在的价值与意义。

第三节　女性觉醒后的突围：时代与世俗的抗衡

梁漱溟曾说中国是一个以道德代宗教的国家。① 人们对封建礼教的持守就如同他们的信仰，封建制度对社会、对人们的生活才会形成深远的影响，新旧观念、两种文明的冲突就成了文学频繁表现的主题并呈现出丰富的思想内涵。同时这也注定了封建思想的积弊是无法在短时间内消除的，成了扼杀青年的自由和幸福的根源所在。萧红《小城三月》里的翠姨、师陀《颜料盒》里的油三妹等女性生活在新旧冲突的市镇里，她们受现代文明的启蒙，有了懵懂的追求，面对周遭闭塞滞重的氛围，不想妥协，期盼自由与自主，同时又深受历史积弊既定成规的影响，自我意识受陈规所拘泥；她们质疑旧的思想传统的合理性和权威性，但无法做出更明确的选择。受其局限，在徘徊过程中，追求个性自由，还未得到社会的认可和支持，反映了觉醒中的女性在面对客观现实时的矛盾与尴尬，其结果只能是陷于苦闷幻灭。作家写出了女性命运的艰难，挖掘了历史积习下的萌动，隐喻妇女解放之路的艰难与漫长。

---

① 梁漱溟：《中国文学新编》，人民出版社1975年版，第124页。

德国诗人胡腾有一句诗说："心灵觉醒了，活着便是件欢快的事。"从翠姨、油三妹们的死亡叙事来看，恰恰与诗人所说的相反，翠姨、油三妹等并没有因先觉而过得愉快惬意，反而因觉醒而感到更加痛苦，也凸显了她们与环境的不协调，因为当时那个社会需要的是在沉睡的人，而不是觉醒的人，所以她们更加地痛苦。女性觉醒从社会性视域来看，未解放的社会里的先觉者们的存在只能深感觉醒后的痛苦与无助，个体的觉醒一时无法唤醒群体与社会，这就注定了翠姨、油三妹们的不幸与悲剧性，这也说明了言说是有其语境和时代性的。

鲁迅曾冥思苦想过"娜拉出走以后怎么办"，萧红在作品里也延续了这一命题的思考和批判，这也是20世纪上半叶众多作家探寻的一个社会问题。不少中国现代市镇小说叙述了从对婚恋自主的追求过渡到对婚恋自主的失却信任，在现实的生存境遇中解放被放逐了，寻求个人人格独立和婚恋自主的知识者的"自我"形象就成了一个扁平的符号，封建思想对精神的约束依旧存在，对道德的压抑未曾改变。萧红的市镇小说《小城三月》里的翠姨连"娜拉"式的离家出走都未能有，未走出旧家庭，也不敢投身社会，尽管开始接受现代文明思想，但女性价值观还未发生根本性的改变，其女性解放意识并没有真正觉醒而是处在懵懂中；有较模糊的女性独立意识和自我追求，但怯于行动上的实施；试图走向社会，但又面对传统成规的羁绊，身在围城，心在城外。觉醒者的纤弱，也表明了女性追求个性解放、反对包办婚姻之路还很漫长，封建蒙昧力量依旧强大，这就一如另一女作家丁玲所说的："中国所有的几千年的根深蒂固的恶习是不容易铲除的，而所谓进步的地方，又非从天而降，它与中国的旧社会是相结连的。"① 后来，丁玲于 1942 年在《三八节有感》一文里还指出，解放区仍存在妇女问题，妇女"不论在什么场合都可以得到她应有的非议"，相较于翠姨、油三妹们所生活的时代与环境，她们所受的非议与不解那就更不言自明了。

鲁迅在《伤逝》里探讨了五四时期"子君们"的命运遭际。当时以子君为代表的中国知识女性一方面受启蒙思想的影响，另一方面又深受传统男权中心意识的浸染，在中国五四知识女性身上便体现出不完善的女性意识与传统男权中心意识两种力量的较量、抗衡。在父权制权力文化的浸染中，社会的规约表现为女性的自我压抑，她们在潜意识里就认可男性的主宰权，把自己看作男性的附庸，她们很难走出自己心造的"围城"，而且我们也要看到，在一个根本没有为知识女性走向社会提供任何机会与道德认可的社会里，很显然，围城内外其实是没有实质性的不同的，正因为此，"娜拉"走后的命运才会引起大众广泛的追问与思考。萧红在《小城三月》里用一种看似冷静的语气，叙述了翠姨"苏醒"后的无望和痛苦挣扎，她渴望恋爱自由和婚姻自主，但又没有真正的自我意识。由于行动上的畏怯，她并没有由此走向幸福，而是因不被理解又无法解脱直至最后郁悒而死，这种"无声的反抗"，其结局是不言而明的；鲁迅《伤逝》里的子君的命运在翠姨身上只能再次上演，更何况她还缺少子君的坚决和果敢，只是渴望精神上的独立与选择上的自

① 丁玲：《丁玲文集》第 6 卷，湖南人民出版社 1984 年版，第 98 页。

主，女性的个性解放因没有社会解放庇护，这就注定了她的命运，无路可走，只能是一个悲剧。

受现代文明影响的先觉女性，她们的家庭及周围的环境还在持守封建礼教道德，加在女性头上的枷锁依旧庞大牢固，封建思想的影响依旧根深蒂固，相比之下，她们的反抗也就犹显微弱，捍不动周围滞重的环境和封建成规。也许就是这个原因，无论是翠姨还是油三妹，她们都没有选择逃离，也许是清楚走后的无路可投、无处栖身，她们用死亡来表达对现实的承受与应对，同时这也是对封建思想与传统文化强势滞重的一种另类的呈示，传达了作家对启蒙理念的现实境遇的深刻反思和女性解放之路的探索。就如同刘小枫曾在论及诗人自杀的意义时所说的："既然生没有意义，主动选择死就是有意义，其意义在于毕竟维护了某种生存信念的价值。"① 翠姨、油三妹用死表达了她们对生命的本真诉求，这也是对绝望反抗的控诉；作家用死来表明了女性解放和个性自由在那个时代的艰难，也表征了她们反抗的艰难与突围的失败。

翠姨的妹妹出嫁后常挨打过得并不如意，但她未曾感到活得不如意而生活依旧，因为在翠姨妹妹看来，女人从来就是这样生活的，没有什么不对的地方，更不会因感到痛苦而结束生命，只有觉醒后的翠姨才会有这样的想法："心里只想死得快一点儿就好，多活一天也是多余的……"② 翠姨之死是对现实深感无助失望与对未来命运惶恐的一种表达，孔子曾说："哀莫大于心死，而

---

① 刘小枫：《拯救与逍遥》，上海三联书店 2001 年版，第 40 页。
② 《一代才女的艰辛跋涉：萧红小说全集》，中国文联出版公司 1996 年版，第 895 页。

人死亦次之。"这句话也是对翠姨此时心境最恰切的注脚,翠姨的反抗不是求生,而是选择生命的自我终结,因此她的死可以说是经过了冷静的思考之后做出的理性选择,也是深重绝望下的自我毁灭的表征。这样,我们就看到了一个悖论现象:在旧中国的女性无论是先觉还是未觉,其命运结局其实是殊途同归,都是一个时代的悲剧性存在,唯一的不同之处只是,未觉者们因对"从来如此"认同而不感痛苦反而颇感适意,先觉者们因对"从来如此"的反抗而遭遇了更大的痛苦。

对死的叙写实质是对生的沉思,是对生之意义的追问。"生存,还是死亡?"这是莎士比亚时代复仇王子哈姆雷特对生死的叩问,也是对生命可能意义的怀疑与思索,这一疑问的困扰依然存在,因此,对死亡的意义指涉与价值取向,就具有了探寻与追问的成分。《颜料盒》里的油三妹,她有自主的女性意识,封建成规在她那儿好像没有影响,她快乐地生活,但这为周围人所不容而遭到非议,面对受辱处境她很清楚无法得到同情与理解,由于还没有女性自主选择的现实社会条件,在当时那样的社会,正常的人性无法得到发展,个人的生存意志得不到实现,"不合理"成了一种常态;最后她选择吞食颜料自杀以示反抗和绝望;她的死是对污浊人世的蔑视与超越,以死的超脱来表达一种对社会与人生的自觉性抗争和对"极乐世界"的理想化追求,正如雅斯贝尔斯所说的:"没超越就不存在悲剧。甚至在与神和命运对抗的绝望的战斗中,对死亡的挑战也是一个超越的行为:这一超越行为是向人的特有本质的迈进,人是在面对毁灭时才认识到他自己的本质的。"① 死亡也是对传统封建思想对女性的束缚与戕害的控诉，油三妹是"觉醒者"，同时又是受害者，像这样觉醒的生命却囿于客观环境和社会习俗的制约而遭毁灭的悲剧更令人深感痛心，是对女性普遍的生存图景的深刻反思和质疑，引发人们去对"人"的存在问题进行更深层的思考，这也是对生命的敬畏与珍惜，因此，死亡叙事也是自由生命的伦理叙事。死亡观照的是那个时代和整个社会女性存在的在场图景，她们试图冲破旧礼教束缚、寻求自我解放而未能如愿，是对女性生命意义的追寻与观照。因此，"关于死亡的一切思考，都反映出我们对生命意义的思考"。②

　　文本对现代与传统、民主与封建的对立冲突的反映，表达了作家对女性所处现实的思考与探寻。对翠姨、油三妹们的悲剧命运的描写，是对当时整个时代的女性处境的沉痛控诉，她们之死的社会意义远远超过了死亡本身，承载了时代赋予女性死亡与死亡之外的内涵与意义。死亡结局就成了对黑暗现实的再现与封建制度吃人本质的表征。

　　作家对女性启蒙觉醒与社会解放的探寻告诉我们，若社会还处在封闭未动中，女性的觉醒就将成为悲剧，觉醒还不如懵懂未醒，先觉就要付出代价，是更沉重的痛苦，未觉反而能生活得适意而自如，是麻木中的惬意自适。觉醒后的女性对自由

<hr />

① 〔德〕卡尔·西奥多·雅斯贝尔斯：《存在与超越——雅斯贝尔斯文集》，余灵灵等译，上海三联书店1988年版，第92页。
② 〔美〕艾温·辛格：《我们的迷惘》，郜元宝译，广西师范大学出版社2001年版，第84页。

充满向往与追求，对未来有时更感茫然与无奈，因此，死亡也就是对女性解放意义的建构，也就成了生命不自由与选择不自主的表征，自己成了自己的他者而带来更大的痛苦。女性解放依赖于社会的解放，否则个人的解放追求则意味着是群体对其的钳制与束缚，未解放的社会则成了陷阱，启蒙后的女性只能深陷其中无法解脱而更感痛苦，我们就会看到这样一个现象：先觉者们比以前更迷惘，更无助。而此时的死亡叙事就成了对女性的社会悲剧性存在的书写，以书写女性命运来反映当时的社会现实，写出了女性更深层次的痛苦与不幸。封建传统思想的顽固注定了女性个体的觉醒只能是更大的悲哀，觉醒的女性个体受到传统成规的挑战，这样对女性个体觉醒的叙述就具有了现实内涵与社会意义，死亡叙事也就成了关于生命和自由的伦理叙事。

中国现代市镇小说死亡叙事是作家对个体生命逝去的同情与悲悯，也是对社会痼疾的暴露与批判。死亡的书写是作家对人的困境的思辨，他们以冷静得几乎让人不可思议的笔触对死亡细节的详细描写，以看似漠不关心的语调对死亡的荒谬性与残酷性的叙述，实际是作家对人的生存及存在的反观，是对人的本质性悲剧命运无从把握所产生的迷茫、悲伤乃至绝望后的挣扎，是无望后的飞翔，是明知无路还敢问路在何方的勇气体现，是以睿智的眼光欲开出一条可走之路的理性思考。在文本中，我们能感受到作家对人的存在的苦苦追寻，对悲剧性人生的悲悯关注与温情体恤。他们赋予了人物之死以更多的命运色彩，使他们的死亡成为对命运、对现实秩序，甚至是对历史本质的一种反抗和倾诉，是生命与历史对峙之后的一种悲剧性表达。在文本中，我们感觉到的有时是人性失落的悲号，有时是呼唤自由自主的利器。它有时候成为禁锢与抗争的产物，有时候又为高压与缺乏安全感的社会提供张力。死亡叙事体现了作家立足于现实的思考与探寻，是对个体生命的人文关怀，也是对未来的期待与呼唤。

第三章

叙述与话语转换：沉重的肉身与意义建构

——论中国现代市镇小说的欲望叙事

欲望是一种还未达到满足的状态，是想得到某种东西或达到某种目的的要求。在日常生活中，欲望往往被理解为肉欲、物质占有欲，甚至于干脆把欲望当作本能，这是对欲望的狭隘简单的理解。其实人的欲望是由物质欲望和精神欲望共同构成的，并且精神欲望是人的欲望的最重要组成部分。欲望的特性还在于不断的探寻与追求，给人以活力、激起创造力，欲望同时又是对生命的肯定，欲望与生命相融相依，是生命的价值与意义所在。学者程文超认为欲望和文化之间形成了一种意义建构关系，他说："文化的要义就是要叙述一个'故事'，一个关于欲望如何获得满足的故事。"在叙事过程中"文化创造一套价值、一种意义"，"既要调动人的欲望，使人与社会具有活力，又要最大限度地防止欲望的破坏力；它要使人与社会在保持活力的状态下，使人的心灵有一个高境界的栖息地，使社会有一个稳定的发展环境。一句话，欲望的叙述要达到两个目的：给人以家园，给社会以秩序"。①

那么，欲望叙述与文化是如何建立起联系的？我们在对二者的关系进行厘定时，发现在"文化"的价值建构与意义赋予过程中把欲望叙述引向了一个新的视角与维度。欲望叙述从实践的角度强调了主体的感受性和经验性，这一叙事方式也是对叙述者的思想观念与创作宗旨的表达；对欲望的叙述成了作家阐述观点与诠释内涵的一种手段和途径，它作为叙述的言说媒介，是进行话语转移与置换的一种策略；很显然，欲望叙事给文学研究与文学批评带来了一种新的视野。法国思想家罗兰·巴特曾说："批评并非科学；科学是探索意义的，批评则是产生意义的。"② 我们通过对文本的解读，发现对欲望进行叙述和描写，是对欲望叙事的本体论和价值论的意义构建。

"每一个社会、每一个时代都有当时的文化难题。造成难题的原因至少有两个方面：一，当时社会的欲望表现；二，传统或上个时代留下的文化危机与困境。因而不同社会、不同时代就有不

---

① 程文超等：《欲望的重新叙述——20 世纪中国的文学叙事与文艺精神》，广西师范大学出版社 2005 年版，第 3 页。
② ［法］罗兰·巴特：《批评与真实》，温晋仪译，上海人民出版社 1999 年版，第 64 页。

同的欲望叙述。这叙述，就成为文化发展的链条。"① 中国现代文学与当代文学的欲望叙述就呈现出鲜明的不同特点。随着新时期以来政治、经济体制的变革，市场经济的发展、科技的进步、物质的极大丰富，人们表现得越来越唯利是图、浮躁不安，对情欲、物欲和权欲的膜拜是其突出的表现，追求行乐享受和消费满足便成了人生的准则与目标，人也随之变得更加地物化、符号化，因而，缺乏精神信仰、找不到精神归依就成了当下典型的精神症候；另外，由于当代文学深受各种现代主义文学创作技巧和思潮流派的冲击与碰撞，当代欲望叙述常常以游戏与反讽的姿态解构主流话语、拆解真实与意义、消解乌托邦神话，再通过对欲望的"祛魅"与"附魅"，重新建构欲望的价值与意义；当代欲望叙事往往表现得更为私人化和生理化，如常为人们所诟病的身体写作、下半身写作等更是甚嚣尘上，欲望本身变成了小说叙述的重心和情节发展的枢纽。而现代文学的欲望叙述则多是将世俗化欲望纳入思想解放、现代启蒙和主流政治话语的宏大叙述中，现代欲望叙事多呈现出公众化和普遍化的特征，对受传统思想的规训与压抑的叙述、对主流话语的认同、对美好与幸福的承诺和对国家政治前景的憧憬等成了欲望叙述的写作策略与表达内涵；这样，对灵肉一致、精神欲望与物质欲望的和谐共存就成了现当代文学欲望叙事的共同追求。欲望叙事意在通过对欲望话语的置换和转移，以期来重建人文精神家园，张扬理性价值、弘扬人道关怀、重塑

---

① 程文超等：《欲望的重新叙述——20 世纪中国的文学叙事与文艺精神》，广西师范大学出版社 2005 年版，第 20 页。

理想信念，以此来实现对各种物欲弊端起到抑制和销蚀的作用。总之，欲望叙事不能简单地把文学沦为"欲"的奴隶，而是要凸显欲望本身的张力，通过对话语策略的转移来筑就出一套新的意义和秩序。

欲望有着不同的存在与分类，如：一是存在欲望，这是人的基础欲望，包括人对衣食住行的基本需求以及生理的欲望；二是价值欲望，包括人对事业荣誉的追求和对金钱与权力的追逐；三是文化欲望，包括人对精神文化、观念信仰的追求和向往等，这些都是欲望的种种表现。

欲望与欲望之间有时还会存在拒斥与龃龉的现象，而此时的欲望叙事又该如何呢？当物质欲望与精神欲望（如钱与权）、物质欲望与物质欲望（如食与色）、精神欲望与精神欲望（如忠与义）之间发生冲突时，欲望叙述就将文化作为一种媒介途径实现话语转换，以此来建构新的价值观与文化秩序，这就如同学者程文超所说的："通过话语的叙述，用一套价值与意义引导人们，使其关注的重心发生转移，从而转移欲望发展的方向。"①

中国现代市镇作为都市与乡村的过渡带，它既不如城的现代也没有乡的滞重，同时又深受都市的牵引和乡土的羁绊，换句话说，那就是现代市镇既表现为地域上闭塞的局限，又有传统沿袭的影响。研究中国现代市镇小说的欲望叙事主要是探讨文化与欲望的关系以及在市镇小说里呈现出的内涵与意义。

---

① 程文超等：《欲望的重新叙述——20 世纪中国的文学叙事与文艺精神》，广西师范大学出版社 2005 年版，第 313 页。

第一节　建构的理想与幸福：因现实的
失落而对美好传统询唤

从某种意义上来说，带有精神追求的欲望往往能促进生产力的发展。并且从整体上来看，也正是因为人类为了满足自身的欲望与探求，才促使人们不断地进行着科技创新与发明创造，这也由此带来了另一结果，那就是将人类推至今天这样一个物质技术的时代。然而，物质的丰富与技术的发展并没有解决人类面临的种种问题与困境，特别是精神领域的问题。于是，在物质生活得以明显改善的同时，人类仍旧处在茫然、困惑和痛苦中。当高科技、新技术昂首进入人们的日常生活，在人们的欲望得到极大满足的新世纪，"欲望的活跃与文化的焦虑形成了一个共在的奇妙景观"，[①] 这是当代人面临的窘境，关于这一方面的描写在当代作家张欣、邱华栋、朱文、韩东、张旻等的书写中表现得较为鲜明，特别是在"身体"写作、隐私书写中得到了极度的张扬。在他们的写作中，欲望表现得更加感性化和生理化，欲望的合法性得以确认；文本呈示了对食、色、物、权等最基本的人类欲望的展示和肯定，这既是对个人主体

---

① 程文超等：《欲望的重新叙述——20世纪中国的文学叙事与文艺精神》，广西师范大学出版社 2005 年版，第 304 页。

地位与世俗身份的发现与认可，也是对时代精神和历史总体性的回应与呼唤，这一叙事动机源于压抑的凸显与发现，也是对过去欲望叙述的祛魅与幸福承诺的揭示。现代作家通过对欲望话语的转换，使其汇入启蒙的时代主题和宏大叙述的主流话语。

现代作家沈从文则在他的市镇小说里表现了另一种形式的欲望叙述。他的欲望故事的叙述与意义，是对本体论与价值论的话语转换，解构主流意识、建构乌托邦神话、营建幸福"桃花源"，这是对生活破裂状态的表达与对不完整性的掩饰，并以此来凸显对现实的不满与对美好传统的期待。因此，我们常常看到作家虽回到当下但疏离了现实，在对往昔的美好回眸中，通过对欲望叙述的"附魅"与重新编码，企图重建传统价值观与文化秩序，这也是当时的中国语境和主流话语所疏离、缺失的；而他这样的叙事策略主要是对当时欲望的政治化、理性化的反叛。沈从文在对城与乡的书写中，表明了古朴原始的湘西才是他的心灵真正栖息之所，在对传说与历史叙述的同时也糅进了现实世界，对于现代文明的态度是理性认识与惊惧并存，表达了对传统文明的情感依恋，而与此同时也意识到了传统的滞后与沉重。

沈从文曾说："我是对一切无信仰的人，却只信仰'生命'。"他在创作中特别注重对生命的观照与探寻，传达了他对生命形式以及人生内容的独特思索。他对生命的坚守就与捷克作家米兰·昆德拉所强调的小说的自由精神有大体相似的内涵，"小说作为建立在人类事物的相对与模糊性基础上的这一世界的样板，它与专制的世界是不相容的。这一不相容性不仅是政治或道德的，而且也是本体论的。这就是说，建立在唯一的一个真理之上的世界与小说的模糊与相对的世界两者是由完全不同的方式构成的。专制的真理排除相对性、怀疑、疑问，因而它永远不能与我所称为的小说的精神相调和"。① 沈从文的生命信仰与米兰·昆德拉所说的"自由的精神"都是反对压抑与专制的；用沈从文自己的话说，即是"我要表现的本是一种'人生的形式'，一种'优美、健康、自然，而又不悖乎人性的人生形式'"。② 这一理想，就与后现代生态美学观不谋而合。生命本体观与生命价值观成为沈从文创作的两个重要维度，直指他对人生价值与生命终极意义的探寻。

沈从文的《边城》《王嫂》《芸庐纪事》《我的小学教育》等以市镇为背景的小说文本，都呈现了作家看待人生的态度，从存在去关怀生命、从现实去探讨人性与生活，表达了他对现实社会的独特思考与探究，这些市镇小说常常是对儒家文化正面价值的找寻。在这里，不论批判与寻找，其实都是一种欲望话语策略，作用于中国人对欲望的选择与态度。

《边城》构筑了一隅如田园牧歌般的诗意世界。小说呈现了大自然的宁静、美丽，表达了人与自然和谐共在的状态；展示了人与人之间的仁爱友善和坦诚相待，宣扬了儒家传统的"仁者爱人"的道德规范，这是作家精心营构的一种健全的生命形态与完美的人生形式。

① ［捷］米兰·昆德拉：《小说的艺术》，孟湄译，生活·读书·新知三联书店1992年版，第11页。
② 沈从文：《沈从文全集》第9卷，北岳文艺出版社2002年版，第5页。

小说里的人物都是善与美的化身，诚实守信、重仁义轻私利几乎成了山城茶峒人的共性，人物生活在一个满溢着爱与被爱的图景里。老船夫对待钱财的态度与为人处事的方式：轻私利、重仁义、古道热肠、正直善良，代表了一种理想的生命形式和完美的道德操守，这里我们看到名利被敦厚善良所冲淡、诱惑为豁达怡然所销蚀，在他身上集中体现了在传统美德浸染下的人性美；翠翠在静谧的大自然中长大，天真善良、美丽纯情，是作家对人与自然相契合的理想生命存在的表达，对翠翠与天保、傩送两人爱情的叙写，意在呈示在那隔世界里人与人之间的博爱和人物的宽广、坦荡胸襟，是对自在生命的寄托也是对完美人性的弘扬。当代作家张抗抗曾说："由于对物质时代人的爱情和生活原则的功利化趋势，以及文学中情爱描写的低俗和琐屑的市民趣味有所不满，希望能以至善至真的美感给读者另一种影响。"[1] 这虽然是张抗抗对《情爱画廊》创作初衷的表达，但用在沈从文的《边城》创作上也是适用的，因为小说实实在在地带给了我们"至善至真"的美的享受。

　　在小说里，沈从文表达了与法国诗人波德莱尔相类似的观点，即认为过去充满诗情画意、传统值得珍视。因此，沈从文作品里对美丽自然风光的描画也就成了他的一种叙事策略，即是对生命焦虑与现实痛苦的释怀；对美好的期待将作家从物理时间的失望中解脱出来，这也源于作家对美好传统回归的期盼和未来民族命

---

　　[1]　张抗抗、郭力：《人道主义立场与深刻的历史意识——作家访谈录》，《文艺评论》2001 年第 6 期。

运的希冀。沈从文因对现实的不满而又感到自己无力改变时，便在文本中构筑了自己的世外桃源以憩息自己的心灵。当然，沈从文与波德莱尔也有不一样的地方，他没有走向极端的反抗，而是在艺术的另一途上实现了自己的愿望——构筑传统儒家文化。正是因为作家对这种创作观的持守，表现出了对当下社会形势的疏远以及对传统"载道"观的游离和规避，这也成了他被误解受冷落的原因之一。

如果说古代程朱理学的"克己去欲"强调的是儒家传统的规约、调节与控制作用，且由此而导致个体丧失了对人生、对社会的判断与自救能力，以及人的主体性的远离，而沈从文则侧重追求的是一个自然自在的生活状态，解除了外在对于个体的束缚与压抑，从而与阳明心学的体认"本心"归于一途，赋予了良知道德自明的特质，宣扬了儒家传统的仁义道德。与当代欲望叙述的道德沦丧、私欲泛滥的表达也有不同，他建构了儒学对社会秩序的合理功能，使公理与私欲得以共存，传统美德对人与社会能起到调节作用，使人欲自控、社会有序。

沈从文写于抗战时期的《王嫂》中的王嫂忠诚守信、乐天知命，以一句古谚"生死有命，富贵在天"来消弭自己所遭遇的不幸与痛苦。当得知女儿在生产后死去的消息时强抑悲痛，也以此语慰人亦慰己，面对战争动乱的时局亦泰然处之，在"无我"之境中淡化了人生的不平与变故，信服的人生格言成了她销蚀痛苦与苦难的信仰与力量。批评家摩罗曾说："以悲悯之心怜恤人心的阴暗、权谋的肮脏、暴力的血腥，以光明之心照耀人心的阴暗、权谋的肮脏、暴力的血腥，以仁爱之心拯救人心的阴暗、权谋的肮脏、暴力的血腥。"① 王嫂就恰如摩罗所说，以怜爱博大之心来看取周遭的人情世物，而这也成了她的人生态度与为人处事的准则。

　　儒家文化注重个人道德修养和人格规范的构建，求"善"成为人的内在欲求。沈从文在小说中自始至终都贯穿着道德内省精神，这一追求常常悬置于他的叙述之上，而这种精神品质也成了他反观自身、营建社会秩序、建构现实与历史的纽带，成为欲望话语置换的一种方式，旨在寻求穿越现实的力量，从生命意识层面来沟通精神、体认存在，从而实现对世俗化欲望的超越。以作家大哥为原型所创作的《芸庐纪事》，写出了芸庐大先生热心助人、耿直善良、重义轻利、博施济众、阔大胸襟的品性，用文本人物的话说就是："我们湘西人都心直，一根肠子笔直到底，喜欢朋友。"② 小说写出了人物自由自在的生命状态，这是对儒家传统重义理精神、轻功名利禄与重和谐、避争斗理念的彰显。沈从文的欲望叙述体现了他以"仁"为标准、以德为旨归的创作追求。

　　韦勒克曾说："一个作家不可避免地要表现他的生活经验。"③ 沈从文的《我的小学教育》即是对自己生活经验的叙写，写出了童年的顽劣与天真，那一份宝贵的记忆成了作家的叙事资源，"再现过去所带来的快乐，因为承认这一点，于己、于读者都不会感

────────────

① 摩罗：《不死的火焰》，中国工人出版社 2002 年版，第 13 页。
② 沈从文：《沈从文全集》小说集 10，北岳文艺出版社 2002 年版，第 218 页。
③ ［美］勒内·韦勒克、奥斯汀·沃伦：《文学理论》，刘象愚等译，江苏教育出版社 2006 年版，第 101 页。

到有任何不妥"。① 小说写出了孩童间的欲望与利益的冲突，但彼此间又受习惯律例的约束与遵循，因此，回忆变成了一种阅历与积淀。

沈从文的市镇小说《丈夫》写出了作家对现实的不满，让读者看到中国传统的礼乐文化因欲望的诱导和挑战变得不堪一击，人们在物质诱惑下渐渐被物欲化、功利化。如何安顿人的心灵、重建社会秩序？这是作家对现实的沉思，作家试图以原始、健全的人性的世界来观照弊病丛生的现代都市文明，企图重建理想秩序与传统美德。

当代作家王蒙强调："艺术的品格在于心灵的自由。"他提出："作品是现实的反映或延伸，同时作品又是作家的乌托邦。"② 沈从文的创作就正如王蒙所说的那样，他的作品既有对现实的呈现，又寄予了作家的理想。沈从文以对形而下的生活经验的书写而做出了形而上的思考。他不是站在启蒙意识形态的立场，而是回归到生存本身、生命本体来对现实进行思考与观照，并从生存本源性的意义上来进行追问，但又不拘囿于此，反思中看到了传统的美，希望重铸美好的传统道德，寻求对现实的再建与提升，希望生活在一个自然、自在的世界里。由于对现实的疏远与对往昔的追忆，放逐理性、回眸过去，作家对传统美德的构筑，也被认为是对现实不满的一种表达，最后导致转向过去、皈依传统。

如果说奥地利作家弗兰茨·卡夫卡所呈现的困境是：有天堂，

---

① ［法］菲利浦·勒热讷：《自传契约》，杨国政译，生活·读书·新知三联书店2001年版，第78页。

② 王蒙：《作家话语与乌托邦》，《钟山》1995年第5期。

但没有道路；沈从文在他的作品中却让我们看到，在他构筑的
"乌有之乡"中这两者变成了现实，通往"天堂的路"在他的艺
术想象与文本虚构中存在，这正如学者宋伟杰在他的《乌托邦
辨》一文中所指出的，通过"乌托邦的种种貌似可信的美好假设
以及感染读者并试图说服读者的修辞策略"，[①] 在虚拟的维度中达
成与现实、主流意识形态的抗衡、移替和妥协，从而表现出某种
程度的"逃避性"和"虚幻性"。[②] 沈从文坚信文学的功能并不是
止于社会道德的观照，而是在于能使读者从"作品中接触另外一
种人生，从这种人生景象中有所启示，对生命能作更深一层的理
解"。他的这种文学观正好发挥了近百年来中国文学发展中比较欠
缺的人性审视及道德完善的功能。沈从文的这种叙述策略和文学
观念其实是对现实不满的一种表达，也是对现状的反抗与挑战。

　　沈从文认可非理性欲望，但又不完全放逐理性。力图将非理
性欲望从传统文化、社会规范的重压下释放出来；在肯定非理性
欲望的同时，又有对主体性建构、自由独立、思想解放等观念的
呼唤，这就成了作家对欲望叙事的独特表达与选择。

　　另一京派作家废名也与沈从文有相似之处，即他们的欲望叙
事着重表现儒家文化的完美的一面——重仁义轻私利，并以此来
建构对理想人生形式的想象，表现儒家文化在中国人生活中的正
面价值和积极作用，这在他们的作品里具体表现为崇尚原始生态、
歌颂民间生活和美化自然风光等方面。文艺理论家朱光潜在《文

---

①　宋伟杰：《乌托邦辨》，《思想文综》第 2 辑，暨南大学出版社 1996 年版，第
293 页。
②　同上书，第 297 页。

艺心理学》一书中提出：“艺术是一种精神的活动，要拿人的力量来弥补自然的缺陷，要替人生造出一个避风息凉的处所。它和实际人生之中应该有一种‘距离’。”① 他在“心理距离说”的基础上树起了“美学”旗帜，沈从文、废名等作家正是如此践行的。废名《桃园》里的阿毛是传统美德的化身，天真善良、纯朴诚挚，作家在作品里构筑起一种具有理想色彩的人生范式，人性美成为一种具有普遍意义的生命美形式。

在“人性解放”“以人为本”的西方话语的影响下，中国知识分子虽经一个多世纪的“揭蔽”，但当代灵、肉分离的欲望化叙事在作家笔下得到张扬，距欲望越来越近，离精神越来越远，这也成了当下学者们的忧虑。“21 世纪文学是不加区分地完全顺应、被动满足人类在普遍面临困惑时的各种精神‘需要’，还是帮助人们对付精神困境，引导人类从困惑中解脱出来？”② 欲望与精神之间，缺乏的是一种文化力量和精神支撑的牵引，欲望的释放与膨胀缺失了规束，导致欲望的泛滥，只有途经话语转移让欲望得以引导与满足，才能达成欲望与人性的和谐状态；而沈从文在他的城乡叙事中将欲望合法化、道德化，使人性摆脱了扭曲、压抑与冲突，达成了灵肉的平衡。沈从文的欲望叙述是对自在生命的释放和提升，是对生命的健康、力与美的宣扬，自古以来多遭压抑的欲望通过话语置换后导向了健康自然的人性与道德轨道。

儒家精神的核心内容是“仁”。仁就是“克己复礼”，显而易

---

① 朱光潜：《文艺心理学》，复旦大学出版社 2005 年版，第 29 页。
② 程金城、冒建华：《关于 21 世纪中国文学价值重建的思考》，《甘肃社会科学》2006 年第 6 期。

见，"仁"具有了对欲望的约束与平抑作用，它能规约社会秩序、牵导现实生活，这是一种理性认知。儒家传统道德以"仁义礼智信、温良恭俭让"一整套系统化、理论化了的标准将欲望进行了掩蔽与引导。

传统文学里，由于男权文化下的伦理束缚，欲望成为一种道德上的禁忌，催生的就是男人对于女性身体的灰暗性心理想象。鲁迅的《肥皂》就是这样一个范例，显现了一种基于文化传统影响的病态欲望，情欲与道德割裂开来，人物行动受非理性欲望的支配。由于女性的传统角色定位一直徘徊在男权文化的附属物层面，这就使得女性自在自为的生命欲望一直处于文学世界的"他者"化状态，影响到身体美学的具体建构。而西方文化由于深受父权制文化原则的影响，女性被视为是和现代理性文明相背离的情感性力量而遭到排斥和压制，男性对女性的控制与支配也就成了技术生产的合法化因素问题，两性问题就不仅是社会问题，性别问题更成了技术问题、工具化问题，西美尔说过，"我们的文化是从男人的精神和劳动中产生，确实也只适合于评价男人式的劳动"。① 文化传统普遍具有的男权化倾向，在挤压女性的同时，也就必将消解身体欲望的美学意义，而沈从文在他的书写中让女性追求与欲望得以彰显。

现代文学肇始于"人的觉醒"，而传统文化对其的影响也依旧存在。现代文学对妇女的社会地位及其解放一直以来都较为关

---

① ［德］西美尔：《金钱、性别、现代生活风格》，顾明仁译，学林出版社 2000年版，第 141 页。

注，然而女性问题也常常为传统、道德、启蒙甚至政治意识所遮蔽，亦即有问题意识而对其的疗救措施及其建构行动往往在寻找的途中，有设想但未能得以具体实施；沈从文则在文学创作中鲜明地凸显了主体性意义上的欲望女性形象，这在现代作家中并不多见。即便是与沈从文有着相近文学追求的废名，他笔下的女性形象虽温婉优美、诗意清新，但仍然是模糊的审美符码，缺乏主体性的追求与自主性的向度；就算丁玲等作家笔下如莎菲女士般的现代新女性，也由于理想的失败，多由幻灭颓唐蜕变为柔弱的女性形象，同样她们也缺乏了性别主体性的身体美学内涵。更是由于人们常常习惯性地将欲望纳入世俗化、粗鄙化的言说，欲望也就遭遇了社会成规的解构沦为人性异化的负面因素，在文学场域的书写亦常遭指斥、批判；欲望女性的描写在现代文学的演进中退场了，启蒙消解了个体欲望。而作家沈从文却将欲望叙述诗意化，彰显了女性身体的审美体验及个体的自主意识，完善了文学的人性意义与意蕴，这就正如学者王杰所说的，"传达了一个回归和向往从本原中吸取力量的鲜明意象"，"是一种人性的呼唤，它呼唤着应该属于人而又被人自身忽视的那一切人的东西"。① 如果说现代化的发展造成了人的异化存在，而我们常常基于道德礼规和社会观念的束缚就造成了灵与肉的分离，沈从文则在他的欲望叙述中将女性作为书写的主体与审美对象，成就了个体的现代性价值，激发了身体美学的想象空间，这就成了对人性的现代性内涵的营建。

---

① 王杰：《审美幻象研究》，广西师范大学出版社 1995 年版，第 182 页。

人性亦即身心与灵肉的交融合一，肯定了身体对灵性、理性、神性等的承载，这就如同德国哲学家海德格尔所指出的："从整体上看，这恰恰就是那个未被撕碎的，也撕不碎的身心统一体，就是被设定为审美状态之领域的生命体，即：人类活生生的'自然'。"① 人是以身体性存在为其标志的，然而在文学叙事中这一认知常常被忽略了。在当代文学叙事中，欲望的放纵与张扬使得身体成为被滥用的人性资源，如身体写作、私人化写作等将欲望叙述当成感性化、生理化、消费化的一种症候。而在现代文学的书写中，欲望叙述要么受阶级论所左右，如在启蒙、革命等宏大叙事中常常将人性等同为阶级性，欲望往往被附魅为道德败坏、作风腐化等伦理问题，欲望也就成了遭贬抑的存在；要么将欲望感性化、物质化，欲望成了颓废、淫荡、混乱等非理性的表征。而沈从文的诗意欲望的叙述凸显了人性的本真与传统道德的美好，他的关乎身体美学的欲望书写对当代语境下的道德失范、欲望泛滥等现象也不乏警醒的意义。因此，从某种程度上来说，沈从文的欲望叙述身体美学的品格就具有了重构文化秩序与再建道德规范的作用，这也为文学现代性提供了一个反思性的价值参照。在碧野的《奴隶的花果》以及汪曾祺的《大淖纪事》《受戒》等作品里，我们看到了沈从文身体美学欲望书写的余韵。

　　碧野的市镇小说《奴隶的花果》，文本对爱情的描写成了作家的一种叙述策略。一个渺小的个体试图通过肉体的解放来表达

---

　　① ［德］马丁·海德格尔：《尼采》上，孙周兴译，商务印书馆2003年版，第104页。

她的欲求与渴望，当然这实现不了人物现实层面的解放，只能是对压抑与存在的一种表征；而从作家的角度来看，这是对女性的关怀、对主体性的叩问和对现实生存的观照，也是对个体受制进而展开反抗的赞许，是对努力改变命运的重视，因此，作家在文本里的控诉与批判就有了坚实的现实基础。

按照美国解构主义批评家希利斯·米勒的观点，故事的开始和结局仿佛一段绳子的结。那么，在《奴隶的花果》这篇市镇小说里，"结"是年轻船夫的生与死；真正贯穿起小说情节的元素并不是文本表层的年轻船夫与大安媳妇的情感纠葛，而是有一个代表深层的冰冷的权力规则在左右着整篇故事的内在进程的"结"。这篇小说里的"结"——年轻船夫的死去并不意味着故事的结束，他是为了实现群体的利益诉求而牺牲的，因此，这篇小说既写出了男人与女人的欲望挣扎与奋力改变的无奈，又书写了权力面前大众受压的绝望，小说的批判是深刻的，并且是立足于当下的。作品里的情感和欲望、成规的约束和真实的渴望……都是对"大安媳妇"这个人物——"结"亦即她的命运遭际的演绎，更重要的是，作为一个符码，民众成了权力、威势的异在，成了权力机构意志被动的受者。

《奴隶的花果》还呈现了"复调"式的欲望叙述特色。"复调"式欲望即指在一篇小说中不只是一种欲望音符的独奏，而是多种欲望表达的合奏。如男人与女人间的性欲望以及生存欲望是小说欲望叙述的主旋律，另外，还有对压迫与暴力的反抗书写以及人与人之间的真情描写，它们成了多种欲望叙述的和音。

第二节　另一种探求：沉重的肉身与话语转换

美国心理学家马斯洛曾说："人是永远有所要求的动物。"[①]这就注定了欲望将是人的一种常态性存在需求，它作为人的一种内心活动状态，必将影响或支配着人的思想和行为。欲望这一生命形态，作为文学里的叙述对象，是对人的内心隐秘世界的探寻与对生命本真的表达，正如法国哲学家弗郎索瓦·利奥塔所说的，"艺术与图像被看成是表达欲望的最佳工具"，所以艺术不但可以表现欲望，而且是"表达欲望的最佳工具"。[②]由于中华民族是一个缺少宗教信仰但又深受儒家传统文化影响的民族，表现在欲望追求上就往往呈示出当下性、实用化的特点。

一　身体书写：欲望与灵肉诉求

美国学者彼得·布鲁克斯说："在富有想象力的文学作品中，身体总是幻想的对象，它同时是指意的活动——作为心灵和意志对于世界所发挥的作用，这种活动采取一个外在的物质性的立场——独特的他者，在某种意义上又是这种指意活动的媒介——

---

① ［美］马斯洛：《人的动机理论》，陈炳权、高文浩译，华夏出版社1987年版，第176页。

② ［美］道格拉斯·凯尔纳、斯蒂文·贝斯特：《后现代理论：批判性的质疑》，张志斌译，中央编译出版社1999年版，第196页。

甚或是它进行刻录的地方。"① 按照他的研究，身体在文学中承担着两大功能：一是"身体成为一个能指的符号，或者是书写信息的地方"；二是"对于身体的认识和拥有，成为叙述欲望的故事及其讲述的动力"。② 而在中国传统文化中一直存在着对身体的漠视甚至蔑视的倾向，将身体纳入"孝""义"等传统文化中来看待它的价值，将肉体看作文化的阴暗面，常受主流文化及道德礼俗的指斥贬抑，而在现代文学里特别是左翼时期的文学，身体成了政治革命的符号，是对阶级性意义的承载，身体被异化为他者的存在，身体遭排斥、被放逐而不具备本体论上的意蕴。正因为这样，作家郁达夫的不少市镇小说对欲望、对身体的书写无论是对当时的社会还是对当时的文坛来说，都可谓如平地惊雷，他的欲望叙述意义就如英国理论家特里·伊格尔顿所说的："对肉体重要性的重新发现已经成为新近的激进思想所取得的最可宝贵的成就之一。"③

当代学者谢有顺曾说："身体是文学的母体。一个作家，如果真的热爱自己的身体，热爱身体对世界的卷入，并寻找到身体、语言和世界之间的秘密通道，那文学为他（她）打开的一定会是一个崭新而奇妙的境界。过去我们把这个身体世界用道德的力量将它排斥在文学之外，现在它被敞开，被探索，被书写，的确意

---

① ［美］彼得·布鲁克斯：《身体活——现代叙述中的欲望对象》，朱生坚译，新星出版社2005年版，第82页。
② 同上。
③ ［英］特里·伊格尔顿：《美学意识形态》，王杰等译，广西师范大学出版社1997年版，第7页。

义非凡。"① 这是对身体写作意义与价值的肯定，而郁达夫对欲望身体的叙述是基于理性思想、国家政治、历史传统和观念解放等方面的打量进行书写的，对欲望的描写也是对灵肉的呼唤。因此，我们可以肯定地说，郁达夫的文学创作与他的为人处事一样都有一份对社会责任的担当。

人的欲望是多个层面的，而生理的欲望是人生存欲望的最基本构成。对欲望叙述的世俗化描写，是对个体生命价值、个性自由和精神追求的重视与关切，这一文学创作倾向，是对文学本体论意义的回归与超越，相对于沈从文、废名等作家营建的欲望"乌托邦"、许诺幸福而言，世俗欲望是对现实的正视与对功利追求合法化的确认。从这一角度来说，肉体的寄托与渴求虽沉重但并不丑陋，物欲可看作对生存保障的担心，权欲也可视作一种精神的寻求。

美国学者约翰·奥尼尔在关于"身体"研究的结论中说："我们的身体就是社会的肉身。"② 这句话其实是对身体写作的价值与内容的指呈。对身体的想象是从对肉体的认知开始的，是有其伦理意义上的自觉的，身体是存在的标志，同时也是灵魂物质化的载体。郁达夫对性欲的描写是将其作为文学写作的一个维度。因在传统文化中，身体常常被当作自我的异己与客体，有关肉体的描述也理所当然地划归到情色表述里。由于思想观念与身体解放的滞重历史，在一个令人窒息的时代，唯有激烈的主张才能引

---

① 谢有顺：《文学的常道》，作家出版社 2009 年版，第 57 页。
② ［美］约翰·奥尼尔：《身体形态——现代社会的五种身体》，张旭春译，春风文艺出版社 1999 年版，第 17 页。

起关注，才能突破，正如鲁迅先生当年结合国民性、现实做出的精辟总结："中国人的性情是总喜欢调和，折中的。譬如你说，这屋子太暗，须在这里开一个窗，大家一定不允许的。但如果你主张拆掉屋顶，他们就会来调和，愿意来开窗了。没有激烈的主张，他们总连平和的改革也不肯行。那时白话文得以通行，就因为有废掉中国字而用罗马字母的议论的缘故。"① 也许正是当时的这种社会现实形成了郁达夫的身体写作策略，用身体欲望来表达他对传统历史与社会现实的批判，而他的欲望叙述就是他对身体解放的宣判，这样对身体的描写与叙述亦是男权文化对女性压抑的释义，身体欲望叙述就蕴含了深刻的社会文化寓意。如果我们看不到郁达夫欲望书写的这方面的内容，若随随便便地将他的写作追求作为一个阴暗面来加以指责，这是对郁达夫的误读。他对性欲的描写是将肉体化与伦理化融合在一起写作的，与其时的张资平的欲望描写是有本质上的不同的，张资平的作品更多的是对性爱的玩赏，肉体性与伦理性是呈割裂状的，就如赫伯特·马尔库塞所言："整个身体都成了力比多贯注的对象，成了可以享受的东西，成了快乐的工具。"② 郁达夫用私人性、个体性写作表达对民族群体、公共话语的思考，他的性欲描写内蕴了灵魂、伦理和民族社会的内容，这也许就是因为"人是文化与生物学之间永远解不开的纠结"③ 的原因吧。

---

① 鲁迅：《鲁迅全集》第 4 卷，人民文学出版社 1981 年版，第 13—14 页。
② ［美］赫伯特·马尔库塞：《爱欲与文明》，黄勇、薛民译，上海译文出版社 1987 年版，第 147 页。
③ ［美］马克·爱德蒙森：《文学对抗哲学——从柏拉图到德里达》，王柏华、马晓冬译，中央编译出版社 2000 年版，第 21 页。

我们通过仔细阅读郁达夫的小说后会发现，无论是对身体的关注还是对欲望的写作，这些其实都是作家的写作策略与表达方式而已。欲望叙述在郁达夫的小说里，其实是一种开放性的结构，它本身不断演变、生成着多种意义。他的性欲望的描写一直在人性和本能间游移，非理性受制于理性与道德伦理，在欲望本能中虽有显现，但通过对社会现实与民族国家话语的转换，转移了欲望叙述的意义空间，抑制了欲望实现，激活了责任与道义，身体成了自我主体的沉思与民族历史的言说对象，衔接了民族、传统与个人、命运。

当代学者谢有顺说："没有身体的解放就没有人的解放，没有与身体细节密切相关的日常生活的全面恢复，也就没有真正的人性基础和真正的文学表达。"[①] 郁达夫有大量关于身体描写的小说，如《沉沦》《银灰色的死》《迟桂花》《迷羊》等作品。《沉沦》写出了在异国他乡的游子的爱国之情，游子的病态欲望与祖国的贫病现状互为表征，个体身体的感受融入所处的社会现实与民族处境的大环境里，这样文本的小叙事就纳入民族国家意识的宏大叙事范围，这就正如文学史上给郁达夫的评价："郁达夫一方面紧扣住了青年知识者本身的生理、心理的病态，一方面指出青年病态的制造者是黑暗的病态社会……郁达夫笔下的病态人物的命运，又是与祖国民族的命运相连的，祖国的贫病也是造成青年'时代病'的重要原因。"[②] 郁达夫的身体写作是对存在的观照，

---

① 谢有顺：《文学的常道》，作家出版社 2009 年版，第 53 页。
② 钱理群等：《中国现代文学三十年》，北京大学出版社 1999 年版，第 75 页。

也是在自我发现的同时对自我的拯救，他对欲望叙事进行了社会学意义上的转化，非理性的表现最后抵达了理性的思考，是对历史话语的反叛，用法国哲学家米歇尔·福柯的话说就是："反抗没有人影的历史"，从庸俗化的非理性欲望取向直指严肃伦理道德价值的营构，在欲望的躁动中我们看到了作家对伦理与人性的自觉。他的欲望叙事是对现实与历史的回归，赋予欲望以特别的时代特色，是对人的自由、价值、主体性地位等的倡导；对欲望的叙述汇入了群体化、公共性的话语中，从对私人性的欲望描写来关注个体的生命诉求、生存境遇和民族苦难，由内部呈示转向对外部世界的批判，表现出私人性、矛盾性、解构性与建构性并存等特点；从欲望的角度来表达对人的意义、价值与存在的思索，身体的描写虽有本能但并不淫秽，写出了欲望和生命的和谐与完整，人性的自然之美，因此不能将其简单的归为色情文学。张资平、新感觉派等作家的欲望叙述，是对欲望享受、感官刺激、放浪形骸等非理性欲望的放纵，是对道德规约失范的表达，而郁达夫的欲望叙述则是在本能欲望与道德理性的博弈中最终走向了理性节制与现实思考，因此，他对肉欲、妓女、变态心理等情色内容的大胆描写，是对本能冲动感官化描写的释放与解放而不是放纵，是对生命压抑的反抗与挣扎，是有反趣味、反艳羡的意味的，具有思想解放、民族历史与主体意识等社会伦理意义的诉求。因此，将郁达夫的欲望叙述简单、粗暴地划归到色情欲望的叙事里，指斥为"卖淫文学"实有不公、有失偏颇。

郁达夫的市镇小说《过去》有关欲望的描写，是对男人与女人之间的爱恋叙事。当"我"对老二真情示意时，对"我"动真感情的却是老三，就这样，彼此间错过了一段美好的真情，当再次相遇时，我们都历经沧桑，虽有真情，但此时欲望却止步于灵魂未走向肉体，就如小说中写到的那样："我斜伏在她的枕头边上，含泪地把这些话说完之后，她的头还是尽朝着里床，身子一动也不肯动。我静候了好久，她才把头朝转来，举起一双泪眼，好像是在怜惜我又好像是在怨恨我地看了我一眼。得到了她这泪眼的一瞥，我心里也不晓怎么地起了一种比死刑囚遇赦的时候还要感激的心思。她仍复把头朝了转去，我也在她的被外头躺下了。躺下之后，两人虽然都没有睡着，然而我的心里却很舒畅地默默地直躺到了天明。"① 欲望隐于身体，彼此的相拥倾诉只为曾经错过的美好与当下失意的生活而相互精神安慰，欲望话语置换为真情关怀，这里的身体叙述是对女性社会地位、生活现实的观照。因此，郁达夫的欲望表达不像当代先锋作家那样抽象而模糊，是具体而实在的，穿越欲望话语的覆盖，意在探寻人的生命存在及内在的精神实质。

"在张旻的小说中，性的言说和欲的表现，是叙事者设置的追怀生命的窗口，叙事者从这里探身而望的身影和眼光，遥遥地传导着作家主体作为一个生命个体的存在，对生命的感悟、追念及对生命的触摸。"② 虽然这一评价是针对当代作家张旻的，而从郁达夫的欲望叙述来看，也具有类似的内容与意义。郁达夫在欲望

---

① 郁达夫：《郁达夫全集·小说》下册，浙江大学出版社 2007 年版，第 17 页。
② 林舟：《生命的追怀》，中国华侨出版社 1996 年版，第 231 页。

叙述里力图将非理性欲望从社会现实、传统规范、民族历史的重压下释放出来，以期重新寻找生命价值、主体性地位与民族意识；在肯定非理性欲望的同时并未放逐理性，又有对国家利益、人性解放、民族前途与传统道德等内容的关注。

二 权欲与物欲的交织

王国维说："欲之为性无厌，而其原生于不足。"① 欲望化的诉求是没有止境的，这样痛苦便由此产生，正所谓"不足之状态，苦痛是也"。②

陈铨的市镇小说《天问》，写出了富顺县谦吉祥药店的学徒林云章为了得到老板的女儿张慧林，对权欲、物欲的疯狂追逐，目标实现后又有新的欲求，在无止境的欲望追逐中，失却人性、乱杀无辜。这恰如美国政治学家汉娜·阿伦特所说："权力和暴力虽是不同现象，却通常一同出现。"③ 甚至更表现为权力对暴力的依赖，林云章为了实现一己私欲，以暴力为手段实施巩固权力、张扬权力，最后权力就变成了他利己害群的工具。

当代作家刘震云曾说："无情地揭示权力至上的历史逻辑和由此演绎出的暴力倾向，人在权力原则下凶残、懦弱、无良知、无意义的生存本相。"④ 对权力的渴慕让人失去理性，为了实现权欲而暴力相逐，以致失却良知、泯灭人性。《天问》里的林云章就

① 王国维：《王国维美论文选》，湖南人民出版社 1987 年版，第 28 页。
② 同上。
③ ［美］汉娜·阿伦特：《关于暴力的思考》，高红、乐晓飞译，中央编译出版社 2000 年版，第 362 页。
④ 刘震云：《刘震云精选集》，北京燕山出版社 2006 年版，第 429 页。

是一个运用手中权力为实现一己欲望而滥杀无辜的人，他为权力所异化，失去了人性。

《天问》写出了个体的愿望要求与他人的利益关系，以及历史的发展方向，在总体上是冲突矛盾的，个体欲望得以实现之后，人物反而面临种种尴尬的处境，不但他人不接受，而且自己也不能接受自己。个体的欲求，与他人、与社会都形成了某种对立，非理性的情绪成了欲望叙述对象。在这里，自我与他人乃至社会的冲突，都形象地外化为找寻权力的故事，他与慧林姑娘的感情进程只不过是作者进入社会问题、个体人生选择的一个切入口。欲望叙述是在林云章的人性异化中展开的，是对人与他人、与社会的对抗紧张关系的表述。小说通过林云章为了实现自己的愿望而所做的逃亡与回归这一动态行动，揭露了欲望的不可满足性和破坏性，是对欲望的精神向度缺席和所面临的困境的具体实在的表达。作家在小说里表达了对权欲膨胀的批判，而且也对权力欲望泛滥所造成的后果进行了反思，反映了权力欲望背后的人性恶、人性残酷的一面。文本通过对权欲的言说，从政治化、社会化的角度展示权力图谱，在文本最后写出了林云章用权力伤害他人的同时，对自己也是一种伤害。小说通过他最后的反省与自责这一话语的转移，来表达对穷奢极欲的权欲的批判和对非理性的牵引。

丹尼斯·荣指出："权力有时被说成是潜在的而不是实际上的，是所拥有的，而非所实施的：别人实现了权力拥有者的希望或意图，而权力拥有者实际上并没有对他们发布命令，或甚至还没有与他们在传达自己的目的时交换意见。"① 现代市镇小说《尘影》（黎锦明）、《在白森镇》（周文）、《淘金记》（沙汀）、《金交椅》（毕基初）等，就写出了这种权势的影响力与钳制力，高位权势者并未直接出现，但他们的影响力足以改变他人的命运甚至于事情发展的进程，在《尘影》里甚至表现出改变历史进程的力量，对这一现象的描写和叙述意在揭示官场营私舞弊的腐败现象。通过对官场黑暗的描写来反映积弊深重的社会现实，也是对私欲与公心相对为害的表述。

叔本华说，"一切欲求皆出于需要，所以也就是出于缺乏，所以也就是出于痛苦"，"欲望是经久不息的，需求可以至于无穷。而（所得）满足却是时间很短的，分量也扣得很紧"。② 叔本华认为，人类是欲望和需求的化身，是无数欲求的凝聚，满足一个愿望，接着又产生更新的愿望，如此衍生不息，永无尽期，因此，正是这种无止境的渴求让人陷入痛苦、失去理性，这样，欲望也常常给他人带来伤害和痛苦。这一欲望只有通过话语转换，将这种破坏性的欲望予以压抑，引导人们走向正常的欲求，凸显欲望激起的活力而实现欲望叙述的意义与价值。

沙汀写了很多反映现实、逼视当下时代的市镇欲望小说，如《在其香居茶馆里》《模范县长》《巡官》《淘金记》等。《在其香居茶馆里》描写了川北回龙镇当权派和地方实力派之间复杂的矛

---

① Dennis H. Wrong, *Power. Its Form*, *Basses and Uses*. New York: Harper & Row Publishers, 1980, p. 7.

② [德] 亚瑟·叔本华：《作为意志和表象的世界》，石冲白译，商务印务馆1982年版，第273页。

盾斗争，时任联保主任的方治国因对新县长整顿"役政"信以为真，又为了缓和与民众之间的紧张关系，将缓役两次的熊幺吵吵的二儿子抓走服役，由此两人发生矛盾以致在茶馆里打斗起来。小说深刻地揭露了国民党统治的黑暗腐败及其兵役制度改革的虚伪骗局。小说写出了这一群为一己私利而公然挑战制度、违背良知和公理的欲望之徒的丑恶形象，是作家对当时社会现实和政治权力的反映和批判。《模范县长》描写了县长用手中的权力卖权卖案以谋取钱财。作家通过这些市镇小说来反映当时以权谋私的社会黑暗现象，权势者们借用公权力名正言顺地谋私利，而这些所谓的"父母官"实则为祸国殃民之徒，使原本生活在困境中的民众生活得更加不幸。《巡官》里的冯二老师在上任之初想有所作为、干出一番政绩来，而结果却是不为周围民众所接受，不被亲人所理解，作为权力者却落得孤家寡人、"得道寡助"这样一种不可思议的下场。从小说里，我们看到这样一种现象，那就是当人一旦进入权力机制，就会不由自主地被其所左右掣肘、为其所引导牵绊，在这个机制下，权力是一方对另一方的控制，也有权力主体与权力客体间的互动、抗衡，官场上下层级间无形的属从关系，这些因素都将影响权力威势的实施与实现。作家通过对权力的描写，写出了如冯二老师这样为仕的知识分子的没落与退缩，也是对他意欲有为的渴求与饱受生存困境的尴尬处境的叙写，是对失去尊严与主体性的知识分子的指斥。《淘金记》刻画了为争夺物质利益的北斗镇的人物群像，他们为了各自的利益目标全力挣扎，相互利用谋划；为了能在何寡妇祖坟处开采黄金，这些人为利益而联手结盟，最后因情势突变，黄金开采花费过大，而此时粮价却大涨，因此，理所当然地，他们也因利益而推诿解体，这些人最后都是失利与失意者。小说写出了在这个充满欲望的世界中，人与人的关系变得异常紧张，母子间抗衡抵牾，姑侄间争斗相害，为了各自的私利导致人性的裂变与异化；通过对物欲的叙述写出了生存的严酷性以及人与人之间因利益而形成的紧张关系，剖析其内心的复杂矛盾，考量其人性的嬗变易变。

沙汀的这些市镇小说反映了特定的时代背景和社会现实，呈现了这一特殊环境下的日常生活，多强调人的社会属性，淡化了生命的本体属性，在显与隐的相互映衬下，凸显他对社会现实的思考与关注。通过欲望叙述来揭示当时的社会现象，展示人在困境中挣扎的生存本相，欲望也就成了沙汀探寻当时的社会、时政与生存困境的一个视角，还原那些被遮蔽的黑暗现象、真实的生活细节和生存处境。欲望叙事背后表达的是作家强烈的忧患意识和时代责任感。

第三节　并置：小叙事与大叙事互释

自近代以来，直至现代，中国一直处在内忧外患的变动中。当西方列强用坚船利炮打开中国的国门，夜郎自大的国人从沉睡中惊醒，一些先知先觉的知识分子痛定思痛并开始反思昔日的强国今日落后挨打的根源。为救国保民、救亡图存寻求变革方案与措施，激发民众的参与意识与革新欲望，他们开始放眼西方，向西方借鉴科学技术、学习民主理性。理性话语进入中国后，改变了国人的旧有思维方式，开始批判中国传统文化和社会旧秩序、旧体制，用理性来改造旧社会制度、拯救传统文明；理性将个体从封建枷锁中解放出来，以此来确证人的存在价值与权力，并用理性欲望话语引导民众超越自身，积极投身民族解放与社会革新。欲望话语呈现出了现代性特征，用理性启蒙、个性解放、主体价值等引导欲望的趋向。

弗雷德里克·詹姆逊在《拉康的想象界与符号界》一文中指出，拉康认为"语言给'欲望'带来了这种转换，而如果没有这种语言的转换，欲望便还不能被称为欲望"。[①]

鲁迅毕生致力于思想启蒙运动，意在改造国民性和解放民众思想，这是作家与生俱来的忧患意识和使命感使然。这种不同于西方个体与虚无的忧患意识，表现为对群体和国家的具体忧患意识与使命感，是建立在历史与现实基础之上的济世情怀的表征。在他的《呐喊》和《彷徨》这两本小说集里，其价值取向就具有批判性内涵，矛头直指儒家传统文化；"《呐喊》和《彷徨》的基本主题，是表现儒家文化与中国人的精神状况之间的关系，或者说表现了儒家文化对中国人的精神桎梏和毒害。"[②] 鲁迅笔下的农民、知识分子、妇女等深受传统文化的规约与影响而变得麻木、压抑、愚昧。鲁迅通过塑造这样一系列人物形象来表达"改造国民性"的思想诉求，从孔乙己的迂腐反映了封建科举制度对人的

---

① ［美］弗雷德里克·詹姆逊：《晚期资本主义的文化逻辑》，生活·读书·新知三联书店 1997 年版，第 221 页。

② 罗成琰、阎真：《儒家文化与二十世纪中国文学》，《文学评论》2000 年第 1 期。

毒害，从祥林嫂的捐门槛可以看出封建礼教的"吃人"，这都是从理性启蒙的视角来描写和反映当时的现实的。

对人的"压抑"现状的表现成了现代市镇小说表达欲望主题和进入欲望叙述的一个标志。从个体在政治权益、社会现实等方面的存在来看，人成了一个内在与外在相分裂的存在，而欲望叙述既是对欲望合法性的确认和对个体的主体地位与世俗身份的恢复，也是对时代精神的回应和对历史整体性的呼唤，这样欲望叙述就汇入了主流意识形态话语之中，通过对欲望的重新叙述和话语转换，建构起新的价值观和文化秩序。

作为对传统与历史进行解构的大叙事，将人的存在描述成缺乏历史深度和现实广度的非理性化的欲望主体，这是对个体的孤独感、苦闷感、压抑感的体验和书写，因而对这些内容的呈现就成了作家重构理性主体的主要途径。压抑成激活机制，是欲望叙事的策略与技巧，也是对欲望进行转换的方式，它压抑某些欲望的同时，进行话语置换后，总是激活另一些欲望，即对欲望进行重新叙述，从而衍生出新的内涵与意义。欲望主体因受非理性和传统文化的规约，重塑主体、人文关怀、思想解放等深度话语，就是对主流意识形态和人文精神的认同和归趋，这也是对主体困境和局限的揭示，是对欲望叙述的附魅。

由于"存天理、灭人欲"的非理性传统文化的影响与制约，以及父（男）权制意识形态的长期宰制地位，中国女性的生存处境与社会价值都一直处在被放逐的状态。直到"五四"新文化运动的发生，女性的人生价值与自我意识才汇入启蒙、理性、解放等大叙事中，中国女性作为一直被忽略的存在，才在厚重的历史帷幕下揭幕。在"五四"时期以人的觉醒、个性解放为核心的启蒙与人道主义思潮的笼罩下，妇女解放是与时代主流话语的合流，是对妇女存在的本体论考察，是对女性的存在与意义的探寻，也是对"人性"维度的考量。

人性解放、人道主义、个体本位、理性启蒙等思想观念在"五四"时期得到了知识分子的普遍认同，迅即便成为当时文学领域里争相表现的共同主题，成了那个时代书写的主要内容。

叔本华曾说，人是千百种欲求的凝聚体。人的欲望是一个立体多维的存在，既有本能的感性原欲，又有后天的理性欲望，正因为理性和非理性之欲的对立存在，欲望与道德、肉体与灵魂的挣扎就一直是社会关注的内容，也是文学写作探讨、思考较多的问题。

欲望是对生活常态的不满与突破，正因为此，严复才会说："民之欲得者，常过其所已有……亘古民欲，固未尝有见足之一时。"① 因对封建礼制和传统文化深怀不满，《在酒楼上》《孤独者》等市镇作品就写出了这种勇于打破常规旧制的斗士形象。

在传统的道德社会中，人的生存意义及其幸福与否，就在于个人与社会是否合乎"道"的标准。做人合乎"道"的要求，即为"君子"，受人尊崇作为模范，反之则受贬抑。鲁迅笔下的吕纬甫、魏连殳等知识分子，就因为不循"道"甚至叛"道"，就不断地遭受挫折以及众人的排斥。《在酒楼上》的吕纬甫和

---

① 严复：《天演论》，商务印书馆1981年版，第91页。

《孤独者》里的魏连殳都曾经是反封建礼教、革新传统旧制的勇士，被周围人视为异类，也正因为此，而常遭打压、受排挤。吕纬甫作为昔日的改革斗士，曾到"城隍庙里去拔掉神像的胡子"，无所畏惧地反抗封建思想与传统秩序，而现在的他只不过是中国现代版的"多余人"而已，在敷衍、模糊里颓唐地过日子，忙于为幼弟迁坟、为女孩买剪绒花等此类琐事，他为强大的黑暗势力所败、所淹没，曾经奋斗了一圈的他现在再次回到原点，以教"子曰诗云"来维持生活，对未来也不再有往昔的勇气，只剩下悲观和失望。魏连殳受新思想的感召，发表新见遭受非议，不容于社会，生活陷入窘境，无法抗拒巨大的打压和周遭的攻击，失败也就是一种必然的情势了。他们的反叛是对传统价值观念的质疑，他们都曾是当时不遵"道"的先锋，才会为社会、为大众所不容，也才会变得不幸，曾经的勇敢之举导致自己的生活轨迹的改变和心灵的裂变。鲁迅以逃亡和回归这样的动态方式切入欲望叙述和存在本体，对这一启蒙主体的行动探究具有更厚重的思辨色彩，这是直抵深度的思考。鲁迅小说欲望叙述是来自经验世界的真实和现实世界的逻辑，也是根源于作家内心的表白与剖示。通过欲望叙述所建构的新的价值观与文化秩序，是对政治乌托邦的祛魅和对现实的失望。

《在酒楼上》《孤独者》等表达的是一种精神欲望，"我"的做法被认为是离经叛道的，欲望表达自然受到打压和阻止，而且在现实社会中，他们的行动也未能掀起社会的涟漪，却让自己伤痕累累，以致为社会所不能容忍。欲望话语转换为革命、启蒙以及这一行动所遭受的阻力，这一叙述方式的深层目的在于引导人们对"欲望"的选择和追求，是对人生欲望的揭示和导引，目的在于对中国人的欲望选择发挥作用。通过对欲望背后的深度意义模式和乌托邦追求的消解，从而达到了对欲望的还原和重新叙述。

现代市镇欲望叙事写出了人物在特定空间里的受抑存在状态。鲁迅的欲望叙述是对人性的观照和政治化策略的呈现，指出了对幸福的期待及其实现的难度，对思想解放、重建社会新秩序和人文精神的期望，这些都体现了他对生命本体和生存现状的关怀与探求。随着思想启蒙、社会解放、民族革命等运动的逐步深入，人们的欲望内容和形式也发生了变化，政治意识形态规约着人们的思想观念与追求理念，其时表现出群体价值高昂、个体欲望受贬抑的特征。鲁迅的欲望叙事是以知识分子探索和改造国民性为特征的启蒙主义，批判传统文化。

从鲁迅的作品中可以看出，他的观察视角是启蒙的，是审视的，是直视当下的，鲁迅的欲望话语转换为对传统伦理、社会规范、文化秩序等的批判立场。

欲望有多种，有的趋善，有的趋恶。欲望叙事不能简单地把文学沦为"欲"的奴隶，它更高的使命在于创造出一套意义和价值。市镇小说《新生活》（施蛰存）写出了在国内战争时期，底层百姓求生的艰辛和社会的混乱无序；小说里的张荣卿是个卖馄饨的小本生意人，病未痊愈就为生活所迫，借钱做生意糊口；由于岗警的一再故意寻衅滋事，生意受挫、生活无以为继，参加公民训练以为能提高身份改变命运，其实这只不过是一个错觉与幻梦而已，结局是不仅未能改变命运，而且陷入更大的麻烦和更深的贫困之中。这里张荣卿的欲望追求是很简单的，那就是最基本的生存欲望，只求通过自己的辛勤付出获得一日三餐，换来生活上的温饱与安稳，可他的遭遇却告诉我们，那是不可能的。由于传统价值秩序的崩溃和旧有公共意义空间的瓦解，底层小人物生活的艰辛与不幸就成了当时一个极其普遍的现象。这样，人物偶然性的命运就与那个政治意识形态强烈、权力高于一切法制和人权的时代环境有关，对人物命运的自由书写，是对欲望活动的再现；在生活的虚幻中透露出生命之本真，欲望的挣扎和徒劳，显示出作为个体的人的生命的卑微与渺小。欲望被引入对人的行为动机的似是而非的揭示。小说《新生活》道出了这样一个真相，那就是若以个体生命的柔弱反抗外部世界的强大，其结果是可想而知的，是必然的失败与无奈。小说写出了当时人民生活的真实现状，对生存欲望的叙述通过话语转移，表达了作家对现实社会的不满与批判，展示了个人命运与国家权力意志之间不可抗衡的悲剧性结局，"他"成了岗警与社会体制的"异在"，作为权力客体的"他"，本应是受其保护的，而现实却是其不断的被伤害，凸显了欲望与现实之间的冲突与矛盾，是作家对百姓命运的人性和人道主义的关怀。作家对社会深层次问题的审视，是他对人性与良知的考察、对底层求生者的生存境遇的关注，也是作家强烈的现实忧患意识的表达。

舍勒曾说："有些事物，人们越想避免他们，他们越是不可避免。幸福和痛苦就具有这种性质。幸福逃避它的追猎者，越逃越远。逃避痛苦者逃得越快，痛苦离他越近。"①《祝福》里的祥林嫂就是这样一位苦难的女性，被几次发卖又不断逃跑，只为求得基本的温饱与栖身之处，最后依旧是孑然一身，为寻得他人的认可地位而不得，最后在"人死之后有无灵魂"的恐惧与疑问中，在千家万户的"祝福"中死去。鲁迅对祥林嫂命运遭际的描写，是对遭受封建礼教压迫与毒害的妇女命运的观照，也是对封建传统文化的指斥。祥林嫂作为封建礼制与传统文化的自觉遵循者，主体性与自我意识这一思想维度对她来说是不可能存在的，迷失中去迎合他人的要求和社会的惯例，是自我个性的逼仄与退缩；去庙里捐门槛后的她，回到鲁镇，在精神上自己解放了自己，但结局是仍然不被公共空间所接受、被他者所拒绝。对她前后变化的描写，凸显了祥林嫂生存困境的滞重性与普遍性，写出了她的孤独感与无助感，这其实是当时旧中国妇女的普遍处境，作家在文本里流露出的失望情绪，是他对女性的外部世界和内在精神世界的双重怀疑。鲁迅的欲望化叙事背后，是对旧中国妇女命运与生存处境的关注，是对旧社会女性的生存本体论与社会价值论意义的探寻，有着强烈的人文关怀意识与时代使命感。

林淡秋的市镇小说《"她是我的姑母"——一个姑娘的手记》写出了芳姊及其姑母两代女人的奋斗史。芳姊是成功地逃出了家庭，但同时也被亲情所抛弃；其姑母表面上看是生活在一个非常

---

① ［德］马克斯·舍勒著，刘小枫选编：《舍勒选集》（上），上海三联书店1999 年版，第663 页。

幸福的环境里，小说是这样描述的："人类的两脚对于这位幸福的女儿简直是多余的，她不能出家门一步，也无须出家门一步。装在黄铜脸盆里的洗脸水是送到闺房里来的，好羹好饭也是送进来的，做衣服的裁缝长年雇在家里。只要她嘴巴一开，一个大地主家庭所能得到的任何东西立刻通过别人的脚手飞到她的房里。"①在别人看来她是生活在蜜罐里了，但因父亲对女儿婚姻的包办，以及父亲这个"土大王"对男方财势和地位的要求让人望而却步，姑母错过了婚姻，也错过了最美好的青春岁月。她得了无法医治的心病，在某天深夜鼓起勇气与家里的裁缝私奔了，而小裁缝在得知姑母出逃时未携带财物出来，就立即将她抛弃在了寒冷的路边，在被家人寻回后，又被父亲折磨得死去活来，这就是姑母为婚姻自由所付出的代价。用两代女人的命运来说明女人社会地位的不同与变化，姑母时代，追求婚姻自由、反抗礼教束缚，不合旧规常理，必定会招来巨大的阻碍，逃跑或留守都不会给她带来幸福，社会没有给她选择生存的机会，而且她自己也无法独立生活，这是个体追求与社会规约的错位；芳姊时代不同了，虽然依旧面临着很多的障碍和阻力，但她的离家不再孤独，而是得到了其他人的响应，并且她能独立生活，此时的社会已给了她选择的契机和展示的舞台。小说张扬了女性追求平等与自由的权力，这是女性要求的自我解放。同时，我们也看到了这样一个事实：在历史与现实的桎梏中，姑母凭一己之力无法挣脱历史与现实的束缚，因此姑母的逃跑带给她的只能是失望，是更大的痛苦，在

---

① 林淡秋：《林淡秋选集》，浙江文艺出版社 1983 年版，第 125 页。

姑母身上所反映出来的心理情感和生命历程，让我们看到了女性在那个时代的受抑的生存现实；对男权话语权威下妇女生活现状的描写，是对那一时代女性的生存困境和精神困境的表达，是关于时代与历史对女性的囿限与压制的批判。小说写出了个体与传统、主观意欲与历史意志的分裂与延宕，女性在那个历史时代只能是一个扁平符号的存在，是破碎的生命形态。这里的欲望话语是对女性所受的传统、历史、文化等价值观的批判与质疑。小说写出了旧中国男人与女人的对立存在以及男人对女人的压制和训诫，也写出了女人对父权文化秩序的反抗与男权意识的挑战。

相对来说，现代西方社会充分尊重个体的生命欲望，民主、自由权利得到极大的展示与享有，而中国由于传统与国情的原因，这一切距当时的中国现实太遥远。为了向西方学习，"五四"时期才会提出"重新估定一切价值"，为此无数先觉者也进行了不懈的努力。

传统礼治秩序束缚了妇女的个性和自由，个体的感性生命处于被遮蔽状态。妇女解放，是对人的尊严的呼唤。陈独秀就曾明确指出："执行意志，满足欲望（自食色以至道德的名誉，都是欲望），是个人生存的根本理由，始终不变的。"① 关注女性的生存困境，是对妇女历史悲剧命运的沉思和社会存在的反省。《"她是我的姑母"——一个姑娘的手记》里姑母选择与情人的逃离，是对女性命运的反抗和拒绝，更是对被动的生活状态的不满以及对未来的憧憬，逃跑这一行动就意味着女性自我的觉醒，是对感

---

① 陈独秀：《人生真义》，《新青年》1918 年第 4 卷。

性生命的觉醒与生命主体的自觉，也是对理想主义的扬弃，试图以欲望的强力来找寻自己的身份、摆脱命运的常轨。虽然逃离这一行动本身是对觉醒者价值的认同，但结局却告诉我们无论反抗或选择依附都不能带给她幸福，或逃或守她都没有幸福保障，这里再一次强调了"娜拉们"的生存窘境，这是对女性命运的深刻体察与忧虑，是对普泛性的性别遭际的考量，直抵存在的深度。欲望叙述是对父权话语权威的批判，力主颠覆传统的纲常伦理与礼教规范，也是对女性主体性的呼唤。欲望话语转移为尊重女性的情感意志、本能追求与婚姻自主，是对女性"此在"的生命本体论的建构与价值论的探求。

欲望既是人类感性生命需求的一种表现形态，也是理性渴求的另一种表达，对人性有着深刻的影响，因此，对欲望的叙述也是对人的生存境遇与生命本体的关切。这样，欲望自然也就成了文学表达的重要内容之一。欲望不仅有自然属性而且具有社会属性，因而对欲望的表达，就表征了一定的时代特色与历史内涵，欲望成了认识、体验与表达世界的一种方式与途径。欲望或受压抑或被彰显，不仅与外在的时代变换、社会体制变革相关，并且与人的精神追求、心理归趋等遥相呼应，欲望叙事也是对社会政治与人文精神等文化症候的投射与表征。

人承载欲望、创造欲望，是欲望的主体。佛教将欲望视之为"恶"，而基督教则将其看作"罪"之源，而欲望本身其实是包含了不同的层次和内涵的，这也说明了"欲望"是一个具有张力的概念。作为中国现代市镇小说的欲望叙事，既有特定的时代语境，也是对特定空间的欲望表达。欲望叙述是通过欲望与文化、伦理、道德等的关系建构，揭示欲望的复杂内容。欲望叙述是从形而下的描写出发，直抵形而上的沉思，是对原有意义与审美的超越。欲望叙述关涉主体的生命价值，也与当时的现实环境、社会现象、人文内涵相关。因此，欲望叙述是对生命和生存的表达，也是对动力、活力、创造力等的褒扬，能促进社会的进步，然而，若不对欲望加以约束和控制，任其发展，将会给生命带来痛苦，给社会造成破坏。中国现代市镇小说的欲望叙述作为一种叙事策略和技巧，通过对欲望进行话语转移，用文化来引导欲望、来支配欲望，在叙述中创造出新的价值与意义。用学者程文超的话说就是："欲望的叙述要达到两个目的：给心灵以家园，给社会以秩序。"

第四章

权与利诱惑下的角逐

——论中国现代市镇小说的权力叙事

　　对权力的叙述是中国文学里一个较常见的叙事现象，正如法国当代思想家、哲学家福柯所说的那样，"权力无法逃脱，它无所不在，无时不有，塑造着人们想用来与之抗衡的那个东西"。[①] 中国现代市镇小说里就有大量关于权力的叙述，小说文本通过对权力主体和权力客体的书写，揭示了在那个特定的年代与社会里权与势对人物存在的影响，体现了作家的人文关怀与社会责任感，呈现了丰富的社会内涵与独特的文本价值。

----

　　① ［法］米歇尔·福柯：《性史》，张廷深等译，上海科学技术文献出版社 1989年版，第 10 页。

第一节　诱惑：权力场的威势与利益

借用福柯的观点，权力无处不在。通过阅读可以发现，在中国文学里，关于权力的叙述非常普遍，从古代到现当代的文学作品里，有大量关于权力叙事的作品。不同时期的作品对待权力的着眼点不同，大致来说，古代文学作品里多叙写官员的尔虞我诈、相互倾轧的种种丑态，呈现了古代官场的重重黑幕与"潜规则"，更多的描写了官场生态和官员的人格扭曲；当代小说的着眼点在于权力之间的制衡因素，关涉权力的法制监管与经济发展，包含了权力自身的公理、正义和科学决策以及由此而产生的许多微妙而复杂的抵牾冲突，致力于探讨权力自身的监督。与之相比，作为中国现代市镇小说的权力叙事则呈现了独具的特色，现代市镇小说里的权力叙事较少上升到制度和法律层面，而是侧重叙写以权力为轴心，以利益为半径，人物生命本真的泯灭，主体精神的退场，权力他者没有制度化的权益表达渠道，缺乏有效的司法救济。

权力在老百姓心中的威信是不言而喻的，他们敬畏官员，被权力所规约、所宰制，臣服于权力主体。众所周知，权与利是连在一起、相互生发的，权力还能带来丰厚的物质享受和巨大的经济利益。关于权与利的关系，其实从权字的字源学里就可看出，《汉书·律历志》里关于权字的解说："权者，铢、两、斤、钧、

石也，所以称物平施，知轻重也。"① 从字面意义的理解来看，
"权"字首先是作为衡量单位，是衡器，但是从一开始这个字里
也隐含了对利益的权衡分配之意。物质利益依靠权力来实现，权
力使利益得到保障，关于这一点沈从文在《呆官日记》里写得非
常直白："作官不论新旧，发财为第一目的。"②

权力具有强烈的控制性和排他性，权力必然形成权力集团，
这是权力的自然属性，在任何社会、任何时代都会表现出来。权
力是官场的核心要素，是官场的灵魂，官场上的争斗倾轧多与权
力的夺取、掌控有关，在势与利的角逐中呈现出了权力赤裸裸的
存在真实，如《天问》（陈铨）、《在其香居茶馆里》（沙汀）、
《模范县长》（沙汀）、《代理县长》（沙汀）、《鬼影》（罗洪）等
现代市镇小说作品都写出了物质利益与权力的紧密联系：失去了
权力就失去了威信，也就失去了利益保障。因此，权力主体常常
操控权力、驾驭权力；权力成了拥有者实现欲望和利益的手段，
他们支配权力，让权力客体（或被掌控者）臣服，权力他者被权
力所规训，成了权力的俘虏。

正是通过阅读这些现代市镇小说作品，我们发现，权力带给
人以威势与利益，使人欲望膨胀，面对权势的诱惑，才会有人不
择手段地去获取官位薪禄以期实现自己的目的、达成个人的愿望，
才会在权与利的角逐下做出违反人情事理和淳厚心性的极端行为。
陈铨的长篇小说《天问》正是这样一部反映人物在权与利的角逐

---

① （汉）班固：《汉书》卷21，中华书局1962年版，第969页。
② 沈从文：《沈从文全集》第4集，北岳文艺出版社2002年版，第15页。

下渐渐走向人性泯灭、人性异化的文本。在小说《天问》里，我们看到林云章也曾有过远大梦想并一直在努力践行中，但因双亲的相继离去，他面对现实首要解决的问题是如何生存。就这样年幼的他离开了学校，为了生活他成了富顺县谦吉祥药店的学徒并且爱上了老板的女儿张慧林。自知两人家世背景悬殊且有案在身，故林云章带着牵挂与梦想逃离了富顺县，并投友从军。林云章在仕途上有勇有谋、善钻营投巧，权力之路颇为顺利，终于当上了旅长驻防富顺，而此时的他已变成了一个心狠手辣、心机颇深的恶人，在权力与利益欲望的驱使下，权力逐渐具有了恶魔般的力量。他为了得到张慧林，四处恩威并施、巧谋暗算，先后杀害了陈鹏运与何三。为了达成自己的愿望，他通过失却良知的攀爬终于目的实现，但权力成了腐蚀剂，既毒害了个人也腐蚀了社会。虽然林云章也意识到自己行为的不妥当，内心也曾有过一份理智的纠结和挣扎，但为了实现心中的欲望，明知不可为而又禁不住地为之，一再地挥舞着伤害之剑；他的这些违背人性的残酷无情的行为虽然披着爱的外衣，但依然让我们不寒而栗，在权力与金钱的角逐下加速了人性的异化。林云章最初的选择还具有为着生存的正义感，但后来在军中为了获得地位权势而逐渐变得狠毒贪婪，理想式微，道德沦丧，良知隐遁，模糊了善恶的界限，渐失人性的本真。

　　权力能给人带来巨大的物质利益，既能改变人的社会地位又能提高声誉威望。当权者对物质的渴求与争夺，损害了民众的切身利益；欲望是无止境的，而人性中贪欲的放纵又使其变本加厉地追逐权力与金钱。沙汀在《代理县长》里，写出了本应体察民生疾苦、救百姓于危难的当权者却敛财"有道",大发难民财:禁止难民出境,出境灾民要出买路费,让灾民"买票候赈";此景正如霍布斯所说的那样,"人的权势普遍讲来就是一个人取得某种未来具体利益的现有手段"①。权力者运用手中的权力不是为民谋福祉,而是使老百姓活得更苦更难;本应与民"分享艰难",而他们不仅甩掉了困难还于灾境中致富发财。可见,财富与权力紧密挂钩,当官也是一种发财致富的手段、捷径。正是这种无尽的贪欲和权力的操控渐渐形成了一种恶性循环,对社会与人性都构成了巨大的腐蚀,正如小说《天问》中所写到的那样:"万师长抱的政策可以叫作'看别人的政策',别人要坏,他没有法子,只好跟着他坏,然而别人看见万师长坏,也跟着他坏,结果,闹得四川民穷财尽,而万师长这样的人,却是不应该负责任的。"②从这里可以看出,官场腐败形成了氛围,大家都是这样,当权者们认为这是那时当下的趋势,贪污者合流渐已成常态,正如阿克顿所说的,"权力导致腐败,绝对权力导致绝对腐败"③。作为权力掌控者,人的主观选择的自由度常常随着权力的膨胀而无限地增大,无权人物没有或少有主动选择的机会,他们只能被动地承受权力,被权力宰制甚至伤害。

严格地讲,权力仅仅是一种手段,是政治家为了达到一定的政治目的挥舞在手中的一把利剑,对权力不加区别的否定与对权

---

① [英]霍布斯:《利维坦》,黎思复、黎廷弼译,商务印书馆1985年版,第62页。
② 陈铨:《天问》,江苏文艺出版社1985年版,第214页。
③ [英]阿克顿:《自由与权力——阿克顿勋爵论说文集》,侯健、范亚峰译,商务印书馆2001年版,第342页。

力不加分辨的认同一样都是不可取的。权力往往是一柄双刃剑，既能维护公平与正义也能敲碎秩序与法理，既能守护庇荫也能伤害破坏。在现代市镇小说的权力叙事中，权势人物的言说具有双重性，权力代表者本应是国家意志的体现者，是民间公理正义的代言人，但有时情况往往恰恰相反。如师陀的小说《女巫》中的岗警，本应秉遵职责，维护社会秩序的稳定、安宁，而事实上却是岗警巴不得周围的群众纷争打架；更有甚者，巡警还常常寻找机会公报私仇，乘机寻衅滋事，"他"本人也就成了扰乱社会秩序的一分子。在现代市镇小说里，许多权势人物往往歪曲国家意志，破坏了权力机制的公平与正义，他们是权力的代言人，是自我权力的代言人，但不是公理正义的代言人。

我们看到，在现代市镇官场小说的权力书写中，宦海沉浮已使许多人物走上了人性的不归路，权力场的争斗与艰险使他们丧失了内在的自我精神和操守，从而成了手握权柄的工具。一种欲望的焦虑驱使他们在官场为有限的权力资源而绞尽脑汁、明争暗夺，顺时一路攀升、春风得意，逆时则可能坠入深渊、不得翻身，一如小说《天问》中的林云章，气象万千的宦海沉浮让林云章无限感慨，在失序的现实里渴求生活的宁静，人性迷乱后期待一份真诚，然而，一切美好的希冀在权与利的角逐中敲碎。人的无限欲求与满足这种欲望的有限资源之间总是存在一种内在的紧张。文本人物为权力的沦落而愤慨，作家为人性的失控而悲悯。

第二节 失语：权力裹挟下的存在

传统的权力概念，我们都将其理解为来自统治权的强力。实际上这是片面的。因为除了统治意志的强力与强制外，权力还存在于一切人类的活动领域之中，存在于每个人的行为与言说之中。权力并不是一种实在物，而更多地表现为一种关系。法国当代思想家、哲学家福柯便反对一切有关概念性的权力，也就是说，他更注重从运作规则中去考察权力以及权力的存在。代表国家意志或法律意志的是权力，除此之外，一切以压制话语自由的行为都是强权的表现；也就是说，作为父亲、教师、神甫、雇主、家长、尊长等都是权力或强权的存在与象征。跳出福柯的语境，我们不妨给权力下这样一个定义，即"强制性的必然话语"或"话语的专断"，也即指权力不仅体现在政治层面，更渗透社会关系中，权力多表现为个人在社会生活中必然遭遇的控制与反控制的力量关联场，这种力量关联场会在很大程度上决定个人在社会中的命运轨迹及其性格趋向。如沙汀的小说《淘金记》里就叙写了那些具有威势的权谋形象，而不侧重当权者形象，权力更多地体现在人与人的关系之中，为争夺开采筲箕背的金矿，林幺长子、白酱丹、龙哥等与何寡妇之间展开的较量与斗争，较少体现在权力秩序中，而在于人情关系与社会关系的谋划；白酱丹、林幺长子等曾经有过威势影响的角色，通过权力化、政治化来彰显正褪色的出身经历，期望通过权力化的过程使自己的威势身份得到他人的认同与确立；另外，何寡妇与其儿子在社会关系中处于劣势，何寡妇的儿子何人种寻求权势认同不但不成功，反而被利用，失去了更多的利益，寻求权势依傍失败，他的无知孤立对周遭环境有种异己感，他们作为较为弱势的一方在承认既定权力秩序的前提下的最后挣扎，表面上看是寻找公正，其实质是呼唤恩赐与怜悯。

　　西方社会是法治社会，强调诉诸法律处理矛盾纠纷，而传统中国社会是礼治社会，以"无讼"为最高境界，人与人之间有了纠葛纷争不提倡打官司求助于法律，而是请当地有名望、有权威的士绅（或权势人物）来断公平，进行仲裁。《公道》[《沙汀文集》（第二卷）]里媳妇的母亲和公公为了各自的利益，争夺女婿抚恤金"军谷"和女儿的去留权，两人让乡长断公平；小说里媳妇从家庭生存到个人生存，所遭遇的困惑与钳制，是对其人性的伤害、对其人格最大的不尊重。其实在当时那个年代、那样的社会环境，作为女人无论是哪种存在都受制于人：个人利益受权力所操控被宰制，个体没有介入生活的权力，被迫进入权力的机制中，被掣肘。在小说里我们看到，媳妇是在权力主体的掣肘下被表达和被言说，权力压抑束缚了个体、淹没了个体，个体失去了话语权，失去为自己言说的权力，失却了个性与主体精神，其实也就是一种失语状态的存在。

　　权力承载行为，压抑、约束了个人的存在，与个人的发展相对立、相龃龉。我们知道，那些不合规范、拒绝被规训的主体，常常会遭受惩罚，但我们也看到有些试图迎合规范接受规训的人，同样遭遇了惩罚；他人成为权力化的符号，被权力所宰制，权力的缺失使主体的权益得不到保障，无法掌控自己的命运，成为权力化后的他者，主体没有拥有权力和权威，他人成为自我命运的主宰。如茅盾的《霜叶红似二月花》里的祝大，在暴力阻止轮船通行时，年幼的儿子被警察开枪打死，他相信曹老爷会替自己申冤主持公道，却不知道作为权势者的曹老爷给予他的是"乌托邦"式的憧憬和追求，其结果可想而知，正如小说人物恂如所说："姓曹的几时真心肯为你们出力撑腰，不过是利用利用你们罢了。"① 作为权力客体的祝大，使自己成为被别人左右命运的人，为了曹老爷的许诺，相信甚至迫于权力的威慑力，充当了自己的敌手，主体分裂为自己的敌人，成了自己的凶手，使自己成了受害人，最后遭受了权力的蹂躏；同时，从作品中可以看出，底层老百姓往往畏惧与屈服于权力（或权势），权力造成了对他们心灵的内在禁锢，他们丧失了自主权，生活在失语的状态里；小说叙写祝大听从曹老爷的指挥安排，旨在指出作为个人，身份是从他人那里得到确认的，然而确认的身份却是卑怯与不被尊重，这里进一步指出了权力他者在身份的确认中迷失了精神、价值失重。作家通过对权力的书写逼视现实，这是对人性的关怀、对人心的抚慰，也是对当时社会现状的拷问，是作家对现实与未来更加深刻的思考、探寻。

"官场之道"复杂微妙，作为权力场中一分子的市镇底层官员，面对多变复杂的官场形势，他们的存在有时候也很无奈，很

---

① 茅盾：《茅盾全集》第 6 卷，人民文学出版社 1984 年版，第 232 页。

茫然困惑，有时也难免被肆意地裹挟在权力下。沙汀的《巡官》《在其香居茶馆里》等作品就写出了官员在权力场夹缝中的境遇。《在其香居茶馆里》里的联保主任方治国，因新任县长扬言要整顿兵役，为了保官，平生唯一的一次秉公办事，却在打斗中失势，在权钱交易中恢复腐败原貌；小说里的方治国在权力场中如坐针毡、在权术的把玩中如履薄冰，为拥有的权位而焦虑，他的这种存在状态一如哲学家蒂利希从存在的本体论上进行的界定："焦虑是一种状态，在这种状态中，一个存在者能意识到他自己可能有的非存在。"① 焦虑围绕权力而展开，权力是形成种种焦虑状态的源头。《巡官》里的巡官冯二老师，听说县长要亲自来巡视查场，为了迎接领导的检查，不顾众人的反对严禁了烟馆、赌馆，做好一切准备迎接上级领导的光临，然而领导没来，引来周围人的不满和抗议，甚至遭遇当众羞辱，在现实中他只能失去个性与尊严，让人深感叹息与无奈。从这些文本中，我们看到，作为底层官员对形势的判断、仕途的洞察每每失误，本想逢迎谄媚反而弄巧成拙，献殷勤拍的不是地方，想效忠投错了主子，试图走向权力场域，却总是受羁绊，在一次次的跌落中走远，正如泰勒所指出的："唯一可供选择的似乎是一种内在放逐，一种自我边缘化。"②

---

　　① ［美］P. 蒂利希：《存在的勇气》，成显聪、王作虹译，贵州人民出版社 1988 年版，第 2 页。

　　② ［加］查尔斯·泰勒：《现代性之隐忧》，程炼译，中央编译出版社 2001 年版，第 112 页。

第三节　无奈：意欲有为者在权力场的尴尬

意欲清廉有为的官员在权力场中，希冀着自己能用手中的权力为民办事出力，然而在强大的官场堡垒中，济世之志的付诸实施却遭遇了尴尬，在经受了"道"与"势"的反复较量后，强霸的"势"使得"道"孤立无援至无立锥之地，尽管想做个清廉有为的好官，不愿典当灵魂，不愿在浊世中沉沦迷失自我，但在现实的角逐中，在危机四伏中坚守的艰难，意欲有为者败下阵来。孙殿伟的《福地》里写出了 K 镇警察派出所林所长就任时曾有抱负，想有所作为，他看到 K 镇嗜赌成风，世风日下，欲整顿秩序、改变现状，却一再地遭受各种力量的挤兑与威胁，正如林所长自己所感受到的："他意识到自己的良知已开始遭遇一个重大的试验——这环境势必要他在'义'与'利'甚或'生'与'死'之间作一个毅然的抉择。"① 从这里可以看出清官的尴尬处境与精神痛苦。在权力旋涡中心，林所长欲为民脚踏实地办事却总有一种身陷囹圄之感，被弄得焦头烂额、疲惫无奈。他在那个现实中无法持"道"自处，兼善济世是行不通的；在这个权力场里的存在，与个人的才干理想无关，更不能有所作为，只要与权力场中

---

① 中国社会科学院文学研究所现代文学研究室编：《中国现代短篇小说钩沉》第4卷，北岳文艺出版社 1999 年版，第 509—510 页。

的其他人同流合污，就会有所作为甚至会生活得如鱼得水，若在腐化中不想蜕变、不愿放弃为官的自我期许与人格操守，则无法在"福地"中立足。面对以当地绅士李有光为首而形成的关系网，林所长曾试图坚持自己的信念，首先不为威逼利诱所动，继而拒贿，触怒了当地利益群，最后因受到生命威胁不得不逃离此地。我国著名社会学家费孝通就指出：在西洋社会里争的是权利，而在我们却是攀关系、讲交情。[1] 作为有为的个体的林所长虽然手握权力，但在社会黑暗的现实面前却软弱无力，人物有抗争姿态，然而在强大的邪恶势力面前，他被击垮甚至为了躲避危险不得不逃离，其实也就宣告了人物抗争的失败，奋起的徒劳。人物希图改变现实，但是，所有的付出结出的是矛盾之实，信念与理想被现实击碎，有所作为成为彼在的世外桃源之梦，这是官场有为者的尴尬与艰难，也是清醒者的无奈。小说写出了清官在权力场的疏离感、孤独感和渴望归属的独特心态，更务实，更现实然而没有成就感，这种外在与内里的撕裂感，导致一种挣扎，一种特别隐蔽的挣扎，权力本来可以实施其行为，但在这里却让我们看到一种阻隔与疏离。作家在作品里流露出对人物的同情，看到书中人物在权力面前的受挫而感到了困惑与无奈，但并未以自己的感情和道德来判断未来的发展趋势，和修改生活的进程，避免了将复杂生活作简单的判决而陷入模式化的境地。

作为一种社会体制的存在方式，权力场所永远是一个让人解读不尽的人生舞台。在现代市镇小说中，不少文本中的人物认为，

---

① 费孝通：《费孝通文集》第4卷，群言出版社1999年版，第335页。

唯有走进官场堡垒，他们的济世之志才有可能付诸实施，可走进之后却很难找到出路。在基层权力叙事中，我们看到想为民办事的觉醒者只有焦虑无奈，在官场中勉力维持、举步维艰，如寒波的《两县长》里的B县县长黄刚、黎锦明的《尘影》里明清县重要实权人物熊履堂等，身在隐秘诡谲、尔虞我诈的官场堡垒中，却坚守正义、为官正直清廉，而他们的结局都很不好：《两县长》里的黄刚受命于危难，于前线困境中扭转乾坤，却遭遇伪装清明坦荡实则贪污钻营的A县县长白俊民的诬蔑，最后，不仅被人误解而且还受处分；《尘影》里的熊履堂，与作恶多端的土豪劣绅作斗争，最后因恶势力与上级官员合谋联手，熊履堂被处死。从这里可以看出当时官场与社会的黑暗，清官们虽身处污浊社会现实，面对权力体制内根深蒂固的弊端，依旧力挽之、拯救之；小说凸显了人物在权力场中坚守信念的举步维艰，世如浊泥，而我独出淤泥而不染，世人皆沉醉于权力与利益，而我独醒想有所作为，彰显了围绕权力弥漫的一种无处不在的"焦虑"，正如贺绍俊所描述的那样，官场"是一个根基深厚、结构严密、充满腐败成规却又难以撼动的堡垒"①。这些作品里所书写的正直人物在复杂官场面前的委屈和无奈，是作家们对正义事业惨遭失败后的悲悯和感慨。

权力往往是一柄双刃剑，既能维护正义，也能破坏公理与良知，权力不仅是荣耀与欲望的象征，而且直抵人的生存本身。市镇小说的权力叙事体现了作家对社会生活和个体生命的独特思考

---

① 贺绍俊：《卸去精神十字架后仍然是惶惑》，《文艺报》2001年版。

与追问。权力、权势对小说里的小人物、底层人物生活形成的影响，使他们被他者所掌控，无法把握自己的命运，同时这也意味着是对人的不尊重，也即是个人在社会中生存价值意义的失重。在中国现代市镇小说的权力叙事里，凸显了权势对人性的压抑、对个体的规约，是作家对政治批判的隐喻性表达，也是对生命和生活遭受压抑的隐喻批判。作家们通过对中国现代市镇权力的书写，由对社会政治层面的思考最终抵达了对人的生存状态的探寻，包含了深切的人道主义和深刻的生命意识，蕴含了丰富的意义，具有超越性的价值内涵。

综上所述，中国现代市镇小说里的权力书写彰显了作家们的价值判断与立场，是对现实社会和人的存在的形而上思考。我们看到，作家在市镇权力叙事里描绘自然景观时往往充满了诗意，而在写到权力宰割下人物的生存境遇时是如此的艰难，生存状态是如此的不合理，凸显了作家对权力的理性批判，是对特定时代背景下个体悲剧命运的深切观照，也是对权力叙事的反思，流露出对个人命运的悲悯情怀。

第五章

时局与使命遇合下的书写

——论中国现代市镇小说的左翼叙事

中国左翼文学运动于 20 世纪 20 年代末至 30 年代初兴起，并在 40 年代得到了强劲的发展，是中国现代文坛声势浩大、影响深远的文学运动。"中国左翼作家联盟"（简称"左联"）的成立与发展，是中国左翼文学运动的重大事件。中国现代市镇小说作品中有大量属于左翼文学范畴的作品。虽然研究中国左翼文学的成果不少，但从中国现代市镇小说左翼叙事的角度进行研究的学者比较鲜见。

"中国左翼作家联盟"成立于 1930 年 3 月 2 日，是一个具有鲜明的政治倾向的文学组织，目的是与中国国民党争取宣传阵地以吸引广大民众的支持。该组织于 1936 年春宣布解散。虽然"左联"的历史不过短短六年，但因其在当时起到的巨大作用以及对后世的深远影响，成了中国革命文学史上的丰碑。"左联"的出现与此前的创造社和太阳社的发展有密切的联系，创造社作家和太阳社作家分别提出了"革命文学"的口号与"无产阶级革命文学"的主张，从观念上来说，"左联"与这两个文学社团有发展上的延续性。左翼文学具有相对完整的思想主张、理论观点、思潮运动，左翼作家在中国现代文学史上又是一个非常复杂的存在，它既与太阳社、后期创造社相联系，又与解放区文学在理论上有相似之处。就作家个体而言，20世纪30年代的中国左翼作家成分复杂：有的是坚持启蒙精神从"五四"中走来的作家；有的则是以阶级斗争和马克思主义为武器的新进作家。一般说来，左翼文学具有如下特征：大众立场，支持革命斗争，文学的党性、阶级性和意识形态性。

　　"左联"的成立与发展受多种因素的影响，是当时国内外的社会革命形势和国际无产阶级文艺思潮影响、推动的结果。学者陆耀东就曾指出，苏、日、美三国的左翼运动对中国的"左联"有很大的影响，"左联"的重要决定与几种创作类型，都深受苏联左翼文学的影响。我们将"左翼作家"一般理解为具有鲜明的政治立场和革命思想倾向的作家，关注底层、为弱势群体呼吁是其主要特色，强调对社会黑暗面的暴露和批判。中国左翼文学可以说是"五四"新文学向前发展必然出现的阶段。作为特定历史阶段的文学现象，左翼作品反映了社会变革时期丰富的历史内容；特别是一些以市镇为背景的左翼小说呈现出独特的内涵与特色，市镇既没有如大城市那样，因在政治风云的风口浪尖表现得紧张迫切（如写于上海沦陷时期的"孤岛"文学），也没像农村那样封闭保守。时局变动影响对乡村来说，既有时间上的滞后性又有传播上的变异延展性，有时候对时事事件的传播会出现所谓的谣传、讹传现象，如鲁迅的小说《风波》《阿Q正传》等小说里就出现了这种误传现象。如《风波》里的七斤，每天撑船进城，辛亥革命光复之后在城里被剪去辫子成了光头，当"张勋复辟"事件传到鲁镇，乡村人听咸亨酒店的人说"皇帝坐了龙庭了"，皇帝是要辫子的，因他没有辫子而使一家人都陷入了恐惧不安之中。从这里可以看出，农村人因现实环境的制约，再加之自己的能力、知识所限，普通民众一般都是通过街谈巷议来获取外界的信息，对其"知"而又"知之不多"，他们获取的信息常常是经过在口耳相传中得到的，是经大众随意"扭曲、发酵"后获取的。《阿Q正传》里的阿Q，无论是他谈论革命还是他因革命而杀头，对阿Q以及未庄人来说对革命的理解都是歪曲的。市镇就呈现了这样一个介于二者之间的特征，没有前者（大城市）的激烈，也没有后者（乡村）所表现出的谣传、变异现象。

第一节　乱离的时局：苦难时代的悲歌

20世纪三四十年代，整个中华民族处在内忧外患、民生多艰、战争频繁的时代，身处其时的作家们亲历了官员的腐化堕落、社会的混乱无序、民不聊生的生存现实以及日益加重的民族国家危机，他们对民族的生存图景倍感困惑，看到了民族处境的艰险和民生生活的艰难，一种知识分子的使命感油然而生，作家们试图用文学作为工具参与斗争和革命，这样文学就成了革命的另一条"战线"，恰如学者方维保所说的："左翼文学是左翼作家基于革命理念之上的对于革命的想象，它具有显在的政治的功利性和直接目的性。"① 文学就成了作家们的革命手段和宣传工具，这一文学现象很契合辛克莱的一句名言："一切的艺术是宣传，普遍地不可避免地是宣传；有时是无意的，而大抵是故意的宣传。"

时局动荡不安，政治局面复杂混乱，作为生活在这个乱离在场图景中的作家们，内心充满了困惑和龃龉，"中国革命向何处去"？作家们感到无解茫然，"自己往何处去"？同样令作家们彷徨不决。当时的社会现状投射到作家们的创作中，如张天翼、茅盾、沙汀、陈铨、罗洪、葛琴、柔石等众多具有强烈使命感和责任感的作家创作了一批反映社会时局的作品。他们受时代感召，响应中国共产党的号召，力图通过创作来继续革命事业，让自己的作品发挥应有的社会作用，就像鲁迅先生用杂文作为如匕首似屠刀的武器，"对于有害的事物，立刻给以反响或抗争"（《且介亭杂文·序言》）。作为一个特殊历史时期的产物和现象，文学成了为政治服务的工具。关于文学与政治的关系，周扬曾作过深入的探讨："文学的真理和政治的真理是一个，其差别，只是前者是通过形象去反映真理的。所以，政治的正确就是文学的正确。不

---

① 方维保：《红色意义的生成：20 世纪中国左翼文学研究》，安徽教育出版社2004 年版，第 61—62 页。

能代表政治的正确的作品，也就不能有完全的文学的真实。在广泛的意义上讲，文学自身就是政治的一定的形式，关于政治和文学的二元论的看法是不能够存在的……作为理论斗争之一部分的文学斗争，就非从属于政治斗争的目的，服务于政治斗争的任务之解决不可。同时，要真实地反映客观的现实，即阶级斗争的客观的进行，也有彻底把握无产阶级政治观点的必要。"① 当然，这种说法在我们今天看来会觉得在某种程度上忽略了文学自身的艺术规律性，弱化了文学的本体诉求，但在左翼文学参与者看来，周扬的这一说法得到了认同，他们认为文学就是为政治服务的，政治和革命是第一位的，文学是第二位的。因此，左翼文学一开始就是以寻求确立维护统一的文学指导思想为目标的，注重文学的工具性和战斗性，注重理论、批评和论争成为它的一个主要特征。

这种文学与政治联姻的文学现象，古今中外一直存在，不止是现代中国的独创。日本就有政治小说，梁启超还曾对其进行了大量的翻译和推介。也许由于中日两国的国情不同的原因，日本的政治小说有所超越而向纯文学方向发展，而中国无论是在当时还是后来，政治对文学都产生了极其重要的影响，文学的主体性有陷入被淹没、被遮蔽的险境之虞。在外国作家看来，文学创作里的政治意识，同样也是有其存在的价值的，英国作家奥威尔就说过："回顾我的作品，我发现在我缺乏政治目的的时候，我写的书毫无例外地总是没有生命力的，结果写出来的

---

① 周扬：《周扬文集》第 1 卷，人民文学出版社 1984 年版，第 63 页。

是华而不实的空洞文章，尽是没有意义的句子、辞藻的堆砌和通篇的废话。"① 这段话表明了作家将政治性作为他的作品的一种重要属性之一。同样，在古希腊的文学作品里，我们也会发现有政治因素的呈现，如阿里斯托芬在他的喜剧里议论时事，关注雅典的政治运作，是城邦政治的产物。在中国古代也十分强调诗乐为礼教政治服务的功能，《尚书·尧典》提倡"诗言志，歌永言"，是倡导诗歌的致用、教化功能；孔子在《论语·阳货》里曾说："诗可以兴，可以观，可以群，可以怨。迩之事父，远之事君。"其中"迩之事父，远之事君"强调的就是文学的政治服务功能和工具性作用，它们是效法上层阶级、为封建统治阶级服务的。

中国的左翼文学深受外国左翼文学的影响，并与外国左翼文学一道共同发展。中国左翼文学在文学创作各个领域均取得了辉煌的成绩：以鲁迅为代表的杂文，以茅盾、张天翼为代表的小说，以蒋光慈、殷夫为代表的诗歌，以田汉、夏衍为代表的话剧均取得了重大的成就。国外同样有各体左翼文学，如雪莱的浪漫主义诗歌《西风颂》、马雅可夫斯基的未来主义诗歌、奥登的现代主义诗歌《在战时》和《西班牙》、布莱希特的试验话剧《四川好人》和《阿波罗魏的发迹》、海明威的小说《丧钟为谁而鸣》、马尔克斯的"魔幻现实主义"小说《百年孤独》、略萨的"结构现实主义"小说《绿房子》等，这足以说明左翼文学具有多种多样

---

① ［英］乔治·奥威尔：《奥威尔文集》，董乐山译，中国广播电视出版社 1997 年版，第 97 页。

的形式，正如学者钱理群所说的"左翼文学的一个本质特征即是它的艺术上的'实验性'"。

20世纪20—40年代的中国正值国瘼民疾之时，从大革命的失败到日本帝国主义的侵略，是中国现代化受挫、异族入侵、面临亡国灭种的危机时期。像郭沫若、成仿吾、田汉、茅盾、蒋光慈、胡风、冯雪峰、瞿秋白等这样一些受过良好教育却身处社会下层的知识分子是极具代表性的：他们对前期新文化运动失望，内心孤愤、失衡、扭曲，有反抗的心理和济世的愿望，因此，很自然而然地参与"左联"运动，思想观念也与抨击现代社会、强调阶级斗争的左翼文艺思想不谋而合，进而发生强烈的情感共鸣。对于文学为"助进社会问题解决的工具"① 这样一种特殊时期提出的观点，才会得到大家的认可接受，并得到普及而传播开来。

左翼文学的出现承继了20世纪20年代鲁迅开创的"乡土文学"关注底层民生的传统，为社会、为大众服务，体现了作家的忧患意识和社会使命感，"载道"成了不可逃避的时代重任，左翼作家是时代的代言人，同时也是主流意识的代言人。柔石的市镇小说《二月》叙写了文嫂目前的生活情状：丈夫带走了所有的家产去参加革命，而今牺牲了却拿不到抚恤金，无产业无积蓄的她，有两个年幼的孩子需要抚养，在大雪纷飞的寒冷天气里，连最基本的御寒保暖都无法保证，正如文中的描述："……我的家是不像一个家的。""她衣单，全身为寒冷而战抖，她的语气是非常

---

① 蒋光慈：《关于革命文学》，《太阳月刊》1928年2月1日。

辛酸的，每个声音都从震颤的身心中发出来。他低着头跟她进去，又为她掩好门。屋内是灰暗的，四壁满是尘灰。于是又向一门弯进，就是她的内室。在地窖似的房内，两个孩子在一张半新半旧的大床上坐着，拥着七穿八洞的棉被，似乎冷的不能起来。"①《二月》写出了底层人生活的穷困与苦难，文嫂一家生活在困顿中，需要别人的关注与帮助，在现实中，大家是同情她的，希望有人给予她关怀与照顾；可是，我们看到的却是，萧涧秋的援手未能给文嫂带来真正生活的改变，而是加速了她的命运向坏处发展——阿宝病死、文嫂自杀，为什么会这样？作者这样构思是有其深意的，同情与帮助被落后的思想所扭曲，这是作者对现实的批判，也同时彰显了作家厚重的悲剧意识和博爱情怀。作品里面的人性的扭曲、深陷苦难的挣扎，萧涧秋面对非议流言挣扎于坚守与逃离的困惑中，蕴含了作者对现实困境的一种思考与探寻。陶岚的支持与理解，无疑反映了作者对现实人生的关注与对理想人生的期待，最后陶岚追随萧涧秋去上海，是作者以一种诗性浪漫的存在去表达对未来美好的期待，突出了文本形而上的厚重意蕴。在这篇小说里，我们看到作为一个物质贫乏的市镇——芙蓉镇，它与乡村的密切联系，就物质上来说，两者几乎等同、相差无几的，从某种程度上来说，芙蓉镇是切近乡村现状的，它们之间的区别更多地体现在精神领域。市镇里生活着一帮自诩为知识分子的人物，更多地展示了小市民们内心的龌龊与庸俗，与之形

---

① 《青年和妇女的人生写照：柔石小说全集》，中国文联出版公司1996年版，第71页。

成鲜明对比的是乡村人的朴实真挚。也许是由于不论市镇还是乡村都感到了物质上的缺乏和经济上的落后，对大城市都有趋往之心，就如同文嫂经由上海而回到乡下，萧涧秋即使一无所有也最后投奔上海而去寻找栖身之处一样，那是一种对落后现状希图改变的归趋与向往之心。

　　另一在创作上颇具特色的市镇小说作家沙汀，也积极投入左翼文学创作，用文学创作来承担民族使命。指摘社会时弊，揭露腐败黑暗，是作家沙汀对时局冷峻谛视后的指呈与批判。沙汀自幼生活在川西北的市镇，常随舅父出入于上层社会士绅豪门之间，对地方军阀、基层政权、土豪劣绅们的腐败情形有所了解，所见所闻颇多，感触亦多，这些阅历都在他的创作中有所反映。沙汀曾明确表白："将一切我所看见的新的和旧的痼疾，一切阻碍抗战，阻碍改革的不良现象指明出来，以期唤醒大家的注意，来一个清洁运动。在整个抗战文艺运动中，乃是一件必要的事了。"[1]作家还进一步解释这样做的必要性："我们的抗战，在其本质上无疑是一个民族自身的改造运动，它的最终目的是创立一个适合人民居住的国家，若是本身不求进步，那不仅将失掉战胜的最根本的意义，便单就把敌人从我国的国土上赶出去一事来说，也是不可能的，出乎情理意外的幻想。"[2] 沙汀在小说中践行了他的这一认识，在抗战期间创作了一系列反映抗日战争期间四川农村和市镇黑暗丑恶现象的作品。

---

　　① 钱理群编：《二十世纪中国小说理论资料》第四卷，北京大学出版社 1997 年版，第 63 页。
　　② 同上。

沙汀呈现了巴蜀大地上市镇里的人物生存图景，那里极其的落后与沉重，作家用理性视角写出了那独特一隅里的不合理、不正常现象。作家用理性眼光审视当前的社会时局，文本里的人物多是作家在当时意识形态观照认识下极力讽刺批判的对象，更多地表现为对地域现实情形的冷峻批判。作家从对社会意识层面的开掘来表征市镇人物生存的现实，揭露黑暗、正视丑陋。沙汀典型的市镇左翼叙事小说《在其香居茶馆里》别开生面地写了回龙镇上的两个头面人物的冲突与争斗，恶霸邢幺吵吵与联保主任方治国为服兵役抽壮丁之事发生矛盾，在其香居茶馆里相遇由刚开始的彼此争吵到继而发生打斗，作品里这两个很有特色的人物被刻画得极其深刻。作家对他们的描写，与其说是哀其不幸，还不如说是责其无能、殃民，这里作家为我们揭示了抗战时期发生在小镇上的丑态百出的闹剧，从而对当时的社会疾瘤进行了深刻的揭露与有力的鞭挞。在《代理县长》中，尽管灾后的山城饿殍遍野，物质上极度的穷困贫乏，而代理县长贺熙却毫不掩饰地宣布他挤榨灾民的"雄心"计划："瘦狗也要炼它三斤油！"居然挖空心思地想出"买票候赈"的办法敛财聚富，可以说对灾民达到了敲骨吸髓的程度。另一小说《丁跛公》写出了黑暗的基层政权，小说里的丁跛公倚仗保长的权势，本想掠夺他人财产，结果偷鸡不成反蚀一把米，不但被劫财还赔上健康，断了一条腿，小说写出了傍依权势、仗势欺人的小人物的丑恶和辛酸，同时作品还展露了社会的黑暗面与统治阶级的腐败情状，揭露了生活在底层的老百姓常遭欺挨诈的现实情形。这种贪婪无耻的现象是当时的一种普遍现象，在沙汀的暴露小说世界里，从"丁跛公"一类依傍权势的杂役，到"代理县长"那类手握权柄的官员，为聚财敛资不择手段，这里暴露的其实只是国民党政府统治下的阴暗一角，从这里我们可以推及当时整个国民党统治下的情形，政府的腐败和官场的黑暗让人民深陷水深火热之中，天灾人祸让老百姓无以为生。所以"在沙汀的暴露小说中，讽刺的鞭子虽然抽打在各色各类的社会渣滓身上，而批判的锋芒却是直接或间接指向黑暗的社会现实和社会制度，这就使他的讽刺既有别于某些漫画式、闹剧式的讽刺作品，也超越了对丑行的一般的道德谴责和爱憎感情，而是让人们看到了形成讽刺对象的社会制度必然毁灭的命运"。①同样，在小说《医生》中，作品揭露了国民党统治区物价飞涨、民不聊生的黑暗现状，塑造了正直善良、倔强豪爽的市镇医生彭泰山这个人物形象，当金圆券贬值几乎成了一张废纸的时候，彭泰山还开心地安慰家人："拿来摊膏药总行啦！……"后来我们看到他将膏药贴到钞票的头像上，"暂且也让你受一点洋罪吧！……"以此种行为来表达他的愤懑和不满，这种黑色幽默似的嘲弄让人感到了一种强烈的震撼力，也同时让人看到了底层人民在货币贬值时期生活的艰难和辛酸，小说表现了作家鲜明、坚定的政治立场。另外，如《替身》《范老老师》《巡官》等作品，都紧扣时代，是既有厚重的思想内容又有广博的社会信息的左翼小说。也许正因为此，鲁迅先生才会这样评价沙汀，认为他是自新文学运动以来"最好的作家"和"最优秀的左翼作家"②。这

---

① 蒋明玳：《"选材要严，开掘要深"——略论沙汀讽刺小说的题材选择》，《江苏大学学报（高教研究版）》1989 年第 3 期。

② 鲁迅、斯诺：《鲁迅同斯诺的谈话》，《新文学史料》1978 年第 1 期。

里，我们看到在左翼叙事的文本中，巴蜀地域的内容在沙汀小说中是以对主流阶级意识的观照来确立其意义的。在沙汀的这些市镇小说中，我们看到的市镇几乎没有什么现代化气息，与乡村较接近而与城市文明又有段距离。

在左翼作家们看来，世界是由两个对立阶级组成的。左翼思潮改变了作家看待世界、历史、社会、人生等的视野和方式，这就在某种程度上导致作家给叙事文本赋予了人、事、物以全新的社会秩序与价值观念。正因这一理念的牵引，在作品中我们常常看到这种两极对立抵牾的现象：光明与黑暗、正义与邪恶、进步与落后、崇高与堕落等，在同一文本中共存并举的成立。左翼作家用小说表达了他们的阶级立场与社会良知，这样左翼叙事就形成了一种特殊的现象，即作家所秉持的观念与小说所呈现出的内容形成了一种同构，互为阐发，恰如"拉普"总书记阿维尔巴赫所说的："作家的艺术方法完全从属于他的思想立场。"也正因为此，沈从文的创作在当时才会受到很多人的不理解与责难，因为他与时代主潮保持了一定的间距，关注普通人的生活和命运，多写日常世俗中的人性与人生，注重审美和艺术，相对于当时的其他作家来说，沈从文更关注的是文学的本体性价值；在激荡的社会时期，面对历史与现实、传统文化与时代精神时，沈从文更侧重于前者，注重文化价值，其实这本应是艺术的内在要求与作家的创作追求，但却因这不符合时代主潮的需要而被边缘化了，作家本人也因此受到很多的误解和批判。

第二节　市镇作家的使命感：忧郁的爱国之情

文学的工具性作用，晚清时代的梁启超就有意识地开始提倡了，试图用"小说界革命"达到"改良群治"和"新民"的社会目标，甚至认为："今后社会之命脉"，"泰半……操于小说家之手。"① 这就诚如周作人所言，梁启超"是想藉文学的感化力作手段，而达到其改革中国政治和中国社会的目的"②，梁启超将小说的政治宣传和思想教化功能提高到了一种等同实用工具的高度，文学的现实性、功利性作用得到了极大的张扬（当然，今天若从理性的角度来看，这种说法是有欠妥当的）。后来，郭沫若在《革命与文学》一文里，说得更直白："……我们更可以归纳出一句话来：就是文学是永远革命的，真正的文学是只有革命文学的一种。……所以我在讨论文学和革命的关系时候，我始终承认文学和革命是一致的，并不是两立的"。③ 倡导革命文学，强调文学的意识形态功用，左翼思潮的出现再一次将其推向了一个新高度，1930 年 8 月"左联"执委会通过的《无产阶级文学运动新的情势及我们的任务》决议正式规定："'左联'这个文学的组织在领导

---

① 梁启超：《告小说家》，《中华小说界》1914 年第 1 期。
② 周作人：《中国新文学的源流》，止庵《周作人讲演集》，河北人民出版社 2004 年版，第 158 页。
③ 郭沫若：《革命与文学》，中国社会科学院文学研究所现代文学研究室编《革命文学论争资料选编》，人民文学出版社 1981 年版，第 6—8 页。

中国无产阶级文学运动上，不允许它是单纯的作家同业组合，而应该是领导文学斗争的广大群众的组织。"正因为这样，茅盾才会说："说它是文学团体，不如说更像个政党。"另一左翼作家瞿秋白也认同此看法。

左翼文学服务于"现实的历史的运动和斗争"，是当时现实形势的需要，其价值直指具体的政治要求。从某种角度上来讲，我们也可以说左翼叙事与"文以载道"的传统文学观有类似之处，因为都是载道的，而事实上，二者之间有不同的内涵。过去传统文学的写作大多是为了巩固帝王统治和维护封建正统，而在现代中国是因为形势的需要，时局紧迫，直逼民族的存亡，因此，左翼叙事就富有更多的现实内涵；虽然两者同为附庸，以前的文学创作是为了迎合上层统治阶级，是为极少数人的利益而写作的，而现在的左翼叙述是因为时局需要，是为大多数人服务的；就如同成仿吾对"文学的时代使命"所作的解释："我们的时代，它的生活，它的思想，我们要用强有力的方法表现出来，使一般的人对于自己的生活有一种回想的机会与评判的可能。所以第一对于现代负有一种重大的使命。"① 这里的"负有重大的使命"就具有"载道"的意味。左翼文学作用于世道人心，寄寓了鲜明的社会理想；"左联"一再强调文学的大众化意义："文学大众化问题在目前意义的重大，尚不仅在它包含了中国无产阶级革命文学目前首重的一些任务，如工农兵通信

---

① 成仿吾：《新文学之使命》，《创造周刊》1923 年 5 月 9 日。

运动等，而尤在此问题之解决实为完成一切新任务所必需的问题。"① 从现实的存在状况来看，"左翼"又不仅仅只是一种身份，它同时意味着一套信仰体系、道德诉求和话语规训，表征了作家们的一种政治诉求与使命意识，这一现象就如同詹姆逊所秉持的观点："在第三世界的情况下，知识分子永远是政治知识分子。"中国现代市镇小说里的左翼叙事，意在呼吁大众的危机感，期盼民众的觉醒与参与。

20 世纪 20 年代末 30 年代初，中国社会发生了极大的变化，社会时局极其复杂，尤其是在大革命失败后，灾难深重的半封建、半殖民地的中国陷入了黑暗、混乱之中，阶级矛盾、民族矛盾林立同存，中国革命进入了由共产党领导的新时期。面对内外交困的局面，作家们身处其中亲历了民族、人民的绝望，希冀通过文学来为民族效力、来为阶级服务，文学被要求成为无产阶级"最高的政治斗争的一翼"。正因为如此，左翼作家们的创作常常自觉地受制于时代、趋附于形势，此时的文学表现出缺席主体性、疏离本体性的存在。李初梨的观点就很具有代表性，他认为："一切的文学，都是宣传。""文学，与其说它是社会生活的表现，毋宁说它是反映阶级的实践的意欲。"其实，如果这是作家对文学的认识，那么也是其认清民族现实存在后的无奈，面对当时复杂的内外形势，强敌入侵，内战频仍，社会黑暗，作家们才会视文学为"助进社会问题解决的工具"②；戏剧家陈白尘曾说："无情地把一

---

① 马良春、张大明编：《三十年代左翼文艺资料选编》，四川人民出版社 1980 年版，第 83 页。
② 秋士：《告研究文学的青年》，《中国青年》（周刊）1923 年 11 月 17 日。

个赤裸裸的现实剥脱出来，——而这，就是一个作者对人类最大的服务，也是一个作者在创作中最大的快乐处。"[1] 这句话虽然是陈白尘看到国统区的黑暗与丑恶后，由衷地说出了自己的使命感及创作宗旨，但此语放到此前那个特定时期的其他左翼作家的身上，也是很恰切的。

左翼作家直面现实、揭露黑暗，表现为一种激进的思想倾向和政治立场，他们以文字为武器，号召中国人民奋起与反动势力进行斗争。文学是他们从事革命事业的一种方式，不仅从理论上，而且是从实践上或情感上认同了革命，将革命视为自己生命与创作使命的同构。左翼叙事是契合阶级斗争、契合革命的文学书写，也是民族危难时刻的迫切需要，是作家良知的呈示，是其责任感与使命感的表现与言说。张天翼创作了很有特色与意义的左翼小说，他的针砭现实的讽刺暴露小说《华威先生》《谭九先生的工作》和《"新生"》结集为《速写三篇》，都是讽刺作品的杰作，这些典型的市镇小说作品揭露了积弱民族在艰难危机时的弱点：说得多做得少，忽视实践行动，重名分轻大义。作家对现实的认识日渐深刻，在艺术手法上日臻成熟；他本人在抗战初期就投身抗日宣传工作，自己亲闻了抗战营垒的阴暗面和社会上的不良风气，这些经历和所见所闻的社会现象必将投射在他的创作中，如反映抗日救亡形势的《华威先生》，意在告知人们看清潜伏的危机，不为表面轰轰烈烈的抗战热情所迷惑，痛苦而带预见性地指出生活中种种不正常的现象，从而使得文本具有更为普遍的典型

---

① 陈白尘：《乱世男女·自序》，上海杂志公司1946年版，第2页。

意义；作者在小说中以漫画式的夸张，生动地塑造了一个貌似"救亡专家"，实际上却是"包而不办"、言行不一致的抗日小官僚形象：华威先生。他表面上热心抗战工作，实际上却是阻碍、破坏抗日工作，抗战成了他实现权力与影响力的一种途径，从而揭露了国民党官僚"抗战"的真面目，写出了当时复杂的社会形势和黑暗现状，作家力图"提醒一切在抗战中做工作的朋友们：在我们的进步之中还留下许多缺点"。① 另一位很有特色的作家陈铨，文学史上一般不将其归于左翼作家之列，但他的以四川富春县为写作背景的小说《天问》也反映了当时的社会现实，写出了中国西南地区军阀间的混战，老百姓生活的穷困艰难，作家用作品表达了他对民族命运的关注与思考。当时"左联"较为注重写作的题材和内容，对于写作技巧的运用一般不太关注。由此可见，当时的左翼文坛最看重的是作家对重大政治革命题材的抓取，正是在这种政策的牵引下，作家们常常保持高度敏锐的政治敏感，紧扣时代脉搏，根本无暇顾及写作技巧的运用和思想艺术的营构。但是，张天翼没有被湮没在重大题材论的声浪中，他坚持寻求文学自身的价值所在，努力使自己的作品不轻浮于那个激情时代的表面，因而他的作品才会意蕴沉重而厚实。

"左翼"作家视对社会黑暗进行呈露和抨击为己任。沙汀看到后方的官僚豪绅们在串演着一幕幕尔虞我诈，巧取豪夺，投机钻营的丑剧时，痛切地说："既然如此，那么将一切我看见的新的和旧的痼疾，一切阻碍抗战，阻碍改革的不良现象指明出来，以

① 张天翼：《论缺点》，《力报》1936年第1卷第4期。

期唤醒大家的注意，来一个清洁运动，在整个抗战文艺运动中，乃是一桩必要的事了。隐瞒与粉饰固然也是一种办法，可以让热情家长顺顺当当高兴一通，但在结果上，却会引来更坏的收场。"① 他在作品中自觉地克服早期革命文学公式化、概念化的弊病，较为真切地反映了土地革命和动荡不安的社会现实。他创作了长篇小说"三记"：《淘金记》《困兽记》和《还乡记》，其中《淘金记》和《困兽记》都是以市镇为背景的作品。《困兽记》描写了大后方一群市镇教师的思想苦闷和感情纠葛，他们希图用演剧的方式来表达对革命工作的支持；《淘金记》深刻地揭示了地主阶级内部的利益矛盾以及社会动荡时局对人们生活的影响。作家用科学的世界观分析抗战时期大后方的社会现实，生活现实感强，语言幽默质朴，比较口语化，讽刺不露声色，描写客观冷静，达到了很高的艺术水平。

在《一九三一年十一月中国左翼作家联盟执行委员会的决议》中，则详细地规定了左翼作家们的创作方向："作家必须抓取反帝国主义的题材""作家必须抓取反对军阀地主资本家政权以及军阀混战的题材""作家必须抓取苏维埃运动，土地革命，苏维埃治下的民众生活，红军及工农群众英勇战斗的伟大的题材"，等等。正因此创作指导宗旨，左翼叙事中以农村、市镇和城市为写作题材的小说占有相当的分量。就以茅盾一人的作品来说，以都市、市镇和乡村为题材的左翼小说都有，如茅盾的《腐蚀》

---

① 钱理群编：《二十世纪中国小说理论资料》第四卷，北京大学出版社1997年版，第63页。

《子夜》《蚀》等作品，是以大城市为其写作背景的左翼小说。《腐蚀》暴露了国民党特务统治的黑幕，《子夜》再现了中国民族工业在帝国主义、买办资产阶级、统治阶级的多重压迫下的悲剧命运，《蚀》呈现了在大革命浪潮中青年们经受的考验与挣扎；这些作品里还塑造了一批很有特色的人物形象，特别是现代女性人物形象，文本以阶级、政治立场与价值取向为其塑形，使这些女性形象更多地表现为政治化的性别，人物生活在表面繁荣实则浮泛的都市里，深受现代意识冲击，时代感强，走在貌似自主而实则彷徨的现代化路上；他的以农村为写作背景的左翼小说也同样很有影响力，如《春蚕》《秋收》《残冬》等，这些小说写出了农村的物质贫乏和精神落后，真实地反映了在帝国主义经济的蚕食下，中国农村经济凋敝和农民破产的情景，写出了农民正受进步思想的影响并开始觉醒且逐步走上了反抗的道路，指出了在当时形势的刺激下，农村的关系变化和发展趋势，农民正受到现代化的各种影响，如《春蚕》里的小火轮其实就是外来工业文明和现代化的具象所指。而他的《林家铺子》《霜叶红似二月花》等作品，是典型的左翼市镇小说文本。《林家铺子》以市镇的广货店为背景，写出了 20 世纪 30 年代初期的民族战争、城乡经济、社会形势对小店经济和人民生活的影响，小说还提到了上海的"一·二八"战事以及东洋货对国货的冲击，文本以一个小铺面从挣扎到倒闭的经营轨迹来反映一个大时代的民族和经济现状，反映出"一·二八"事变前后半封建半殖民地旧中国所存在着的尖锐复杂的民族矛盾和阶级矛盾，暴露了帝国主义经济侵略、封建主义剥削和国民党反动派的压榨对中国经济发展的影响，也写出了人民抗日的斗争情绪。从小说里我们看到市镇经济与农村经济的紧密联系，因农村经济凋敝、农民购买力低下，导致商业萧条，市镇小商业举步维艰。《霜叶红似二月花》写出了社会阶级和历史蜕变期的江南县城的复杂现状。新文化运动传到了这闭塞的地方，年轻人的思想行为深受其影响，顽固守旧势力为维护其昔日的威势正全力抗衡，小说展现了新旧杂存中的嬗变与积弊，写出了市镇与农村和大城市的联系。早在 1928 年，冯雪峰在《革命与知识阶级》一文中评价鲁迅的作品时，就已经认为鲁迅创作的局限是"没有在创作上暗示出'国民性'与'人间黑暗'是和经济制度有关的"，如果这真是鲁迅作品的不足之处的话，而茅盾的小说文本却做到了将现实与政治和经济联系起来。在典型的左翼作家中，叶紫介入自己的表述对象，多角度观察描写工农民众，通过"看"与"被看"的互动，与文本人物建立了一种对话关系；与叶紫相比，茅盾更多的是"感同身受"，是为劳苦大众"立言"，作品再现了革命时代的民众形象。如果说叶紫的左翼小说是"直视"苦难中的芸芸众生，较少理性的批判，更多的是对弱者的同情与怜悯，而茅盾的作品却是批判与理解同存共在，是既有理解又有理解后的同情。作家在这类市镇作品里表达了对政治时局的关切和对民族命运的关注，茅盾用创作践行了他的观念和主张，他曾强调："我们的文坛不能不负起时代的使命，——反映现实，喊出人民大众的要求。"① 其实左翼小说的出现，不仅仅是作家本人政治觉悟的觉醒，同时更多的是反映了当时民众的强

---

① 茅盾：《关于"差不多"》，《中流》1937 年第 2 卷第 8 号。

大呼声与社会现实的急切需要，茅盾曾说这时的创作，大多是"应社会要求而写作"的，"力求服务于人群社会的用心"①。我们看到，在这时的作品中，自我切近现实的距离，创作迎合了社会的暂时需要，呈现出鲜明的时代特色，又正因这一特色而形成了明显的不足之处，那就是作家在从事创作时缺乏对生活应有的"反省"，难免矫揉造作，人云亦云，作家的个性特征与艺术特色被淹没在了大一统的政治话语中。这是个"共名"时代的写作。所谓共名，学者陈思和在其《陈思和自选集》里是这样解释的，指时代本身含有重大而统一的主题，知识分子思考问题和探索问题的材料都来自时代主题，个人的独立性因而被掩盖起来。这充分说明了时代主潮和客观历史环境对作家的言说有很大的影响。

第三节　必然与必要：市镇小说左翼
叙事的价值与意义

左翼叙事是在政治和时代潮流的共同影响下的必然性选择，左翼文学是意识形态化的文学。"自由人"曾指责左翼几乎垄断了文坛的时代，由此可以推断出，左翼文学在当时的深广影响，当然这也体现了这一思潮实为时代之需、民众所望。就以蒋光慈

---

① 茅盾：《关于"差不多"》，《中流》1937年第2卷第8号。

早期的创作《少年漂泊者》来说，虽然小说本身在写作方法与艺术方式等方面为当时以及后来的学者所诟病，但该书一出版便大受读者欢迎，一年内即再版数次，据说还引发了新文学史上最早，最大的盗版现象，① 诚如学者旷新年所说："蒋光慈在短短一两年时间内创造了新文学的奇迹，他使先锋文学转变成了畅销书和流行读物。"② 据说陶铸、胡耀邦都是受《少年漂泊者》的影响走上革命道路的，③ 这充分说明了左翼革命文学深受大众的喜爱和欢迎，改变了这一时期青年们的人生观和价值观，深刻地影响了他们的社会行为方式，这在很大程度上改变了那个时代的面貌，这也说明了这一文学样式确实实现了其初衷——宣传作用。从某种程度上来说，如果当时的革命是时代情状的需要，其实同时也反映了民众的觉醒意识，他们有危机感，有参与革命的需求，这恰如别人对蒋光慈的创作的评价："如一颗爆裂的炸弹，惊醒了无数的青年的迷梦。"④ 曾一度主张"文学无阶级"，反对把文学当作政治工具的梁实秋，对左翼文学作家的创作态度也给予了充分的肯定，在《文学的严重性》一文中，他认为："'普罗文学家'凡有所作，必是聚精会神的、剑拔弩张的，其精神是十分的严重。"从文中可以看出梁实秋对左翼文学的支持，也赞成文学中表现人生与社会现实的内容。

---

① 钱杏邨：《蒋光慈与革命文学》，方铭编《蒋光慈研究资料》，宁夏人民出版社 1983 年版，第 62—64 页。

② 旷新年：《1928：革命文学》，山东教育出版社 1998 年版，第 95 页。

③ 陈漱渝：《流派纷呈，风格各异》，蒋光慈等《现代小说风格流派名篇》，中国文联出版公司 1998 年版，第 9 页。

④ 钱杏邨：《蒋光慈与革命文学》，方铭编《蒋光慈研究资料》，宁夏人民出版社 1983 年版，第 62—64 页。

左翼文学同样呈现了地域性特征，在表现特定的人情风俗的同时还呈现了特别的时代内涵，但是这类文学样式中的地域性溶解在了当时的主流意识形态话语中，形成了这一特定时期的"共名"地域意义：作品里的地方特色表现为国家、民族、阶级、党派等主流话语的宏大意义的地方性表达。对地域本身来说具有确指性，但是所承载的意义却具有了普遍性。比如，许多左翼小说里的茶馆此刻除了消闲娱乐之外，更像是一个独具特色的政治活动舞台，与其说它呈示了世态民风民俗，不如说它表征了当时的国家意识形态和民族境遇。这是左翼作家对地域特色的深度表达，也是对民族文化的别样发现与阐释。

茅盾曾说："立在时代阵头的作家应该负荷起时代所放在他们肩头的使命。"我们看到左翼作家正承担了这一时代、历史所赋予他们的使命；左翼叙事是文学运动与革命实践相结合的产物，虽然政治化的需要使得文学疏离了艺术，但却是时代所需，是民族生存实况的要求，也是当时读者所喜爱所接受的，左翼作家以文学的形式表达了中国社会发展的潜在要求；左翼叙事对底层民众生活的关注和深切的同情，体现了它的先锋性和民众性，呈现出鲜明的道德感和责任感，改变了中国文学的历史，左翼叙事既是批判的又是战斗的；另外，左联的理论、主张等需要通过具体的作品来演绎，阐释关于左翼文学的决议和政策，形成指导性和示范性，因此，也可以说左翼叙事是理论与实践并举的产物，这也许是左翼文学能够在相当长的时间里领导中国文学潮流的内在原因吧。这一文艺思潮存在的价值，就如研究者陈红旗所说的："'革命文学'要从其他维度上打破和谐、中庸的镜像，要从天人合一的审美形态中剥离出'革命'，强化人与自然的对立，强化人与人之间的阶级斗争，追求'Simple and Strong'等美学风格，如此'革命文学'意味着回到一种'单纯'的艺术形态，它不仅演绎了简单'抽象'幼稚的革命理念，而且袒露了民众要求摆脱被剥削、被压迫困境的渴望与冲动。"① 这段文字用来解读左翼作品的内涵，引导我们如何正确看待这一文艺现象是很有意义的。

　　研究文学应遵循其发展规律，我们考察研究对象时，应当回归到当时的历史情境中来加以分析。对左翼文学的研究认识尤应如此，正如学者解志熙所指出的："后来者在痛感历史并非十全十美之余，会情不自禁地责备历史不完美，甚至不由自主地设想历史原本应当如何如何才好，并以这种历史理想去评价历史……而这种理想化的历史预设其实是后置的，未必切合过去历史的情境，因而也很可能使历史反思陷入对历史不切实际的求全责备。"② 左翼文学确实有缺陷，那是时代留下的残痕与特色，当年的时局情势需要那样一种文学形式的出现与存在，我们不能因其缺陷而否定其存在的意义与价值，左翼文学表达了当时民众的心声与理想，拥有了规约生活的力量，呈现出独有的文学主题与时代特色。左翼文学被赋予了超越自身属性的历史负荷。

　　左翼文学的出现是有其历史背景和现实因素的，它是一种现

---

① 陈红旗：《文艺与革命：中国左翼文学发生的审美之维》，《社会科学研究》2008 年第 4 期。

② 解志熙：《和而不同——中国现代文学片论》，人民文学出版社 1999 年版，第 129 页。

象也是一种思潮，更是一种运动，无论是对中国文学史还是对中国历史都产生了深远的影响，对今天的文学仍旧存在影响。学者旷新年的学术论文《断岩深处的历史》就以一种广阔的历史视野评价了左翼文学、肯定了左翼文学，指出左翼文学对"政治"的关心和对"内容"的关注是一种进步。

走入当年在场的情境中，左翼叙事可谓是一种典型的使命感、责任感的文学创作，就如同潘汉年当时指出的："无疑义的它应当加紧完成革命斗争的宣传与鼓动的武器之任务！"① 由于这种特殊的时代背景，民族危亡时刻的呐喊——那是现实的需要，作家们为革命而写、为人民而作，是一种历史的必然，同时这也成了作家们的信念支撑和精神依凭，是时代对个人的意识形态化的召唤，成为激励他们创作的动因，因此，这类文本里较少表达作家们的"自我"形象，更多地呈现为"无我"的言说，有很强的政治意识形态色彩，恰如学者方维保说的："革命的英雄是一个全新的主体，是驱逐了原主体身上的个人本体性特征的主体，是革命意念的象征，原主体只是革命意念赖以寄身的肉身。"② 此时的写作既反映了当时的政治需要，又反映了作家们的精神诉求，因而左翼叙事是失语的同时又是权力话语的，这是因为从艺术规律上来说，作家是失语的，他们在为政治时局和民族而作，而从功利的角度来看，他们又是有权表达的。2000 年纪念"左联"成立 70 周年之际，学者王富仁在发表的《论左联》一文中就肯定了"左联"

---

① 潘汉年：《左翼作家联盟的意义及其任务》，《拓荒者》1930 年 3 月 1 日。
② 方维保：《红色意义的生成：20 世纪中国左翼文学研究》，安徽教育出版社2004 年版，第 59—60 页。

的"话语权"。华莱士·马丁曾在他的专著《当代叙事学》中说：重要的不是叙述的时代而是时代的叙述。恰如他所说的，左翼叙事就是对时代的叙述。

第四节　中国现代市镇小说左翼叙事的不足之处

从文学创作的艺术规律来看，它有自身的特征和属性。左翼叙事太重视文学的社会作用，作家们高扬斗争的激情和乐观情绪，他们从思想到实践都在用文学作为工具、作为斗争的武器。在一个时代思潮的感召与熏染下，作家因自觉地融入现实而囿限于现实，为现实利益与时代要求而进行写作，正如鲁迅先生所说的："到了大革命时代，文学没有了，没有声音了，因为大家受革命潮流的鼓荡，大家由呼喊而转入行动，大家忙着革命，没有闲空谈文学了。"① 左翼作家常常因政治功利性的要求和使命意识的追求而淡漠了对文学自身的本体性诉求，关于这一不足之处，朱自清曾以客观、严谨的态度批评道："普罗文学第一期的倾向 a 革命遗事的平面描写 b 革命理论的拟人描写 c 题材的剪取，人物的活动，完全是概念在支配着。"② 从朱自清的批评中可以看出，作家们的创作是立足于现实的，这其实并没有什么错，但是不能因此

---

① 茅盾：《我走过的道路》（中），人民出版社 1981 年版，第 98 页。
② 朱自清：《朱自清全集》第 8 卷，江苏教育出版社 1993 年版，第 112—113 页。

让文学创作受此局限而不去遵循艺术的规律性。左翼作家们对黑暗现实的批判因其目标明确而陷入政治化和片面化的偏颇，文化体制内达到政治与权力的合流，文学认同政治、参与政治，政治主导了文学的发展方向与趋势，因而对艺术的本体性诉求有所疏离，知识分子也主动参与社会运动，在一定程度上磨蚀了应有的思想独立意识，此时，文学的工具性和服务性价值臻于极端。这正如"少共"作家王蒙的看法，他"始终认为，文学与革命天生地是一致的和不可分割的"，"革命是文学的主导，文学的灵魂，文学的源泉"。① 当然，王蒙与左翼作家在认识上还是有其不同之处的，那就是王蒙在强调革命性的同时还强调文学的艺术独立性。

由于特定的历史背景，在整个战争年代，民族救亡的重任压倒一切，故而"文学为政治服务"就成了历史的必然要求，文艺为政治服务、为政策服务、为当时的文艺方针服务，政治功利性的要求严重地束缚了作家们的创作心态，他们观察生活的视角与创作的动机都是为政治服务的。为政治服务的急切功利性，表现在文字上，就是情感与思想因缺少沉淀而过于直白浅露；政治话语的支配地位，影响、规约了作家的创作，导致文学写作的目标单一、内容简单、方向路线趋同和艺术方法唯一等方面的不足，"共名"写作放逐了艺术的个性和创造性。

另外，左翼作家们在不同程度上是透过理论来认识社会现实的。指导理论一方面加深了对于现实的认识和了解，但是通

---

① 王蒙：《王蒙文集》第 7 卷，华艺出版社 1995 年版，第 690 页。

过理论过滤后的现实无疑具有很强的主观性和倾向性，这种从思想、主义、理论出发，意在为政治宣传服务的文学创作，利用生活材料来演绎图解政治概念，因而教条化、公式化、概念化、表面化的缺憾突出。鲁迅就曾质疑左翼文学的政治宣传功利性，他说，文学固然是宣传，但并不是一切宣传都是文学。左翼作家常因对中国革命实际缺乏必要的了解以及缺少实际的斗争经验，还有"左联"指导上的激进，导致对同路人鲁迅、茅盾、叶圣陶等作家的错误批判；另外，左翼文学的"革命"理念是特殊时代里的一种理解和表述，因此，左翼文学里描述的革命与实际的革命斗争是有差别的；"左联"在文学理论上，生搬硬套教条主义，理论与实践未能很好地结合起来，提出了一些不正确的观点来指导当时的创作，诸如夸大文艺作用、忽视文艺特征、轻视生活、主张作家世界观的突变等；作品违背文艺创作规律，内容上常有忽略日常性、人性和文化性等方面的不足，作家与读者侧重于普遍性政治热情和社会问题，反映了作家的政治责任感和对社会问题的关切，过于强调文学的"工具"属性和阶级属性，极度张扬了文艺的经世致用价值。

与梁实秋关于人性论的论战、对"自由人"和"第三种人"的批判，在今日看来均有些值得商榷的地方。他们与左翼作家相较，对主流意识形态有所疏离，与左翼的附和跟随相比，有独立意识，敢于提倡对立意识。左翼叙事的批判与揭露是直指的，少反思，因而缺少对叙事对象的提升，未上升到一个形而上的高度和层面。学者谢有顺在《尊灵魂，叹生命》一文里，在表达他的

"文学整体观"看法时说："过去，中国文学的维度基本上是单一的，大多只是关涉国家、民族、社会和人伦，我把它称之为'现世文学'。这种单维度文学是很容易被不同时期的意识形态所利用——二十世纪中国文学史就不乏这样的惨痛记忆。它描绘的只是中间价值系统（关于国家、民族和社会人伦的话语，只能在现世展开，它在天、地、人的宇宙架构中，居于中间状态），匮乏的恰恰是对终极价值的不懈追求。"这段文字用来评价左翼叙事其实也是很合适的。

德国诗人荷尔德林曾说，文学是为存在做证。左翼叙事是政治运动和时代现象的真实产物的投射，作家们以揭露黑暗和讴歌大众来记录了这段历史和苦难，用文本表达了对政治、主流意识形态的认同与皈依，"文以载道"的功利主义观此刻不仅有存在的价值，由于特殊的时局形势此时还需要强化、凸显，从而形成了独特的时代精神内涵。透析纷繁芜杂的社会现象，对作家们来说是一次挑战和承担，作家常因社会、时代的影响而导致心态的变化，而一个思潮现象对作家的创作来说也可以说是一次机遇。就左翼思潮来说，作家们最后因对政治的过于屈从与跟随，少了些许的自主性与独立性而陷入了困境。左翼叙事通过亲近主流意识形态而建构起与历史、现实、时代的想象关系，发挥了激励与召唤作用，当然它的局限性不可否认，但左翼思潮的出现是大势所趋，人心所向，有社会情势的推动，又有大批精英知识分子的参与，成为当时的文学主流，使新文学完成了从"文学革命到革命文学"的转向，在中国文学史上的地位及其产生的作用与影响依旧不能忽视。

魏文帝曹丕在谈及文章的作用时说："盖文章，经国之大业，不朽之盛事。"（曹丕《典论·论文》）毫不夸张地说，左翼叙事就将此话进行了完美地演绎与诠释。左翼思潮是作家们对主流意识的自觉趋同，作品也就常常表现为消解个人色彩与湮没自主性的特点，"共名"话语成了他们自我蜕变的表征，表达了他们对社会责任的承担与时代召唤的认同和响应。左翼叙事关注的是文学之外、作家主体之外的政治、阶级革命等方面的内容，直指致用、教化、喻世的价值，文学的本体性被遮蔽，作为一段历史时期的存在，它留下了时代的印痕，但它曾经给民众以力量，让沉睡的民族警醒，致用文学的价值因一段特殊的历史而得以彰显。在一场关于"当代文学是否道义缺席"的文学争论中，学者傅国涌在《文学并没有那么高深莫测》里说："文学毕竟具有公共性，不能完全游离于大众，游离于社会现实之外，不能变成一个人关起门来自己赏玩、自我品味的鼻烟壶之类。那样的文学到底有什么意义是值得怀疑的，那样的作家与我们这个世界有什么关系，是值得警惕的。"这段关于文学的承担与意义的话语用在左翼叙事的价值表述上也是很适合的。如果说任何的社会革命，都是为了让人生活得更好，左翼作家将文学作为他们参与革命事业的途径，表达他们对社会的担当，批判黑暗、颂扬反抗、期冀美好，那么这也许是左翼叙事的重要意义吧。正如王国维所说的：一个时代有一个时代之文学。左翼叙事正是这样一种表达时代主流意识形态的文学。

第六章

现实映射与意义赋予

——论中国现代市镇小说的仪式叙事

仪式是人类学中的一个重要概念，仪式活动是人类生活的重要内容，仪式亦是文学书写中的一个重要内容，正如学者范捷平所说的那样："仪式与文学述行密切相关，是文学述行的载体。"①

通常而言，仪式含有典礼的秩序形式、取法、仪态或测定历日的法式制度等内涵。学者王铭铭将仪式形态分为家祭、庙祭、墓祭、公共节庆、人生礼仪以及占验术等②仪式，作为一种充满文

---

① 范捷平：《文学仪式和面具的遮蔽功能——兼论异域文学中的"东方形象"》，《德语人文研究》2013 年第 1 期。
② 王铭铭、潘忠党：《象征与社会——中国民间文化的探讨》，天津人民出版社1997 年版，第 91 页。

化意味的人类活动，与其他行为方式有着鲜明的区别，它通常由一系列象征符号和一整套行为方式所构成。仪式通过象征能强化特定的意义和价值取向。仪式能表达集体的认同感，具有社会性的内涵。

目前，学界已在不同文学领域以"仪式"为视角展开研究，取得了一些较有创新意义的成果。从"仪式"叙述角度研究小说所取得的成果主要有：张艳蕊的《阈限理论视角下洛奇天主教小说中的仪式叙述》一文研究了戴维·洛奇天主教小说中的天主教徒对宗教仪式的态度；范捷平的《文学仪式和面具的遮蔽功能》一文以德语现代文学中德布林和瓦尔泽的中国题材文学文本为例，对文学仪式和面具的现代性问题进行了较深入的研究。以"仪式"意象为视点研究诗歌所取得的成果主要有：刘勇强的《象征与献祭仪式——论霍夫曼斯塔尔〈谈诗〉中的象征理论与原始主义》，张玖青与曹建国的《论仪式的文学生产与阐释功能：基于诗歌的讨论》等论文。从"仪式"角度研究戏剧取得的成果主要有：《西方现代戏剧批评中的仪式感》《论仪式对当代戏剧艺术空间的拓展：以赖声川〈如梦之梦〉为例》《论荒诞派戏剧的狂欢仪式》等论文。从"仪式"角度对散文的研究也正在展开，如《文化良知、仪式感、诗性语言及其他——余秋雨散文艺术研究》一文，从余秋雨散文中营造的仪式感角度来探讨传统文化的价值与内涵。这些研究成果都具有开拓性意义。相对而言，从"仪式"角度研究民俗学取得的成果最为丰富、更为深入，从民风乡俗、宗族祭祀、日常礼仪等视域展开研究是较为常见的着眼点。由此可见，从"仪式"角度深入开展文学研究，对开拓我们的学

术视野，深入拓展对中国文学的研究，有着十分重要的意义和
价值。

在中国现代市镇小说里，有相当数量的作品频繁地书写了相
关仪式。如《祝福》（鲁迅）里的祭祀仪式、年终"祝福"仪式
及捐门槛仪式，《菊英的出嫁》（王鲁彦）里的隆重冥婚仪式，
《生与死的一行列》（王统照）里的葬礼仪式，《喜期》（彭家
煌）、《拜堂》（台静农）里的结婚仪式，《呼兰河传》（萧红）、
《红灯》（台静农）、《烛焰》（台静农）、《边城》（沈从文）等市
镇小说里描写的风尚习俗、节庆礼仪等。在这些中国现代市镇小
说作品里，仪式书写作为一种叙事手段和叙事策略，是文本意义
赋予和内涵阐发的重要途径。

第一节　历史镜像的映射：仪式
书写与传统的羁绊

作为"五四"时期高举思想启蒙大旗的先锋人物——鲁迅，
他常常执念于从"吃人"社会来探讨国民性问题，表达他对人的
存在问题的关注与思考。他在《南腔北调集》中的《我怎么做起
小说来》一文中就明确地表达了这一创作宗旨。他的小说大多取
材于"病态社会的不幸的人们"①，写小说的目的是为了"改良社

---

① 鲁迅：《鲁迅全集》，人民文学出版社 1980 年版，第 278 页。

会"。他的市镇小说《祝福》频繁地书写了相关仪式，如：年终隆重的"祝福"仪式、鲁四爷家的祭祀仪式、祥林嫂的再婚仪式及其土地庙捐门槛仪式和"祝福"时节的禁忌等。鲁迅在市镇小说《祝福》里通过仪式书写揭露了封建礼制和传统道德的"吃人"真相，并从本体论和未来学的角度探讨了当时女性的存在本质，揭示了当时广大妇女生存的不幸与艰难。

鲁迅的小说创作一直着眼于"改造国民性"和"立人"问题，换言之，也就是思考人的存在问题。在《祝福》里，鲁迅通过仪式书写表达了对当时妇女存在的普遍问题的思考与探寻。祥林嫂的"存在问题"，是她无论在此岸还是在彼岸都遭遇了归属问题。首先，在现实社会中，祥林嫂的此在归属有问题——没有姓氏、籍贯无考，她只是男人的附属性存在。这是因为，我国封建礼教对女性的身份归属有明确的规定：女子在家从父、出嫁从夫、夫死从子。而现在已再嫁的祥林嫂，丈夫已死，儿子早夭，她的社会身份归属也就再次悬置。作为深受封建传统观念影响的祥林嫂，她非常渴望有确切的归依。因此，祥林嫂无论是逃离夫家，还是对再嫁的反抗，其实都是对她遵从封建礼制而不得的抗争，也是对祥林嫂"卫道"的另类表达。另外，祥林嫂的彼在归属也有问题——因为她有两位丈夫，死后在阴司要被两个死去的男人争抢，还恐有被阎罗王锯开的风险。因此，祥林嫂即便在阴间也依旧无法独立自主，甚至连保存一个完整的躯体都难。祥林嫂虽然此在生存已非常艰难，依稀的彼岸也看不到希望，但她却以一次次的奋起"抗争"来遵循道统，以虚幻的自我确证方式来"护道"。祥林嫂最让人慨叹的问题是，在临死前她最纠结的是死后能否与死去的家人团聚。因此,祥林嫂的死便是她的寄托,是对她未来希望的表达和对曾经存在的确证,更是她对家庭亲情、"圆满存在"的渴盼。而对鲁镇人来说,祥林嫂在隆重的"祝福"仪式时节死去便触犯了大忌,她的死便是对看客们群体意识的表征。

"祝福"作为年终的大典,非常严肃隆重,鲁镇的女人们不辞辛劳地准备福礼,而拜迎福神的却只限于男人。这说明,"祝福"仪式表征了当时的社会等级秩序,直指性别隶属关系,是对话语权的隐喻。女人们习以为常的生存方式,反映了她们"历来惯了,不以为非"的思维方式,表征了对"吃人者"的敬畏。作为失却自我意识的"他者",女性的存在便成了一个扁平的历史符号。这意味着仪式在特定的场域中具有角色功能,担当身份,塑造了社会上的认同感,在当时的社会公众意识中具有普遍的约束力,让人感到仪式背后强大的规约力;同时,也是对当时封建伦理得到社会普遍认同的转述。美国著名传播学家约翰·费斯克曾这样给"仪式"定义:仪式是"组织化的象征活动与典礼活动,用以界定和表现特殊的时刻、事件或变化所包含的社会与文化意味。"① 同样,《祝福》里的"祝福"仪式也反映了当时的社会现实和特别的文化现象。

《祝福》里的"祝福"仪式作为年终特定的仪式大典,既是对个体信仰的呈示,更是对群体相同精神追求、共享互动的表

---

① [美]约翰·费斯克等:《关键概念:传播与文化研究辞典》,李彬译注,新华出版社 2004 年版,第 243 页。

达，反映了当时人们普遍的价值取向，对人们的思想观念和价值诉求有某种召唤作用。更为重要的是，它所建构的价值体系体现了当时社会普遍的共识与准则，引导我们重新思考关于当时妇女的普遍命运和本真存在。"祝福"仪式喻示了旧社会女性的存在历史与生存现实，以庄重的形式表征了当时社会普遍的情感倾向。在强大的男权社会里，作为一种被压抑、被宰制的存在，女性缺失了作为人本应有的主体性，只是一个非人的存在，仅仅是依附于男人的"物"而已。因此，祥林嫂的出逃与抗婚，并不是源自"五四"启蒙意识的启迪，而是源于几千年来封建思想和传统文化的濡染与因袭，因此，她的"反抗"就是为了遵道、护道。"祝福"仪式写出了妇女在历史的牵绊与现实的逼仄中，即便社会变革与启蒙运动正在悄然发生，但对祥林嫂的处境来说，却未曾产生任何影响和触动。因此，鲁迅通过"祝福"仪式表达了对妇女解放、社会解放等时代话语的呼求与关切。

《祝福》里，祥林嫂在第一任丈夫死后，离开婆家孤身来到鲁镇鲁四爷家做工谋生，虽然终日辛劳繁忙，然而她不仅没有感到离家的孤独与奔忙，反而开心满足。小说通过祥林嫂在鲁四爷家忙碌但满足的生活反映了她的生命追求，用迎合去维持最低的生存。祥林嫂因传统因袭的影响，她从情感到肉体，不可能产生情感与理性的冲突，更不可能有灵与肉的博弈、抵牾，她缺失了生命本应有的灵动与鲜活。就祥林嫂而言，她的认识就是对三从四德等封建伦理条规开始的。小说通过祥林嫂前后两次祝福礼的不同遭遇来呈现封建思想和传统观念对其的影响与束缚。祥林嫂第一次来到鲁四爷家里，鲁四爷虽然讨厌她是寡妇，但因在试工期内见祥林嫂做事麻利踏实胜过男子才让她留下，第一次祝福礼时祥林嫂一个人担当；当祥林嫂因夫死及孩子死后再次来到鲁四爷家做帮佣，第二次祝福礼时祥林嫂就只烧火了。这一变化反映了祥林嫂当时的处境，因为祥林嫂克死了两任丈夫，被认为是不贞不洁的女人，也就意味着她失去了做"奴隶"的资格，这也是祥林嫂的痛苦之所在。小说借祈福仪式与祥林嫂的死来揭示社会"吃人"的普遍性。这里的"祝福"仪式与祥林嫂两次来鲁镇的遭遇在修辞学意义上具有了语义暗示作用，仪式书写与祥林嫂的生存现状相互喻指。仪式一般认为具有交流情感、表达思想观念的功能。如果说"祝福"仪式是对集体情感的宣谕，而在鲁镇的"祝福"中，祥林嫂的存在就是对她被弃被疏离的表征。在鲁四爷家的祭祀仪式中，祥林嫂作为在场者，渴望在这最庄重严肃的场合中能够帮忙，因为在她看来，让她以劳作的形式出现在这个仪式场合，就意味着是对她身份的认可——"做稳"了奴隶。而作为人们眼中的"不洁"女人，在日常生活中，她无法得到周围人的确切认同，因此期望以在祭祀中付出辛劳的形式来实现与贞洁女人身份相契合的想象与祈望，以共时性的仪式体验来获得身份的改变与确认。但祥林嫂被拒绝参与到这一仪式活动中，这也就意味着她希望的失落——渴望做奴隶却不得，亦即她的现有身份无法更改。小说通过祭祀仪揭示了祥林嫂对"被吃"的无知无觉，这说明有几千年吃人履历的中国封建社会是落后滞重的，其思想观念的影响是深远的！

鲁迅常常通过审视封建传统文化来探求女性的命运。鲁迅的市镇小说《明天》里描写的宝儿的葬礼仪式就反映了深刻的文化内涵。三岁的宝儿生病早夭，伤心欲绝的单四嫂子倾尽所有来为幼儿办葬礼，而宝儿死后的"隆重"葬礼仪式其实就宣告了她未来的艰难与无望。因为在厚重的父权制传统文化中，女性的一生都是无法独立的，只是一种依附性的存在，单四嫂子在丈夫死后，她唯一可依附、能指望的人就是儿子宝儿了。而对于"粗笨"的单四嫂子来说，她是不可能有"人的自觉"的，单四嫂子的存在更多的是一种肉体生命特征的存在，而社会历史与精神心理的存在却是缺失的。如今宝儿的早夭，也就意味着她既不可能"自在存在"，更不可能"自为存在"。在历史叙事中，在强大的传统男权文化的影响下，女性的存在常常因自我意识与主体意识的远离而成为空洞的历史符号。然而，单四嫂子对幼子宝儿的死却是"自觉"的，由于无论是单四嫂子所处的社会环境还是她的思想观念都还没有获得真正的解放，因此，她的这种"自觉"意识就不可能是理性与觉醒后的"自觉"，而是深受封建道统思想浸染后的"自觉"——对"道"的遵循与守护，儿子活着便是对单四嫂子存在的确证，宝儿是单四嫂子活着的希望与精神支柱。因此，葬礼就说明葬送的不仅仅有宝儿的躯体，还有单四嫂子对"明天"的希望与持守。小说中，蓝皮阿五、红鼻子老拱等男人对单四嫂子的欲望想象，就说明了在历史与现实的逼仄中，她未来生存的艰难与沉重。宝儿的葬礼仪式寓意深远，体现了作家对女性命运的深刻体察与忧患，真切地写出了那个时代女性的现实困境。

彭家煌的市镇小说《喜期》里描写了静姑简单的婚礼仪式。其父为了得到更多的钱财将静姑许配给富裕张家又瘸又傻的儿子惠莲，又因害怕兵荒马乱导致人财两空，将本欲九月举办的婚礼提前至三月三，静姑的痛苦与不幸就因此而提前到来。这样，一场本应是新人充满渴慕、亲朋寄予祝福的婚礼，却"如出殡一般的没有喜意"①。这样，小说通过一场热闹的婚礼写出了静姑一生的履历与所承受的全部苦难，欢喜与悲伤、生与死本是对立冲突的事物却并置在了同一时空中——婚礼现场。静姑在娘家因是女孩备受父亲的轻视与苛责，婚礼当天因动乱的时局，新郎被乱兵打死，静姑受尽了污辱投湖而死。在封建思想对女性的钳制中，静姑无论是在娘家还是在夫家的生存现状都不可能有本质的区别与改变，都无依无靠。静姑的生存现状就暗寓了女性生存的苦难与艰辛无以救赎！既然历史与现实都未能给静姑提供改变命运的选择，也许对于她来说，死即是一种解脱与反抗，所以，她才会"喜滋滋地"去投湖。静姑的婚礼让人看到了女性在那个特定时代的普遍生存现实。这样一段人与物相置换的婚姻，一开始就注定了爱情的阙如和亲情的退场，由在娘家的不堪境遇到夫家可以预见的悲剧性存在，通过婚礼仪式写出了静姑所在时代的女性的现实困境和精神困境。因此，《喜期》里的婚礼仪式成了对女性历史存在与现实存在的追问与诠释，表达了作家对女性生存的思考与探寻。

---

① 彭家煌：《彭家煌》，华夏出版社 1996 年版，第 39 页。

第二节　"道"的遵循与守望：仪式表达与叙述策略

仪式作为传达观念意识的一种方式，对人们的意识行为和思维方式有强烈召唤和规约作用。婚礼仪式本应该是隆重喜庆的，但《祝福》里祥林嫂的再婚仪式中，于她而言，就成了一种痛苦和刑罚。这是因为在传统观念中，女人的"贞节"比性命更重要，而祥林嫂的再嫁就违背了"从一而终"的封建教条。因此，我们才会看到祥林嫂在婚礼中的被迫及反抗举动。小说通过祥林嫂在婚礼仪式上的激烈反抗，把旧社会女性的苦难与不幸通过婚礼仪式直观地呈现出来，揭示了祥林嫂想"卫道而不能"的痛苦与绝望。仪式在这里具有深刻的象征意义，女性作为男尊女卑社会里被钳制的存在，自我意识与主体性阙如，写出了女人在那个特定时代里的处境与生存现实。因此，祥林嫂的反抗就是从精神深处反映了她对封建礼教的皈依与遵循，也就从另一方面否定了她的自我主体性。

《祝福》的小说题目"祝福"一词就具有强烈的反讽效果。"祝福"既是一种传统的隆重年终仪式，又表征了人的一种悖反性存在。作家借用巧妙的叙事技巧，让祥林嫂生存的现实困苦与年终的美好祝福并置在同一语境中，两相对照，年终良好凤愿反衬了祥林嫂生活的凄凉与困顿，这一鲜明的对比形成了强烈的反讽。通过仪式描写来审视祥林嫂的存在现实，直抵当时女性存在的生命伦理与现实遭际。女性作为男权社会宰制下的附属存在，她们是失语的，甚至是失意、失重的存在。

仪式是对可靠安全感的追求。仪式不仅能对人的精神产生深刻影响，而且还是表达某种心理诉求的途径，能使我们的身外世界与内心世界建立联系，从而产生交托感与归宿感。小说中写到祥林嫂得知死后将要被两个男人争抢，为了避免被锯两半的风险可去土地庙通过捐门槛来赎罪。当祥林嫂拿出所有的积蓄终于捐了"门槛"后，仿佛得到了神祇的宽宥，非常高兴，她"复活"了。在这里，捐门槛仪式成了祥林嫂的精神支撑，直指她的未来存在，是她对寻求身份认同的渴盼与价值观的表达，具有象征意义和社会功能。祥林嫂以封建条规作为自己的行为准则和处世态度，以捐门槛仪式来应对历史沉疴的掣肘和现实的挑战，这就意味着她无论做出何种应对，其实都是对封建传统的遵从与维护。祥林嫂的尴尬身份与痛苦存在，就是对传统女性存在的缩微和封建礼教文化的象征。小说通过捐门槛仪式来叩问历史与社会，生动地反映了旧中国妇女存在的历史镜像，具有特别的历史与现实意义。

仪式指向未来维度和精神寄托，是寻找社会归宿感的表达，表达了某种祈盼心态。祥林嫂希望能重新循"道"，捐门槛仪式是对祥林嫂期盼重新循"道"的心声的反映。她期冀通过捐门槛仪式找到替代"身份"，渴求得到封建道统的身份认同与情感共鸣，从而重塑"贞洁"身份、拥有"圆满存在"的希望。因此，捐门槛仪式在她的心里产生了巨大的精神力量。祥林嫂的捐门槛仪式引申了妇女存在的现实问题与历史传统对妇女的掣肘。作为历史镜像里的无意识存在，祥林嫂的信念与希望源自对"道"的维护和持守，捐门槛仪式是对祥林嫂寻求封建伦理归宿感和认同意识的表达，同时是对她当前尴尬身份不被认同的诠释，也是她对"他者"身份的想象与祈求。捐门槛仪式在这里表达了祥林嫂对现实身份的无奈茫然和对未来希望的美好渴求。捐门槛仪式是一条情感纽带，联系着祥林嫂的现实期盼与未来希望。因此，小说对仪式的书写具有建构生存论的意义。

"仪式的目的就是要消除危险。"① 仪式能传递信心与勇气，祥林嫂期望通过捐门槛仪式能够转移无奈和痛苦。但在捐门槛仪式后，祥林嫂的存在并没有如约改变。冬至祭祖时，四爷、四婶不让她触碰祭祀用品的警告，让她重新燃起的希望再次破灭，曾经的精神支撑瞬间坍塌。捐门槛仪式后祥林嫂的境遇，其实就是对其过去存在的宣示和展现。祥林嫂的遭遇并不仅仅是个人的问题，而是更深刻全面地反映了当时妇女存在的普遍社会境遇；她的渴盼并不是对自我存在的表达，而是对传统伦理规约的认同。因此，这里的仪式书写既是对希望的焦虑，又是对无望的诉说。鲁迅通过仪式书写表达了对旧中国妇女的历史与现实普遍处境的同情与思考。

在市镇小说《祝福》中，仪式书写不仅是一种重要叙事手段和叙事策略，还是文本意义赋予和内涵阐发的途径。鲁迅通过仪

---

① 庄孔韶：《"虎日"的人类学发现与实践——兼论〈虎日〉影视人类学片的应用新方向》，《广西民族研究》2000 年第 2 期。

式书写表达了对人的二律背反存在和"圆满存在"（祥林嫂关注"死掉的一家人能否见面"）的探寻和追问。小说还细致描述了祥林嫂每次仪式活动的详细情状，目的就是为了揭示封建礼教的"吃人"以及彰显祥林嫂渴求"循道而不得"的痛苦。祥林嫂偶遇"我"，询问关于人死后的灵魂有无问题，此问话的确定性指涉了她当下生活的艰难和生存的失语，作家对其倾注了悲悯和哀怜的深挚情感；而此问话的未定性却指涉了她对未来及死后的茫然困惑，表达了她对"圆满存在"的渴求。通过祥林嫂的询问，反映了当时女性的生存现实，还辐射到人们的思想状态、思维方式、价值观念、审美追求及意识形态的影响，其中蕴藏着鲁迅对女性的本体存在和未来存在的思考与探求，这其实也是对祥林嫂"圆满存在"追求的批驳与否定。小说将仪式书写作为写作策略和叙事内容，通过仪式书写反映了当时妇女的生存方式、思维方式、人生观及世界观。小说通过仪式书写反映了封建礼教吃人、社会历史吃人、人吃人的普遍社会现象，揭穿了作为被"吃"者的虚幻自我存在感和自我维护方式，也是对思想启蒙、社会解放征程曲折遥远的一种隐喻和暗示。鲁迅通过仪式书写表达了对妇女命运的关切与忧虑。

小说中，祥林嫂的现实处境是艰难的，但她依旧"奋力"地迎合去求生。生与死是生命的两种截然不同的形态。但小说里祥林嫂的生与死却相互喻义，没有本质的区别，消弭了生与死的界线。祥林嫂的生一直切近着死，如两任丈夫的死和儿子阿毛的死。祥林嫂的生仅仅是作为形而下的存在，死即是对她生的无目的与无意义的表达。确切地说，祥林嫂对生是不自觉的，但对死是自觉的；因对生的无望，她希冀死后能与家人"团圆"而选择了死。她期待以捐门槛仪式来改变处境、确证愿望，当确定无法更改时，她迷失了自己。小说反讽地刻画了祥林嫂的悲剧性存在，在男权社会里的她的生存现状——仅有肉体的存在而缺失了精神与社会历史的存在。

作为"五四"时期启蒙先锋的鲁迅对中国现代女性存在的思考是沉重的。在市镇小说《明天》里，通过单四嫂子的日常生活境遇写出了她未来之路的惶惑与辛酸：生存的困苦与守道的艰难。单四嫂子的循道与其日常生活遭际是密切关联的。就物质角度而言，为宝儿治病和办葬礼基本上花光了单四嫂子的所有财产，因此，单四嫂子未来生活的困顿是显见的。从精神方面来看，作为还未"自立觉醒"、奉封建伦理规范为准则的单四嫂子，宝儿的死基本上抽空了单四嫂子"明天"活着的精神依凭。小说很生动形象地描绘了单四嫂子在宝儿活着时的精神状态："那时候，真是连纺出的棉纱，也仿佛寸寸都有意思，寸寸都活着。"① 如今单四嫂子只能期盼梦中能与儿子相见。另外，单四嫂子还要面对如蓝皮阿五、红鼻子老拱等男人的觊觎。由此可见，单四嫂子守道之路的艰难！因为单四嫂子的"循道危机感"不仅来自自身，还来自外界。

仪式与个人的社会身份变化是相关的。台静农的市镇小说《烛焰》通过仪式叙事写出了女性的背反性存在。翠儿隆重的婚礼本是给生病的吴家少爷冲喜的，然而，婚礼当天吴家少爷病逝，

---

① 鲁迅：《鲁迅小说全集》，北京燕山出版社 2009 年版，第 33—34 页。

接着便举行吴家少爷的葬礼仪式。翠儿作为两种截然相反的人生礼仪的参与者与在场者，使我们看到了一个女性的特别人生形式的寓言结构。隆重的婚礼，带着亲友的美好祈愿与"圆满"期盼。婚礼意味着翠儿将"圆满"实现社会身份的转换而走向幸福，然而，热闹婚礼的帷幕还未落下，悲凄的葬礼却已降临。婚礼与葬礼、幸福与悲哀通过仪式具体直观地呈现出来。婚礼与葬礼于翠儿而言并没有本质的区别，按照封建伦理规范，女人的一生必须依附男人而存在，在家从父，出嫁从夫或从子，本来婚礼是对女性的世俗社会身份的确证，而今的葬礼却成了对翠儿被悬置身份的确认。婚礼指向了女性的悲剧性存在，这就意味着，"自我意识"缺失的翠儿，丈夫的葬礼还同时葬送了她的幸福。未来的生于她而言，其实就意味着等死，她未来的重大责任与义务便是"循妇道"。

由此可以看出，小说《烛焰》将婚礼与女人的"安顿"联系在一起就颇具深刻的反讽意味。从婚礼到葬礼不到一天的时间，迅速完成了一个女性可悲的身份转换——由新娘变成了寡妇。这样，婚礼与葬礼就具有了修辞作用，相互喻义，仪式具有了丰富的语言表达功能与语义暗示作用。小说通过仪式再现了女人在那个时代普遍存在的历史镜像——悲剧命运仿佛是女人的人生常态，幸福却遥遥无期。因此，封建思想的因袭影响与个体的不幸遭遇，就注定了婚姻并不能承载女人沉重的人生与向往的幸福。作家从女性的社会身份存在来思考女性的悲剧命运，显示了台静农对女性问题思考的深刻性。

在诸多中国现代市镇小说的仪式书写里，作家以仪式为载体，以妇女的现实存在和可以预见的未来存在为视角，通过仪式描写来审视女性的存在现实，直抵当时女性存在的生命伦理与现实遭际。因此，中国现代市镇小说里的仪式书写是对社会普遍话语和封建伦理规约的表达。

第三节　生存现实与时代映射：仪式意义赋予

　　仪式从本质上说是一种象征体系，与现实有某种对应关系，是对现实的某种反映。王统照的市镇小说《生与死的一行列》通过老魏死后的简单葬礼仪式直观地反映了底层穷苦人民艰难而无意义的生存现状。小说题目就直指阅读理解的意向性，"死"与"生"本是生命的两种对立形态，在文本里却相互喻义。老魏的死便是对如刚二、李顺以及老祖父等底层贫民的生存现实的生动反映，他们的生与死并没有本质的区别，正如小说中写到的那样："这一群的行列，死者固然是深深地密密地将他终生的耻辱伏在木匣子内去了，而扛棺材的人，刚二，李顺，以及老祖父，也似是活着被装在匣子以内……"① 对于这些生活在底层的贫民来说，生命如草芥，活得麻木困顿，死即是自然认命。他们不可能具有如鲁迅所说的"向死而生"的积极生存精神，他们是"失重"、失语的一群，生与死的无异便是他们习见的常态，因此，

---

① 王统照：《王统照》，华夏出版社1996年版，第255页。

死亡在文本里就具有深刻的语义暗示作用，死就成了对生的修辞和映射。小说通过描写底层贫民的苦难生存现实来解构他们生的无意义，用老魏的死亡来况喻贫民的生存困境与生活的无望，因而，文本里的葬礼仪式叙述便具有了强烈的语义表达功能。

仪式具有宣告性，而仪式的宣告性能带来社会性的功用，即在仪式的宣告中能获得群体的认可，从而形成一种群体性感受，达成集体性的共识。没有举行仪式的人生礼仪常常得不到大家的认可，萧红的代表作《呼兰河传》里就形象生动地描写了这一现象。小说里描写了王大姑娘与磨倌两人自由相爱、没有举办任何公开的典礼仪式就公然生活在一起的举动，遭到了周围邻里一致地指摘与排斥。王大姑娘这种不经媒妁之言说合、父母安排包办的婚姻，在观念守旧滞重的呼兰城人看来是有违"公德良序"的。因此，自从王大姑娘与磨倌在一起后，她以前的一切优点徒然全变成了缺点，"这个说，王大姑娘这么的。那个说王大姑娘那么着……说来说去，说得不成样子了"①。通过对王大姑娘与磨倌没有仪式的结合无法得到大家认可的描写，再现了呼兰城人的思想观念与生存状态，也指明了仪式的确切意义——宣告性。文本以世俗的日常认识为基础，深刻地揭示了仪式对于纳入世俗秩序的重要意义，体现了群体在强大的世俗观念中对个人违背传统伦理规范的贬抑与束缚，这是作家萧红跨越时代对个体自由追求的思考与探求，也是作家源自女性意识深处对两性真挚情感的珍视

---

① 萧红：《萧红全集》（下），哈尔滨出版社1991年版，第865页。

与守望。

仪式常与渴望身份认同和诉求表达密切联系在一起。台静农的市镇小说《拜堂》描写了汪大嫂与已逝丈夫的弟弟汪二的拜堂仪式。小说中描述的汪大嫂与汪二的暧昧不清的叔嫂关系，无论是从世俗观念还是按照传统伦理规范来看，都很难得到大家的认可。在小说里，拜堂就是个极富象征意味的人生礼仪，他们深知俩人的关系不合礼俗传统，所以才希望通过由赵二嫂与田大娘主持的深夜拜堂仪式得到群体的认可与社会的认同。文本中，汪大嫂和田大娘都说过同一句话："总得图个吉利，将来哈（哈作'还'解）要过活的。"其实，这句话既是对他们坚信拜堂这一人生礼仪能带给仪式主体吉祥、福佑的表达，也是希图通过拜堂仪式由叔嫂关系转变为夫妻关系后期盼得到大家认同的转述。

共识在仪式中始终像引力场一样起着作用。在小说中，仪式是联系人们的日常现实生活和世俗人际关系的纽带，能使个体融入群体当中。汪大嫂和汪二在拜堂仪式前所做的一系列神圣的准备工作也具有强烈的仪式感，他们将拜堂仪式当作两人非常严肃、正式的结婚仪式，这表征了他们对不合礼俗规范的暧昧关系转变为正式合法夫妻关系的期待，是对合乎礼序的夫妻关系的认同与找寻。因为汪大嫂与汪二自己也很清楚，他们的非正式关系无法得到群体的认可，因此，精心的拜堂仪式准备工作就表征了他们对正式夫妻关系的渴盼。汪大嫂和汪二作为仪式主体，在拜堂仪式中期盼他们的关系能得到世俗观念和传统伦理规范的认可。在小说里，汪大嫂和汪二在黑夜里举行了即便只有两个见证人的拜堂仪式，也得到了大家的认可与祝贺。因为，在第二天，周围邻里给汪二的爹爹道喜就说明了大家对他们正式夫妻关系的认同与支持。因此，文本中的拜堂仪式作为"联结意象"，就将汪大嫂和汪二建立了与之相应的确切身份关系，通过仪式实现了与传统伦理秩序相契合的夫妻关系从而得到大家的认同。这是因为"仪式，自古以来就是沟通人与神、人与自然、人与社会、人与人之间最重要的行为方式，也是人们实现思想、情感、信仰和灵魂的一种重要的交流媒介"①。很显然，《拜堂》里的仪式虽然没有邀约亲朋众邻来参与，但大家依旧承认了这一神圣的存在仪式。而仪式一旦得到群体的认可，其实那就是对仪式意义的一种承认。

人常借由仪式带来的仪式感，来给自己一种强烈的自我暗示从而心生慰藉。台静农的市镇小说代表作《红灯》里描写了一位贫困母亲在七月十五鬼节那天放"红灯"超度儿子亡灵的故事。母亲唯一的儿子得银被惯匪强拉入伙而枉死，母亲想到与儿子生前艰辛苦难的生活，想实现儿子生前渴望穿大褂的愿望，"给他粘一件大褂，一件马褂"②。然而，由于自身贫困同时也未能借到钱而无法如愿。最后，母亲因偶然抬头看到了一张去年过年时未用完的红纸夹在破墙里，便用这张红纸为儿子糊了一盏红灯来超度儿子的亡灵。这一简单的仪式行为，却在母亲心里产生了巨大的精神作用，放河灯时，母亲仿佛"看见了得银是得了超度，穿了

---

① 张兵娟：《电视媒介事件与仪式传播》，《新闻与传播研究》2010 年第 5 期。
② 台静农：《台静农》，华夏出版社 1998 年版，第 20 页。

大褂，很美丽的，被红灯引着，慢慢地随着红灯远了！"① 在"红灯"的牵引下实现了母亲对儿子的美好祈愿，就如同看见儿子在彼岸世界过上了幸福的生活。因此，"红灯"在小说里就具有现实隐喻功能，红灯幻化为儿子彼在的美好生活与母亲的良好祝愿，而另一方面又与母亲落寞不幸的现实生活形成鲜明的对比。因此，小说里的仪式书写既是对人们精神信仰的反映，又是对底层人民混乱困顿的生存现实的再现。

鲁迅的市镇小说《魏连殳》里描写了两个人的丧葬仪式：魏连殳祖母和魏连殳的丧葬仪式。大胆反叛的魏连殳在旁人眼里是个异端人物，因此，当他的祖母死后，大家都担心他抵制传统的丧葬仪式。于是，大家早已商定好对付魏连殳的各种对策，但结果却出乎意料，魏连殳却爽快地接受了族长们的礼俗要求。小说通过描写魏连殳祖母的丧葬仪式，反映了魏连殳的反叛实质——对封建陈规礼俗的反抗。而他按照传统礼俗举办祖母的葬礼，说明他持守的是真孝。面对强大滞重的黑暗现实，魏连殳奋力反抗的结局是他自己孤独的死亡。文末描写了魏连殳简陋的丧葬仪式。小说通过书写魏连殳的丧葬仪式，反映了魏连殳在厚重的黑暗现实中存在的孤独，反抗的无助。因此，鲁迅在小说里通过描写葬礼仪式，既是对那个特定时代滞重现实的反映，又是对启蒙者命运的关注与探寻。

① 台静农：《台静农》，华夏出版社1998年版，第24页。

第四节　反讽与祈愿：仪式叙事的价值建构

仪式的意义本身不是日常实用性的意义，而是精神领域的引领导向意义。有学者指出："仪式行为是非实用的、非常态的表现性行为，仪式对于仪式行为者来说，是精神领域的意义。"①王鲁彦的市镇小说《菊英的出嫁》描写了隆重的冥婚仪式，通过冥婚仪式，在菊英母亲心里彼岸世界里的女儿的存在与幸福变得真实可信，冥婚仪式对于菊英母亲而言就具有真切的精神慰藉作用。

仪式具有召唤作用。在《菊英的出嫁》里，母亲为女儿准备隆重的冥婚仪式，使菊英母亲真实地履行了一位慈爱母亲的义务，让人感觉母亲与天堂里的女儿仿佛鲜活地生活在当下。通过对冥婚仪式的描写，小说生动地再现了菊英母亲复杂的内心世界，唤醒了母女间的现实存在感和相聚感，表达了母亲对彼岸女儿幸福的祈盼与践行。这样，冥婚仪式就不仅仅是一种正规严肃的人生形式，还是关于文本意义的建构，同时也是人物对人生观、价值观、世界观的表达。在冥婚仪式中，母亲就如同早夭的女儿菊英仿佛一起共在生活，建立起了彼此间的联系与情感。

---

① 张兵娟：《电视媒介事件与仪式传播》，《新闻与传播研究》2010 年第 5 期。

仪式与艺术一样，"是想通过再现，通过创造或丰富所希望的实物或行动来说出、表现出强烈的内心感情或愿望"①。其实，《菊英的出嫁》里的冥婚仪式具有"拟陈述"的功能，它不仅是对菊英母亲内心的真实剖白，同时也是菊英母亲对女儿彼在存在的想象与美好祝福。小说里，由母亲对女儿的思念表达，上升到对女儿彼在世界的心灵沟通与情感交流，透露了母亲对于彼在女儿的牵挂与祈望，又隐含了迷信之于愚昧母亲的精神作用与盲从力量。对冥婚仪式的喻义阅读，直指作家对风尚陋习的思考。

就常识而言，《菊英的出嫁》里的菊英母亲与女儿生活在两个截然不同的空间里，应该是无法联系在一起的。但小说通过冥婚仪式将现世世界与彼岸世界进行相互喻示指证和两相比照，这样，冥婚仪式就具有了丰富的暗示性内涵。美丽懂事的菊英在幼年时，因患病家贫导致不幸的命运——早夭；而如今在天堂里的她，却仿佛得到了千般宠爱与绵延祝福，在彼岸世界里的她活得幸福圆满；菊英在尘世时，父亲为了谋生，在家里常常是缺席的，在如今的彼岸世界里的她却组建了令人艳羡的"美满"家庭。小说通过仪式叙述表达了现实与理想的抵牾、缺席与存在的背离，其实，这是作家对"圆满"存在的解构，表达了作家对人的二律背反存在的深沉思索与尖锐质询。

---

① 赫丽生：《艺术与仪式》，叶舒宪编选：《神话——原型批评》，陕西师范大学出版社 1987 年版，第 79 页。

　　小说《菊英的出嫁》里的隆重、喜庆的冥婚仪式具有丰富的表意功能。彼岸世界里的菊英就其身份存在而言是尴尬的，因为既无法确定其自然属性，也无法证明其社会属性，而菊英母亲却通过冥婚仪式让虚幻的女儿恍若真切地生活在现世里，冥婚仪式因此而获得了明确的语义暗示内涵。小说对菊英过去现世存在的艰辛生活与现在彼在的"幸福"存在的对比，提出了人的存在的反讽性问题，以冥婚仪式潜隐地表达了对人在现实世界的本体性存在和彼在世界的理想存活状态的探寻与追问，这是作家对底层人民的现实伦理的沉重思考。

　　仪式是身外世界和内心世界建立联系的纽带和桥梁。小说《菊英的出嫁》里菊英的冥婚仪式是母亲对菊英现实此在幸福的模拟，在虚妄中弥补了女儿的缺席，让母亲在无望中有了希望，在迷茫的现实中有了牵挂，在隆重的婚礼仪式中重构了对女儿的期许与祈望。冥婚仪式在虚、实的交融中，完成了叙事时空的转换，实现了一个母亲对彼岸世界里的女儿的牵挂想象与真实抚爱的无缝对接。小说借助冥婚仪式实现了现实中菊英母亲对女儿的缱绻关爱与美好祝愿。冥婚仪式将此岸与彼岸两个不同的空间联系在了一起，菊英在凡世的缺席，因一场隆重的冥婚仪式，让她以一种"非常"的形式在场。

　　仪式是表现信仰的行为。小说《菊英的出嫁》以冥婚仪式折射了中国现代浙东地区人民的精神信仰。冥婚在一个理性的人看来，这只不过是无意义的迷信活动，而宴婚仪式却使菊英母亲感受到了女儿存在的"真实性"，这样，菊英就在仪式中以超验性的形式回到了与母亲共在的尘世里，并且由此缓解了母亲由于失去女儿带来的痛苦与牵挂，因此，这一仪式活动如果说是母亲的希望寄托，其实更是她的精神信仰。小说还描写了周围人和菊英母亲对冥婚的"仪式感"：乡邻对精心准备的婚礼仪式的交口夸赞以及菊英母亲如同现实中正式嫁女儿一样的伤心欲绝，热闹喜庆的冥婚仪式让旁人分不清存在的真实与虚幻。

师陀的《巫》和萧红的《呼兰河传》这两篇小说都描写了巫术仪式。人们本是希望通过巫婆向鬼神传达意愿，祈求神祇的福佑，希望在神祇的帮助下实现自身所不能达到的目的，满足他们的愿望和需要。虚空的迷信却成了人们坚实的信念和支撑。然而，在小说里，我们看到的却是相反的景象，《巫》里女巫使尽法术却未能拯救自己的孩子；《呼兰河传》里大神、胡仙也未能将"小团圆"媳妇改造成的"合格"的"团圆"媳妇，结局却是人财两空。通过这些仪式叙述，我们看到了人的悖反性存在——被人们寄予无限企望的神灵并未能抚慰祈求帮助的人们，反而给人们带来了更大的失望与不幸。仪式与现实、与日常生活如此切近，但并未让人们实现愿望与接近希望，其实，这是对人的非理性存在的反讽。

现代生活中的节日形式多种多样，而其中不少颇具独特文化意味的节日仪式也成了中国现代市镇文学书写的一个重要内容。如《边城》（沈从文）里的端午节、《药》（鲁迅）里的清明节、《新年》（王鲁彦）里的过年等都有对节日仪式的叙述。作家通过对节日仪式的叙述阐发了独特的文本内涵。

仪式具有共同参与、游戏和狂欢等特点。《边城》描写的端午节其实就是一场边城人集体的节日庆典狂欢。在小说里，沈从文就绘声绘色地描画出了一幅别样的边城"龙舟竞渡"风俗图。在这个特别的传统节日里，边城几乎全民集体参与，边城人在这个特别的节日公共空间里形成了一个和谐的"共同体"。这就正如德国哲学家伽达默尔在谈论人类团结这一主题时，引入了节日仪式范畴所表达的那样："假如有什么东西同所有的节日经验紧密关联的话，那就是拒绝人与人之间的隔绝状态：节日就是共同性，并且是共同性本身在它的充满形式中的表现。节日始终是对于所有的人而言的。"① 节日仪式活动消弭了人与人之间的隔膜，实现了人与人之间的和谐共在。端午节的游戏狂欢始终像引力场一样起着作用，在这个传统节日仪式中实现了人与人之间的理想存在状态，实现了同一时空下的共时性对话。在民族矛盾、阶级矛盾日益冲突的 20 世纪 30 年代，沈从文通过书写节日的狂欢仪式，将边城百姓从复杂的社会关系中解脱出来，此刻世俗规范、伦理秩序、权利公约全失去了作用，只有独特节日仪式时空里的人与人之间的情感交流、力量会集以及对幸福共享的追求。因此，节日仪式书写既是作家"健康、优美、自然的人生形式"的文学追求的体现，也是作家"顺情适性"的人生观的表达。

仪式传递的不仅是责任，负载的更是一种指向未来的信心与勇气。在鲁迅的市镇小说《药》里，写到革命者夏瑜牺牲后，清

---

① ［德］伽达默尔：《美的现实性》，张志扬等译，生活·读书·新知三联书店 1991 年版，第 65 页。

明节时，夏四奶奶上坟祭奠缅怀儿子，却在凄清的墓地，看到夏瑜坟顶的"红白的花"。这里"红白的花"是有喻义的，喻指了革命的信心和未来的希望。

综上所述，仪式书写作为意义单位，指示了中国现代市镇小说叙事的倾向性。仪式叙事作为中国现代市镇小说里的一种重要的叙事手段和叙事策略，从形式的呈现到内涵的传达，蕴含了丰富的文本意义和社会内涵。

第七章

悲悯与孤寂：迷失的存在

——论中国现代市镇小说叙事里的"异化"现象

"异化"一词最初由黑格尔提出，后来马克思用这个词来形容资本主义社会的矛盾。在马克思的理论体系中，异化被看作人的一种生存状况，在这种状况中"他的劳动作为一种异己的东西不依赖于他而在他之外，并成为与他相对立的独立力量"①。具体表现在以下几点。（1）劳动者和劳动产品相异化。劳动对象作为异己的存在物，劳动对象的丧失和被对象奴役，占有表现为异化、外化。（2）劳动活动和劳动者相异化。劳动者的劳动不属于他自己而属于别人。（3）劳动者与他类本质相异化。人是类的存在

---

① 中共中央编译局编译：《马克思恩格斯全集》第3卷，人民出版社1986年版，第91页。

物，人的类特性就是自由自觉的活动。异化劳动把自我活动贬为手段，变成维持肉体的手段。（4）人与人相异化。当人同自身相对立的时候，他也同他人相对立。"异化"即指"一种异己的、制约着人类生存的、陌生而神秘的超验力量"①。在我们的现代社会里，异化不仅渗透到他人与自己的劳动中，更表现在某些社会因素、传统体制文化等方面的影响下，人被这些因素以及旧习陋规所塑形，造成人性的扭曲与异变，人与人之间关系更加的物质化、欲望化，在利益的追逐与诱惑下，人与人之间是悲剧性的孤独存在，人与自己及周围的关系不再和谐自在。中国现代市镇小说里有很多关于"异化"主题的揭示：如鲁迅的小说《孔乙己》里的孔乙己是市镇里的异化人物，孔乙己受封建文化挤压而异化，士绅、酒客，甚至不谙世事的孩子等也同样人性扭曲，既是杀害孔乙己的"凶手"，也在异化行为中丧失了自我；《呐喊》里有多篇市镇小说作品表现了人与类本质、人与人之间的异化。鲁迅在市镇小说里揭示异化真相，不是为了渲染颓废情绪，而是要引起疗救的注意；对异化的表现，是对彼在美好生活的期待。

第一节　传统文化规训下的异化

中国几千年来的传统文化与封建礼教制度对国人的思想和行为的约束与规训产生了深远的影响，对国人的精神毒害表现得尤

---

① ［奥］卡夫卡：《卡夫卡集》，叶廷芳等译，上海远东出版社2003年版，第49页。

为深刻，使个体远离了自我意识与主体性，人失却了本应有的价值与意义，人常常异化为空洞的历史符号。

自我意识蕴含建设性的内涵，能够促进个体的成长与发展，能挖掘出人的潜在素质，是人能够发展也需要发展的部分，而作为深受传统文化与封建制度规训下的国民常常是失却主体性与自我意识的存在。

市镇小说《孔乙己》里的孔乙己深受封建文化与礼教制度的毒害而自身异化。作为知识分子的他，没有营生的技能，为了维持知识分子的身份，身穿十年不洗不补的长衫，自己成了自我的异在，这是孔乙己自我的异化；他作为知识分子得不到大家的认可，得不到大家的尊重，周围众人对他的嘲笑，表明他与众人关系的异化。本来中国几千年来的传统是文人出则为仕，而孔乙己深受科举制度的影响，在传统文化的浸染下，没有清楚地认识到自己，自己与类本质相异化，他迷失了自我，才会生活得孤独、无助。作为一个悲剧性的存在，他是传统文化与封建制度规训后的异化个体，是作家对深受规训、生命不自由状态的指斥。小说里写到孔乙己的屈辱和痛苦成了众人的笑料，这说明了群体普遍的人性的扭曲与麻木不仁，是人性异化的表现。鲁迅通过这篇小说道出了传统文化驯服的深远。因此，对异化现象的揭示是对历史与现实滞重的表达，人与自我、与他人都是孤寂的在场，这是作家对生命受阈限存在的不满；小说里，对异化的叙述与描写是作家对此在不满的表达，也是对彼在和谐与美好的期待。

鲁迅的典型市镇小说《祝福》中的祥林嫂其实也有其生存的悖论异化感。她作为一位深受封建礼教浸染的旧社会劳动妇女，对传统文化与礼教制度是自觉地遵循与维护的，哪怕是她表现出来的反抗，也体现的是传统对其的规训与影响。她对命运也曾有过反抗，如为了维护她的从一而终的精神信念，用出逃做工的方式以及把头撞出一个大窟窿来抗议寡妇二嫁，但她的反抗表现出的不是反对与叛逆而是更深层次的遵从与坚守，也即用反抗来表达她的规训，这也就说明了她的反抗所依赖以及捍卫的理念仍旧是由统治阶层制定的，她的反抗也就更进一步地反衬出了她麻木的祭品角色。另外，她与雇主鲁四爷家的关系、与婆婆家的关系也有一种异化感，换言之，则是她是一个渴望做个驯服的好奴隶而不得的牺牲品，她想为雇主家尽力尽心、为婆婆家持家守身，但都无法守住这个卑微的身份。这也表明了祥林嫂作为置身在旧社会里遭受多重压迫的底层女性，是一种异化了的失义性存在：被婆婆变相卖掉，被雇主剥夺神权、身份权等；祥林嫂这样一个没有自我意识，只有生命能指表征而无生命意义的人，对死后"有无灵魂"的追问，并不是她精神觉醒后的表达，而是对死后一家团圆的渴望，表达了她对一个完整而温暖的家的期盼，也是对她作为一个被社会抛弃、异化的存在的指征。

　　存在主义在探讨人的存在困境时，就认为世界是荒谬的，人活着是痛苦的，人将处处遭遇困境、处在无理性的境遇中，生活是没有意义、无目的的，人在荒谬、异己的环境中，会经历不同程度的异化。施蛰存《诗人》里的"诗人"生活在小城里，每天只会作诗、喝茶、饮酒和抽烟，倚着哥哥嫂嫂生活，从不去谋生，在别人看来，他是个十足、无用的"书呆子"，他的所作所为与周围人相异，而"诗人"却生活在一个"自我"的世界里，他自视高雅觉得无人能与之沟通、理解。他与周围人互相视为异类，他的生活方式不被周围人理解，与周围人及亲人是有隔膜、有距离的存在，他渐渐被逐出了世界。最后，在生活失去依靠时，他的理想生活遭遇了现实的困境，当理想生活无以为继时，死亡成了他最后的选择。小说意在告知人们，人自身的异化，结果必将导致人际关系的异化，而人际关系的异化则表现为人与人之间的对立关系。很明显，诗人的生活是孤独的，活着是痛苦的。

　　存在主义认为世界是荒诞的，人的终极目标就是在荒谬中寻求真我。这一真我找寻的实现，必须意识到现实与自我认识的距离，从现实条件与自身的囿限来做出抉择，在不断的探寻与认识中找寻到真我。施蛰存的市镇小说《新教育》里就写到了教育异化的现象，市立第七小学的主任教师韩企愈，生活清贫苦闷，依然坚守着这份工作，"因为他有着纯良的，聪敏的，天真的小学生做他精神上的安慰者"①。因为培养了有才华、人格完美的学生而为自己的教师职业得意，然而，"自从他的学校新添了十多个本城绅富的子弟之后的三个月光景，他逐渐地发现了他的教育的仇敌。他发现他的学生全都有了改变"②。因受贵胄学生吃喝玩乐的影响，"一半的学生，是变得谄媚了，一半是变得懦怯了"。③孩子们失却了以往的活泼与天真，进而影响到他们的学业成绩，这些学生们因外界因素的影响而失去了曾经属于他们的本真而异化，从一些情形的发展趋势来看，教育异化将会成为一种普遍之势；

----

① 施蛰存：《施蛰存文集》，华东师范大学出版社 1996 年版，第 738 页。
② 同上。
③ 同上书，第 738—739 页。

从小学教育调查委员对学校的视察情况来看，从学生个体到整个教育体制都异化了。教育发展趋势是针对财富多寡来施教的，以物质作为绩效的评定标准；面对这个日趋走向颓势的教育发展趋向，韩企愈感到了无力和无奈，在这个荒谬的教育界他无法实现自己的价值，他经历了异化、焦虑、痛苦和绝望，最后无奈地选择离开。他的离开其实是对他试图找寻真正自我的一种行动表达。重新寻职却因身份意识未能如愿找到适合的工作，当他意识到身份就是障碍时，立即丢掉身份认清自我，并找到了合适的职业。韩君的寻职是对生活意义渴求的另类表述，寻职过程也就成了他找寻、认识真我的途径，那份合适的工作就是真我找到的确证，他从而也于异化、焦虑中永远地解脱出来。小说结局对真我找寻的这一写作策略的运用，是对失望中燃起希望的表达，如果离职是对现实绝望的言说，那么寻职并如愿也就成了坚信未来的表征。

人自身的异化主要是指人在他人与异己力量的压抑下，发展受阻，导致人的个性的异化。黎锦明的市镇小说《神童》写出了孩子们的纯朴天真、富有创造力和想象力，而老师的施教就是对他们的打压与束缚，使其渐失这一切，规束他们的发展与成长；小说里写到老学究熊老先生的三个孩子都早慧聪明，却因父亲过度的严管与压制，失去了孩童应有的天真，甚至前面两个已因不当的管教而死了，而现在的这一个虽然依旧颖慧过人，但体质虚弱渐失童真，用小说中的原话说，那就是："走到人家便斯斯文文，问一句答一句，简直一点儿孩子气也没有！"[①] 谁曾想到这是

---

① 黎锦明：《黎锦明小说选》，人民文学出版社1983年版，第5页。

一个七岁小孩的举止呢？小说写出了孩子们的成长与教育因受外力的阻挠而异化。小说对孩童受教育异化甚至生命消退的叙述，是对教育异化的形象表达，因被教育所异化而导致他的孤独，教育未能使其成长，反而约束其成长、甚至戕害其生命，这是对教育痼疾病入膏肓的指斥。温家宝曾于2009年教师节前夕在北京某中学与师生们座谈发表讲话时说："百年大计，教育为本；教育大计，教师为本。"而照《神童》中的教育情形来看，那种教育方式肯定不能树人，不用到百年中国将出现后继无人的现象，那样的教师也肯定不能培养出有用的人才来。教育异化导致生命形态与精神生态的失衡，致使个体异化、人性异化以及人际关系的异化。

异化是对个体尊严与权力远离的表征，也是对自由生命的渴盼。中国现代市镇小说对深受传统礼教文化束缚而导致的异化现象的揭示，是作家对这一特定地域空间里的民众存在境遇的展露，表达了作家对这一现象的批判，是作家对人物此在不幸的思考，也是对社会变革及启蒙理性的呼唤。

第二节　人性与利益的冲突：人与人关系的异化

人为了争得最大的物质利益，往往会在物化中迷失了自我；人失却了原本的丰富内涵，变成了扁平的符号，追求物质利益最大化成了动力源泉与欲望目标。

人类社会的发展史，是人类不断征服世界、战胜自然的历史，也是人类文明的前进史与发展史。随着人类社会的进步和技术水平的提高，物质文明越来越发达。但是，这一文明进程却出现了阻滞前进的异化现象，而使之异化之物则包括社会制度、金钱、道德标准等在内的种种异己的力量。人性的畸变是异化的核心表现，主要表现在内心空虚、精神麻木等方面，人的异化不仅威胁到人的精神的健康发展，而且与人自身的生存环境也相冲突。

人的异化是人的发展进程的阻隔，是人类面临的严峻挑战，能否抵御这种异化，关乎人类的前途与命运。文学是对人性的揭示，是对人的思想情感与精神世界的展示；文学具有社会属性，是对历史积淀的反映。正如法国作家安德烈·马尔罗所说："历史使人认识命运，而艺术使人摆脱命运而获得自由。"

沈从文在不少作品里表达了湘西传统文明在现代文明侵蚀下的隐忧，美好的传统文明正在渐变中，曾经纯朴的人情也正趋走远，正如沈从文从都市回到故乡后看到的："农村社会所保有的那点正直素朴人情美，几乎快要消失无余，代替而来的却是近年来实际社会所培养成功的一种唯实唯利的人生观。"[①]《边城》里写出了边城人在婚姻中对财力的看重，昔日的淳朴民情正渐渐变得日益物质化、功利化；《丈夫》里的妇人来城里做"生意"以换得财物，渐渐变得城市化、物欲化，这是作家对人性和自然生命异化的表达。沈从文对传统文明出现异变的叙述，

---

① 沈从文：《沈从文散文》第3集，中国广播电视出版社1994年版，第482页。

是对重建传统的期盼，也是对和谐家园渐变的失望，因此，对异化的描写和叙述就成了沈从文观照现实的一种表达方式与途径。

现代人面临的正是自我的丧失和异变，即使在自己最亲近的亲人中间也找不到同情、理解和关爱，人与周遭环境已经格格不入，人成为"非人"，同时却对自己的这种异化无能为力。人的异化导致人的自我价值的失落，自我的消退成了最好的出路。汪静之的市镇小说《新坟》里的四太太，丈夫曾在衙门里工作，家里也曾风光过，而今却是在一次兵变中，女儿被大兵奸死，儿子被大兵打死。丈夫死后，她唯一的精神支柱就是儿女双双成人成家，现在却因兵变改变了这一切，为此她疯了。失常的她一直幻想着长大的女儿正逢大喜之时，不论白天黑夜她都在喃喃自语招待婚礼客人。其实，这一劫难是完全可以避免的，因为丈夫的弟弟五爷事先得知了兵变消息，而他只顾自己逃跑却未将此消息告知四太太家，当四太太遭此大劫悲痛欲绝时，作为唯一亲人的他却将嫂嫂的"红契"骗去，霸占其全部财产，四太太也因此而陷入了衣食无着的境地，最后，在某天夜里与儿子的浮厝同葬于火海。小说对四太太发疯的描写，其实是对她精神异变、自我分裂与对立的表述，是个体生存困境的象征，"疯"是此在生命无意义、人生无价值的表征，是对人物深陷绝境的无言表述，而死对于四太太来说，亦就成了一种解脱与释然，也是对其异化后救赎失败的无奈表达；五爷为了物质财富，忘却了亲情，人被物欲所异化，人性扭曲，人失去了厚重感，成为一个物化的符号存在。小说以对异化的叙述来揭示物质诱惑下的人性与亲情的扭曲、异变。作家用"疯"来表现人的精神变形的创作技巧，是他对现实生活中人的非理性生存现状和现实体验的一种表达。

个体的生存方式受制于物质利益的诱惑，工具理性扼杀了人的自由意志，造成人精神的迷失，人性、人道被物欲所排挤、所牵制，价值诉求也随之发生了异变，人甘愿为物欲利益所役使。所谓异化，即指事物走向了自己的反面。沙汀的市镇小说《淘金记》就写出了人物为了争夺黄金开采权、追逐物质利益最大化，人与人之间只为物质利益而结盟，当然彼此之间也因利益诱惑而相互谋划攻讦，亲情因利益或疏远敌对或胁迫利用。总之，人与人之间的关系处在非正常状态，人情淡薄、亲情疏远，尊严被摧、自信受毁，人与人的联系因利益而得以维系，人成了丧失自由、非本质的人，这亦如马克思所说的："人已经不再是人的奴隶，而变成物的奴隶。"① 小说通过对人物间的利益争斗的描写，深刻地揭示了社会与人之间的"异化"关系，人性因物质利益而扭曲、而物化。

在马克思看来，异化是一种社会现象，物质和精神变成了控制人类的反面力量，成了钳制人类发展的阻力。从本质上来说，物质与精神理应为人类所用、所控的。由于社会中异化的出现，人为物欲所奴役，人被物化，从而导致人的精神迷失，失却了主动性和自控力。因此，人的失重和人性的扭曲就是对当下社会现

---

① 中共中央编译局编译：《马克思恩格斯全集》第 1 卷，人民出版社 1995 年版，第 25 页。

实的某种反映，异化就蕴含了更深层的社会意义。

异化常指人和社会、他人与本我之间的孤寂对立、抵牾冲突、不被理解的关系。陈瘦竹在他的市镇小说《身价》里就写出了抗日战争期间物价的飞涨、"人价"的跌落这种非正常现象，当房东周怒斋得知房客王大成与县长为同乡，且收入高、未婚娶时，就促其与自己女儿结婚，后因物价飞涨，而王大成的薪水未涨时，便觉得未能收获预期的收益，就开始埋怨择错夫婿，责骂女婿。小说写出了以物质利益为标准的人际关系，人与人之间只有冲突与矛盾，没有理解和尊重，人际关系因物质的丰寡映射着情感的浓淡，是对人际间关系疏远、隔膜的批判。市镇小说《一个绅士的长成》（陈翔鹤）里父子亲情皆为财物所系，彼此间同在一个屋檐下却没有真情与关爱，只有隐藏于财物后的阴谋诡计，人情淡漠、亲情变质，对财富的追逐成了他们的价值诉求。作家对这种人际关系物化、人的类本质丧失的描写，就成了作家对社会现实的关注与思考的表达。

市镇小说《两县长》（寒波）写出了 A 县县长白峻民为了获取物质财富不惜侵权渎职、阴谋陷害他人，被权欲、物欲所奴役，本应解救民众的他，却趁民众在危难时刻之机去谋取利益；《天问》（陈铨）里的林云章为了达成自己的目的失去人性，杀人抢掠、无恶不作，权柄成了他实现梦想、伤害他人的利剑，权力也就成了迫害人、束缚人的异己力量。市镇小说表现因权欲而导致的人与人之间关系的异化，是作家对时政弊端的关注，也是对社会黑暗现实的批判。

异化作为社会中的一种非正常现象，是对社会现实的表达，让我们意识到了人的存在以及社会图景的复杂性和深度感。正是因为异化的出现，我们再一次亲临了关于人的本质的探讨与追问：人究竟是向善还是向恶？

异化是对扭曲、变形的现实的表征。中国现代市镇小说对异化的描写是对人所处的孤寂无助、恐惧绝望的生存状态的再现，也是对社会现象、时政弊端的揭露与批判。因此，异化也是对当时真实图景的一种呈现，对异化现象的描写也即是作家的社会责任感与使命感的另类表达。对异化的叙述是对黑暗与丑陋的控诉，也是一种救赎的努力与企望，是作家反抗人性变异、渴望人性复归的美好愿望的表达，因而，对异化现象的揭示也体现了作家的忧患意识与人文关怀。

第八章

意象修辞与意蕴内涵

——论中国现代市镇小说叙事里的"水"意象

意象是一种文学符号,是用此物以代其他事物或意义的东西,是客观物象经过创作主体独特的情感活动而创造出来的一种艺术形象;简单地说,意象就是寓"意"之"象",就是用来寄托主观情思的客观物象,是赋予某种特殊含义和文学意味的具体形象。卡西尔曾言:"符号化的思维和符号化的行为是人类生活中最富于代表性的特征。"① 中国现代市镇小说里有大量的关于"水"的描述,沈从文笔下的沅水、沙汀的汶江、萧红的呼兰河以及鲁迅、

---

① [德]恩斯特·卡西尔:《论人:人类文化哲学导论》,刘述先译,广西师范大学出版社 2006 年版,第 259 页。

叶圣陶、郁达夫、茅盾等笔下的"在家见水，出门即船"的江南水乡。如《边城》（沈从文）、《我的小学教育》（沈从文）、《草绳》（沈从文）、《建设》（沈从文）、《江南风景》（端木蕻良）、《湖畔儿语》（王统照）、《逃走》（郁达夫）、《幼年》（红旗河）等市镇小说作品里，都有关于"水"意象的叙述。小说中的"水"意象本身既承载了深厚的文化意蕴，又担负了叙事功能。意象符号既有对事物表象的能指，又有对其所蕴含的情感与意义的所指。意象叙事所给予我们的正是言之不尽的内涵和想象。

关于"意象"的表述，最早见之于南北朝时期文学理论家刘勰的论著《文心雕龙·神思》："独照之匠，窥意象而运斤；此盖驭文之首术，谋篇之大端。"① "意象"广泛运用于文学领域，是寄托情感的物像，是"用来表达某种抽象的观念和哲理的艺术形象，是一种'表意之象'。"② "意象"是古今中外学者都普遍关心的话题，其中美国著名理论家 M. H. 艾布拉姆斯的观点最具有代表性，他认为"意象"有三层含义：其一是作品中能"使读者感受到的形体或特性"；其二是"对可见的客体与情景的描写，尤其是生动细致的描述"；其三是把比喻视为"意象"的表现。③ 美国符号美学理论家苏珊·朗格对"意象"的界定也颇具影响力，她认为："意象真正的功能是，它可作为抽象之物，可作为象征，即思想的荷载物。"④ 可见，对"意象"的研究引起了学者们

---

①　赵仲邑译注：《文心雕龙译注》，漓江出版社 1982 年版，第 248 页。
②　顾祖钊：《论意象五种》，《中国社会科学》1993 年第 6 期。
③　叶舒宪选编：《神话——原型批评》，陕西师范大学出版社 1987 年版，第 15 页。
④　［美］苏珊·朗格：《情感与形式》，刘大基等译，中国社会科学出版社 1986 年版，第 137 页。

普遍、深入的探讨。

"作为中国第一本体讨论范畴的'道',其原型乃是以原始混沌大水为起点和终点的太阳循环运行之道。"① 从这里可以看出,无论古今,"水"在中国文学领域里都是一个频繁出现的意象;"水"作为一种习见的自然物,引入人们的文化视野,在漫长的民族文化积淀中,"水"意象承载了丰富的内涵。如将"水"视为智慧的象征,孔子说"知(智)者乐水,仁者乐山"(《论语·雍也》);将"水"喻为纯洁、无私、奉献等道德品质,老子曾称颂为"上善若水,水善利万物而不争"[《道德经》(第八章)],古人曾有赞语云:"在川利舟楫,出岳润民田";将"水"视为生命之源,"水者何也?万物之本原也,诸生之宗室也,美恶贤不肖愚俊之所产也"(《管子·水地》);由"水"所致的哲理沉思,"子在川上曰:逝者如斯夫,不舍昼夜"(《论语》),这是对光阴流逝的感叹;"天下莫柔弱于水,而攻坚强者莫之能胜,以其无以易之也"[《道德经》(第七十八章)],喻水的柔韧性,虽"弱"却具有"莫之能胜"的力量。总之,对水意象之深之广的表述不胜枚举。

第一节 "水"意象:情感的象征

巴赫金曾说:"形象转化为象征(符号),这会使形象获得内涵的深度和内涵的前景。同一性和非同性之间辩证的相互关

---

① 叶舒宪:《探索非理性的世界》,四川人民出版社 1988 年版,第 164 页。

系，既要把形象理解为它实际的情形，又要理解为它所表示的东西。真正的象征（符号），其内容会通过种种内涵的组合，间接地与世界整体性思想相联系，与丰富充实的整个宇宙和整个人类相联系。"①"水"意象进入文学叙事场域，就不再仅仅是自然物像，而是成了文化的承载，具有了超越物像本身的丰富的内涵。

一　"水"是忧郁、孤独的情感象征

韦勒克说："被感知的自然只存在于人类的关系中，事物的雄辩只不过是人类自己的雄辩。肥沃的土地，无边无际的天空和流过的河流，只是我们心中产生和延续着的关系的体现。"② 也就是说，人类眼中的自然都不再是本真原初的自然，它是人类思想情感外化并附着修饰后的产物，是对内容与意义的承载。"水"意象进入文学书写领域，成为写作的内容与素材，就不单单是具体的物质与对象而已，而成了一种感性抒情对象与主观形式，它本身就成了文化符码的象征，蕴含了丰富的思想内涵，是对情感的负载，亦是对生命体验的表达。

"水"作为沈从文作品中最典型的意象之一，与他的诗意生命创作宗旨是相通的。在文本中，他常常借水来表达对生命的直觉印象，并且又经常以水的变动不居的性态来确证生命的韧性与

---

① ［苏］巴赫金：《文本：人文与对话》，白春仁译，河北教育出版社1998年版，第376页。

② ［美］R·韦勒克：《批评的诸种概念》，丁泓等译，四川文艺出版社1988年版，第164页。

坚毅，概要说来，沈从文是用"水"来喻示生命并探寻其内在的意蕴。沈从文就曾明确表明过"水"对他的生活和创作的重要影响。他说："檐溜，小小的河流，汪洋万顷的大海，莫不对于我有过极大的帮助，我学会用小脑子去思索一切，全亏得是水，我对于宇宙认识得深一点，也亏得是水。"① 作家从"水"中获取知识与智慧，他的生活与水相依相连，水是他生活的一部分内容，因此，"水"对他的成长、对他的性格形成都有很大的影响，"望着汤汤的流水，我心中好像忽然彻悟了人生，同时又好像从这条河上，新得到了一点智慧。"② "的的确确，这河水过去给我的是'知识'，如今给我的却是'智慧'。"③ 这是作家对"水"的体验，同时这也化作了他的一种人生阅历与生命感悟。正因为此，水对他的创作影响也是不言而喻的，他说："我所写的故事，却多数是水边的故事。故事中我所最满意的文章，常用船上水上作为背景，我故事中人物的性格，全为我在水边船上所见到的人物性格。我文字中一点儿忧郁气氛，便因为被过去十五年前南方的阴雨天气影响而来，我文字的风格，假若还有些值得注意处，那只因为我记得水上人的言语太多了。"④ 这表明，在沈从文的创作中，"水"不仅仅是他的故事背景，而且与文本内容相融相生；"水"的特质及与"水"相关的经历，影响了他的写作风格，是对他创作特色的塑形，这也表明了"水"在沈从文

---

① 沈从文：《沈从文全集》第 17 卷，北岳文艺出版社 2002 年版，第 206 页。
② 沈从文：《沈从文散文》，中国广播电视出版社 1995 年版，第 131 页。
③ 同上书，第 168 页。
④ 沈从文：《沈从文全集》第 17 卷，北岳文艺出版社 2002 年版，第 209 页。

的作品里不仅有形式因素还是一种内容的存在，也许正是这个原因，作家汪曾祺才会在他的《晚翠文谈》里称沈从文为"水边的抒情诗人"。

学者王立说："作为客观实体，流水最为直观、切近和形象地体现了事物运作递进的单维性与连续性，因而流水每每被中国古人用来联想与表现时间、机缘、功业乃至年华、生命的不可复返性，使人在怀古自伤中，生发出对生命、爱情、事业等价值追求及其不如意的无限感叹。"[1] 因此，"水"意象在文学里常常作为一种情感的象征，被视为忧郁、孤独的审美情感表达。沈从文在《我的写作与水的关系》一文里就曾这样说："我有我自己的生活与思想，可以说是皆从孤独中得来的。我的教育，也是从孤独中得来的。然而这点儿孤独，与水不能分开。"[2] 如果说这是沈从文用"水"对自我情感的确切表达，那么在他的小说里，对孤独有了更具体的叙述。市镇小说《边城》里的翠翠是个孤儿，父母早逝，与年迈的爷爷相依为命，而唯一的亲人爷爷也在大雨之夜离她而去，生活中的她无疑是孤独的；在感情上，她也是孤独的，天保爱她，却不了解她的内心，与傩送相恋，却因误会，彼此错过；天保与傩送两人同样也是孤独的，天保的爱没有得到翠翠的回应，孤独地远行，落水身亡，弟弟傩送也因在磨坊的诱惑下、其父的逼迫下，加上对哥哥的愧疚感，带着复杂的心情，孤独地离开远走他乡。因此，孤独

①　王立：《中国古典文学中的流水意象》，《中国社会科学》1994 年第 4 期。
②　沈从文：《沈从文全集》第 17 卷，北岳文艺出版社 2002 年版，第 206 页。

也就成了作品人物的一种生命体验与情感表现。

"水是文化体征的一面镜子。"① "水"在中国传统文化里，是忧郁情绪的表征，如唐代诗人李白就曾有诗云："抽刀断水水更流，举杯销愁愁更愁。"(《宣州谢朓楼饯别校书叔云》)这里诗人用"水"表征了自己的愁绪与苦闷，是对理想与现实之间的矛盾的呈现，也是对自己不得志的郁闷与忧愤的表达。中国现代作家们在市镇小说作品里也常用"水"来象征忧郁的情绪，来表现对现实的观照与对生命的思索，如市镇小说《丈夫》(沈从文)、《湖畔儿语》(王统照)、《江南风景》(端木蕻良)、《荤烟划子》(刘祖春)、《租差》(罗皑岚)等作品中都有对"水"的描写与叙述。《丈夫》的故事背景发生在河里的船上，这里的"水"是对纯朴情感渐失的忧郁表征，因为我们看到，丈夫来城里看望做"生意"(当妓女)的妻子，妻子的冷淡与世故，说明现在的妻子深受城市化影响并且接受了这种熏染而发生了改变，曾经属于她的纯洁质朴的品性而今不再，她变得日益世俗化、物质化了；丈夫则在固守曾经的一切，而他的守旧其实就是对他麻木与愚昧的呈示，因此，小说对"水"意象的叙述就成了作家对守旧的忧郁与渐变的隐忧的表达。《湖畔儿语》里关于"湖水"的描写是对底层人物生活困境的揭露，也是对没有希望的未来的表白；《江南风景》里的"江水"是对人们生活在动荡不安的环境里的忧郁的表达；《荤烟划子》里的"湖"是对求生的无奈和生存的艰辛的表达言说；《租差》里的

① 罗昌智：《浙江文化的"水性"特征》，《浙江工商大学学报》2007年第2期。

湖水成了李四长的葬身之所；这些都是作家对人性异变和百姓生存现实不满的表露。这些作品里的"水"意象，已经超越了具体物质的内涵。作家用对"水"的写作来表达对现实的观照与对社会现象的沉思，因而"水"意象在文本里就不仅仅只是忧郁的情绪表达，也是对当时的社会现实和人物的精神历程的深度回响，更是对其超越性审美内涵的展示。

二 "水"是纯朴情感的表征

中国传统文化追求"天人合一"的境界，讲究人与自然的亲近融洽。"水"作为文本中的重要描写意象，作家对其最直接的表达就是人对自然的礼赞，是对人与自然和谐相处的表征。沈从文的《边城》就摹写了这样一幅人与自然和谐共处的美妙画卷，"翠翠在风日里长养着，把皮肤变得黑黑的，触目为青山绿水，一对眸子清明如水晶。自然既长养且教育她，为人天真活泼，处处俨然如一只小兽物。人又那么乖，如山头黄麂一样，从不想到残忍事情，从不发愁，从不动气。"① 在溪边与爷爷守渡的美丽翠翠，在大自然中长养，没有受到任何外在世俗化因素的浸染，她本人从内在到外在都一致地呈现出完美的纯朴之美，这里对"水"的描写与叙述，是对如水般纯洁、质朴的情感表达，如翠翠的善良纯朴、老船夫爷爷的重义轻利，指出了水与人的内在品性相契合之处，也让我们看到了一幅人与自然、社会融洽共在的和谐画面。在小说里，沈从文以对"水"的描写来表达他对健康

---

① 沈从文：《沈从文文集》第6卷，花城出版社1983年版，第75页。

自然的生命的礼赞和对完美的生命形式的探寻，也是对美好传统
道德的追思。

《芸庐纪事》（沈从文）里对"水"的赞叹，是对大先生豁达
睿智、热心助人、耿直侠义精神的褒扬，用人物自己的话说就是：
"路见不平，拔刀相助。这是我的脾气。"①《逃走》（郁达夫）里
的"水"象征着少年脆弱纯真无瑕的感情；《阿嚏》（师陀）里对
河湾里水鬼故事的叙述，是对一种浪漫情怀的展示，更是对一种
简单纯朴情感的向往。

水的动态不居、奔流不息的特征，引发人们对时间、生命、功
业的无限遐想，而小说里的"水"意象作为文本里的一个构成要
素，就不仅仅是能指的符号，它成了作家思想与文本内容的载体。
因而，小说里的"水"意象既是作为故事的背景因素出现的，又成
了作家对自然、生命、历史、现实和未来进行思考的源码。

第二节　内涵解读：意象修辞与主题表达

现代精神分析学认为，作家的生活环境和生活经历对其创
作经常起着支配性的影响，有时甚至沉淀为个人化的意象
世界。

沈从文与水有关的特殊的生活经历与生命体验，很自然而然

---

① 沈从文：《沈从文全集》第 10 卷，北岳文艺出版社 2002 年版，第 217 页。

地投射在了他后来的创作中，使其作品呈现出鲜明的特色与别样的风格。水之于沈从文的重要性，他自己曾确切地表述过："水和我的生命不可分，教育不可分，作品倾向不可分。"① 由此显见，水对于沈从文的性格和创作必定会产生决定性的影响，表现在他的文学创作上，即：对于水的书写既有量上的普遍呈现，又有内容表达上的深刻性与独特性。沈从文在收录于《湘行书简》中的给妻子张兆和的信中，就曾这样表示："我看久了水……对于人生，对于爱憎，仿佛全然与人不同了。我觉得惆怅得很，我总像看得太深太久，对于我自己，便成为受难者了，这时节我软弱得很，因为我爱了世界，爱了人类。"这里水成了作家的情感诱因，牵引着他的情感趋向，水仿佛具有了生命力，对他发生了作用、产生了影响，水成了让其联想人生、穿越现实、关照生命的源流，也许正是这个原因，沈从文才会说："我认识美、学会思索，水对我有极大的关系。"②

歌德在谈及象征时说："每个情节必须本身就有意义，而且指向某种意义更大的情节。"③ "水"意象在文本里不仅仅是内容的呈现，更是一种写作策略与叙述技巧的表现；"水"意象既承载了丰富的象征意义与思想内涵，更是文本中的一种重要的修辞技巧，表现在具体的文本里，那就是"水"不仅仅是故事的背景，更是推动情节发展、人物关系演变的重要因素。

---

① 沈从文：《沈从文散文选》，人民文学出版社 1982 年版，第 231 页。
② 沈从文：《沈从文文集》第 9 卷，花城出版社 1984 年版，第 109 页。
③ ［德］爱克曼辑录：《歌德谈话（1823—1832）》，朱光潜译，人民文学出版社 1978 年版，第 991 页。

　　市镇小说《边城》里的"水"是故事叙述的背景，也是情节发展的要素、主题表达的手段。从小说中我们可以看到，在第一个端午节，一切活动内容都发生在"水"上，并且翠翠在水边与傩送第一次相识；第二个端午节时，翠翠与爷爷同去河街看龙舟，因突如其来的一场大雨，认识了天保。与翠翠命运相连的两个人，就这样因"水"的关系而联系在了一起，"水"成了演绎人物关系的媒介。人物命运的转折、改变也与"水"有关，翠翠母亲在月子里因喝冷水而死，水性很好的天保却意外地在滩下丧身，爷爷在雷雨之夜死去，傩送驾船下行，至今命运未卜，水所独有的变动不居性似乎也预示着翠翠命运的不确定性。由此可以看出，在文本里，无论是翠翠的情感历程还是命运遭际都与"水"有关，"水"是故事发展进程的"结"，也是人物关系形成的纽带。

　　市镇小说《祝福》里祥林嫂的命运转折也与"水"相关。她在河边淘米时，发现寻她的堂伯，让她为之惊恐不安，最后还是在一次河边淘米时，被夫家人绑走发卖，开始了她多舛的人生命运；后来，"我"从镇东头访朋友出来，在河边与沦落为乞丐的祥林嫂相遇，发生了她对我关于"死后灵魂"的追问，后来她的死也与在河边的这次相遇有关。从小说的故事发展来看，"水"是一个重要的因素，它推动了故事情节的发展，对人物的命运进程形成了一个召唤结构。而茅盾的市镇小说《霜叶红似二月花》，无论是故事的高潮还是情节的发展都与水有关，在秋涝季节，惠利轮船公司的主人王伯申，为了一己私利要开小火轮，而船开动所形成的激流将导致冲毁堤岸淹没农田，因此开船遭到农民们的反对，为了利益争斗，缙绅间以及他们与农民间的复杂矛盾冲突就由此展开。由此我们发现，小说里的"水"意象是形式，更是内容，对"水"意象的描写是作家用以反映现实的一个途径，是对人物命运的观照，同时也成了作家思考社会问题的一个着眼点。

由此可见，"水"意象可以说是作家的创作源泉之一。在小说里它不但是故事发生的背景，也是作家认识世界、礼赞自然和思索生命的载体，隐含了作家对现实的关注及其与之相应的形而上的思索。因此，"水"意象不仅仅指代表层的物像特征，还承载了丰富的价值内涵与主题意蕴，并深刻地折射出作家的审美倾向与价值评判，对水的描写与叙述既有对主体情感的观照，又有对客体物像的认知超越。

第九章

多样化的叙述视角

——论中国现代市镇小说的叙事技巧

对叙述视角的研究与探讨历来为文学理论和创作实践所重视。"叙述视角"被认为是理解小说的关键，叙述视角的选择直接影响到作品的结构，也关系到读者对作品的接受情况。英国文学理论家卢伯克就认为："小说技巧中整个错综复杂的方法问题，我认为都要受角度问题——叙述者所站位置对故事的关系问题的调节。"① 自 20 世纪以来，对叙述视角的研究为学界所重视并逐渐走向深入，且取得了一系列的成果。视角是一个关涉作者、叙述

---

① ［英］珀·卢伯克等：《小说美学经典三种》，方土人等译，上海文艺出版社1990 年版，第 180 页。

者、文本人物和读者之间关系的问题。"叙述视角（这是拉伯克的提法。托多罗夫称为叙事体态，热耐特称为焦点）处理的是叙述人与想象性世界中人物之间的语法人称及透视关系。"① 作者的叙事过程涉及叙述的对象、目的、方式等问题，同一事件因叙述角度、叙事立场的不同会产生不同的叙事效果。文学理论家们从各自的概念和立场出发对叙述视角作了不同的界定和划分。学者陈平原在他的《中国小说叙事模式的转变》一书中将叙述视角划分为三种类型：其一，全知叙事，叙述者无所不在，无所不知，有权利知道并说出文本中任何一个人物都不可能知道的秘密，叙述者说出了比任何一个人物都多的信息。拉伯克称之为"全知叙事"，托多罗夫称之为"叙述者＞人物"，热耐特称之为"零焦点叙事"。全知叙事往往采用第三人称。其二，限制叙事，叙述者知道的和人物一样多，人物不知道的事，叙述者无权叙说，即叙述者与人物知道的信息一样多。叙述者可以是一个人，也可以由几个人轮流充当。限制叙事可采用第一人称，也可采用第三人称。拉伯克称之为"视点叙事"，托多罗夫称之为"叙述者＝人物"，热耐特称之为"内焦点叙事"。其三，纯客观叙事，叙述者只描写人物所看到的和听到的，不作主观评价，也不分析人物的心理，叙述者知道的信息比人物还少。拉伯克称之为"戏剧式叙事"，托多罗夫称之为"叙述者＜人物"，热耐特称之为"外焦点叙事"。② 陈平原在集其他叙述理论成果之大成的基础上对叙述视角

---

① 孙先科：《颂祷与自诉——新时期小说的叙述特征及文化意识》，上海文艺出版社 1997 年版，第 11 页。

② 陈平原：《中国小说叙事模式的转变》，上海人民出版社 1988 年版，第 66 页。

所做的划分与界定，相对来说是目前较为明晰、合理的表述。这三种叙述视角在具体的叙事文本中，有时单独出现，有时交互出现。

第一节　自由的维度：现代市镇小说里的全知叙事

由于第三人称全知视角的叙述者对信息的无所不知，他不受时间、地点和人物的限制，可以随心所欲地出现在故事中，可以从任何角度观察被叙述的故事。叙述者的叙述可以超越一切，历史、现在和未来全在他的视野之内，任何地方发生的任何事，甚至同时发生的几件事情，他全部知晓。人物置身事外，并从各个不同的角度作全景式的讲述，也被称之为"零度聚焦（或无聚焦）叙事"。由于这一叙述视角在文本中享有较大的自由空间，因此，此叙事视角运用得较为普遍。传统的现实主义小说常常采用此种叙事视角，特别是在我国古典小说中多采用这种视角展开叙事。中国现代市镇小说里有很多作品也是采用这一叙事视角，如市镇小说《朱刀子》（端木蕻良）就是采用的这一叙述视角。文本一开头，人物还没出场，叙述者就以旁观者的立场介绍了镇上的铁匠铺生意与周围民众生活的关系，其中最有名的铁匠铺是朱老五的，人送其外号"朱刀子"，接着介绍朱老五的手艺之精湛及朱老五的身世经历、现在的生活状况，对朱老五的过去、现在以及未来的打算计划都无所不知、无处不晓。作为一种看取问题的视角，在这篇小说文本里对第三人称全知叙述视角的运用，其实内蕴着一个很重要的因素：革命启蒙。而在这篇小说里的启蒙方式，与"五四"时期其他作品里的思想启蒙不同，不是理性的他者对文本人物的教育与影响，而是社会现实和生活经历使其有改变现实的需要，渴望自身与环境的改变而归趋革命，因此朱老五才会憧憬革命、向往革命；当朱老五用最好的技艺为马少爷打了腰刀，而马少爷却用此刀杀了漂亮姑娘翠花，杀人事件成了一个关键的诱因，促使其从思想付诸实践行动，最后，离开小镇投身革命。在这篇小说里，我们看到文本不是借助文化资源的理论性的启蒙，而是人物因为自身的苦难与经历使其自觉地产生革命要求，是自身与现实的需要，这一方式也可称作是人物的现实生活阅历的实践性的启蒙，因此，这一叙事实践也即是对"五四"时期启蒙叙事内涵的新突破。作家选择用全知视角叙述让我们感到了小说内容的真实可信，小说的叙事动机与叙述目的是建立在朱老五的苦难经历上的，因为"朱刀子"作为一个没受过多少教育、没有太多文化的人，用理论教导或思想启迪去达到启蒙的目的，对他来说是有隔阂的，而通过对其苦难遭遇的叙述，就实现了他对革命自觉接受的这一途径，因而"革命"从某种程度上来说，若说是时代的需要，其实更是朱老五个人的要求。作家选择这一视角来叙事，故事内容就给人以真实性而不会有突兀感，政治叙事用日常化叙事来表达，来实现这种政治理念（或政治实践）；作家对价值观的表达，是通过感性的现实生活实现的，并不是以理性代言人的身份出现的，而是让理性自然呈现于人物的生存状态中，他的伦理判断和价值判断，是对黑暗社会现实和人的价值缺失的双重批判，两种叙事相融合直抵道德意义。在这里"革命"是以现实的苦难来定义的，这样，革命、理性启蒙的话语思维和价值体系就具有了具体的内涵，也即指用文化资源来对朱老五进行启蒙肯定是不理想的，而现实的生活经历使其追求革命以至参与革命就具有了某种可能性，政治叙事的话语转换更加彰显了叙事的日常性和民间性，文本主题的显与隐结合得恰到好处。小说里的"刀"是一种意象，具有双重意义，是变革求新与不畏艰难的表征，它所代表的是以不同的话语展开的想象：一是关于革命的宏大叙事的想象；另一则是关于个人苦难经历的日常生活想象；宏大叙事是对日常叙事的补充，作家从宏观上展现朱老五的出身经历的同时，也从微观上展示了人物的内心活动。为了让读者对人物朱老五感到真实可信，通过朱老五的内心独白以及与马少爷的对话这一叙述技巧的处理，试图让读者相信小说人物以及故事的真实性。这种叙述方式的运用，使抽象的革命启蒙具有了实践性、现实性与具体性的内涵。

市镇小说《刀柄》（王统照）亦是通过第三人称全知叙事讲述故事的典型小说。小说一开头由筋疙瘩带刀来修理引出故事。在小说中，"刀柄"贯穿起了整个故事的情节，叙事的展开、发展都由此引出。在寒冷的雪天夜晚，筋疙瘩带了把宽鞘子大刀来重新锻造，道出了来修刀之因由，通过吴大用与筋疙瘩的对话叙述出了当时社会的黑暗混乱：官员滥用职权、寻衅滋事，最后导致官逼民反的局面；又因刀柄上留下的特殊印记，让铁匠铺老板识出了刀的原主人，由对刀主人的回忆侧面写出了他的进取善良和过人本事。小说通过第三人称视角讲述故事，全方位地展示了当时的社会现实，通过这一叙述途径写出了当时民间组织"红枪会"反抗的原因及这一行动的正义性。通过人物间的对话和铁匠铺老板的独白，仿佛是叙述人物亲历的故事，给人以真实性和现实感。作家在文本里对第三人称视角的运用意在表达对现实的关注，因此，文本里对苦难的反映和对困境的描写就具有了现实感。作家的人生感悟和创作意图都是立足当下的，表达了一种忧时伤时的情怀，通过第三人称叙述来表达作者的情感倾向就容易让人感到亲切、自然。

　　作家对叙述视角的选择关涉文本的艺术效果，会影响到作品的结构和读者对其的接受程度。第三人称全知叙事的优点是不受时间和空间的限制，有比较广阔的活动范围，能较自由灵活地反映客观内容，作者可以在这当中选择最典型的事例来展开情节，受限相对较少，这一叙述视角就为叙事者游离于小说中人物身份之外提供了契机，用一个局外人的眼光来看待事情，淡化了叙事的主观性，就容易给人以叙述的客观性之感。王鲁彦在他的一些市镇小说中常采用第三人称全知视角叙事的手法，呈现故乡的广阔生活图景，把自己对家乡的认识全方位地、立体地呈现出来，写出了故乡人的愚昧冷漠与自私残忍的一面；由于叙述视点的灵活自由，作家既了解人物的生存现实与历史积淀，又能走进人物的内心世界，叙事者的讲述就给人以历史感与现实感，作家从一个理性的高度来审视故乡的积弊与落后，表达了他对现实的观照和对人性的思考。《黄金》（王鲁彦）就以第三人称全知叙事的手法写出了如史伯伯过去与现在生活的反差，以此来折射陈四桥人的势利与麻木；过去他家因儿子在外就职常寄钱回家而生活富足，受到邻人的敬重；现在如史伯伯因在经济拮据之时，儿子来信告知不如意，邻人从如史伯伯的表情推测出他家的窘境，此时的邻人不是给以援手，而是想法子嘲弄如史伯伯及其家人。小说采用第三人称视角，通过婚宴上大家对如史伯伯的冷漠、小女儿伊云在学校的受辱、屠户阿灰的砍狗、死忌羹饭族人的挑剔、讨饭人阿水的挑衅、儿子寄来的升职汇款信等几个典型事例来表现陈四桥人的庸俗生活和势利品性，正如小说人物所描述的："陈四桥人的性格：你有钱了，他们都来了，对神似的恭敬你；你穷了，他们转过背去，冷笑你，诽谤你，尽力地欺侮你，没有一点儿人心。"① 小说对人物的内心世界、对现实的人文关怀通过第三人称全知叙事自然而然地表现出来，很恰切地呈现了人物内心的痛苦和郁闷：如史伯伯在煎熬中受尽周围人的欺侮还不能声张，只能无奈地忍耐、承受这一切；作家通过这一叙述视角表达了对拜金主义思想以及自私逐利现象的批判。《许是不至于罢》（王鲁彦）写出了财主王阿虞对自己钱物财产的担心，叙述者了解他的心理，对他在惶恐不安中所受的内心煎熬表现得十分到位。在《桥上》（王鲁彦）叙述者如同亲历了本土商人伊新叔米行与实力雄厚的林吉康轧米船之间的竞争。《屋顶下》（王鲁彦）描绘了本德婆婆与媳妇间因观念的不同而导致的误解和矛盾。作家通过这些日常生活题材，采用全知视角俯视故土，反映故乡的民众生活和社会现实，批判了现实里的丑恶和人性中的冷漠。

叙述视角是"作者和文本的心灵结合点，是作者把他体验到

---

① 乐齐主编：《鲁彦小说精品》，中国文联出版公司 1997 年版，第 50 页。

的世界转化为语言叙事世界的基本角度"①，因此，叙事方式既体现作家的立场，又与他对社会现实以及人生意义的理解相关，直指小说的意蕴内涵。很多中国现代市镇小说采用这种第三人称全知视角进行叙述并呈现了丰富的文本内容，如《王伯炎与李四爷》（罗洪）、《救国会议》（王平陵）、《声价》（陈瘦竹）、《新坟》（汪静之）、《福兴酒店》（蹇先艾）、《范老老师》（沙汀）、《金交椅》（毕基初）等作品都是采用全知视角展开故事情节。《王伯炎与李四爷》描写了王伯炎过去的辉煌出身以及现在的落魄窘境，通过全知视角写出了王伯炎颇丰的祖业及其父亲的挥霍导致的家道衰落，现在的王伯炎不但温饱不保而且还受尽羞辱欺凌，道出了其渴望尊重、希望能重振家业的内心想法。《救国会议》以全知视角叙述了国难当头一群P县的头面人物打着"救国会议"的名目，于当下危难而不顾，为一己之私争名逐利，作者通过这一视角表达了对当时社会弊病的强烈批判。《声价》描写了房东周恕斋的趋炎附势，当得知房客王大成是县长的同乡时，让女儿毁婚约嫁给他，后因抗战引起的物价飞涨，王大成曾经不错的薪资而今无法应付日常开销时，周家人由此开始无端地指责与埋怨他，面对难堪的处境他被迫选择逃离；小说采用全知视角由对民族命运的关注转向对社会现实的思考和对人性的剖析，由对物价飞涨和人价跌落这一怪现象的揭露，表达了对动荡时期知识分子的身份缺失的怜悯与同情。从这里可以看出，叙述视角就不仅仅只涉及人物关系的问题，其实更是与文本人物的情感倾向、

---

① 杨义：《中国叙事学》，人民出版社1997年版，第191页。

价值判断和立场选择相关联。

全知视角使小说的叙述视野更加广阔，叙事更加灵活、客观，节省了笔墨，起到对情节的必要交代、过渡自然的作用；缺点是让人感到缺乏亲切感。由于全知视角所呈现出的无限性，作者对故事情节的全知全览，故事演绎直线推进，从而忽略了叙述者与接受者的沟通交流，读者在阅读此类文本时易感到没有参与感、没有阅读期待，对故事完整性的关注钳制了读者的阅读思维。

第二节　仿真与悬念：现代市镇小说里的限制叙事

限制叙事视角使作为小说文本的叙述者知道的事和文本人物一样多，文本人物不知道的事，叙述者无权叙说，叙述者可以是几个人轮流充当；限制叙述可以用第一人称的姿态出现，也可以不直接以第一人称出现而以第三人称去观察和叙述。这种叙述方式使"叙述者不再是全知全能的上帝，明确地控制了他的活动范围和权限，在形式上消除了叙述者与读者的不平等关系，使作品的真实感得到加强，在小说中造成了一些空白，给读者的想象提供了更多的活动余地。"①

第三人称和第一人称叙述常常同时存在于同一文本中。从具体的文本叙事来看，我们常常会发现有些文本表面上采用第三人

---

① 徐岱：《小说叙事学》，中国社会科学出版社 1992 年版，第 126 页。

称全知视角叙事，本应客观的叙述视角却有内倾趋向，不仅注重客观的外部世界，同时也关注由外部表现所引起的人物内心变化，并以此来提示人物的内心活动。叙述视角的内倾易于真切地刻画出人物的内心变化，这一叙述方式便于洞察出人物的深层心理。如现代市镇小说《世家》（王家械）通过第三人称限制视角讲述了张贤少父子两代人的荣辱兴衰。辞官回乡的父亲家产丰厚，他为了挣面子挥金如土，再加之天灾人祸，很快家道中落了，到了儿子张贤少长大成家时，没有了父辈的风光与富有，但却死守"世家子弟"这一身份。文本从一些外部呈现来显示人物的内心世界，张贤少拒穿青色土布衣服是为了守住世家子弟的"体统"，因此，即便白布衫裤脏乱不堪也不愿脱下，当被人看见热天睡破污的棉花毡时，夸口说晚上用的是台湾席，几天没吃饭了却告诉人家因肚胀需清饿，作家从对外部世界的描写内倾为描摹人物的复杂尴尬的内心活动。作品从两代人为了维持"面子"这一心理出发，从对外部的生活细节描写来表现人物的思想观念与内心变化，讽刺了封建遗老遗少的虚伪浮夸，批判了封建等级观念对人造成的深远危害性。

第一人称是一种直接表达的方式，不论作者是否真的是作品中的人物，所叙述的都像是作者的亲身经历或者是亲眼看到、亲耳听到的事情，给人以真实感和亲切感，从作者方面来说，它更便于直接表达作者自己的思想感情。市镇小说《华威先生》（张天翼）以华威先生远亲身份的"我"讲述他的故事，给人以真人真事之感，华威先生"自述"自己是个工作忙碌、敬业忧民的人，而通过第一人称"我"对其所见所为的叙述，以旁观者的立场来描写，给人以客观、公正之感，就刻画了一个真实的华威先生，指明他实质上就是个投机钻营、虚伪庸俗的口号革命家，忙碌、敬业表象下的真实则是无尽的权利控制欲。通过对"我"的讲述与华威先生的"自述"内容的比照，深刻地揭露了国统区的黑暗社会现实以及国民党官僚们的空谈不务实的工作作风，表达了"我"对现实的隐忧以及对民族命运的关注。

第一人称叙事有利于引导读者的情感倾向，使得读者易于对作品人物产生同情。如现代市镇小说《沉淀》（谷斯范）先运用第一人称限制叙事视角"我"来讲述在远房伯母家的生活以及云姊的情感经历，云姊与学校老师黄先生彼此相爱，而伯母因嫌黄先生没有经济实力而拆散了两个相爱的人，伯母从经济利益出发，强迫云姊嫁给了做买办的暴发户老头。云姊婚后的生活因我离开伯母家而无从知晓，文本叙述由第一人称叙事转换到第三人称叙事，由知道云姊在夫家生活的母亲来接着讲述她悲惨至死的婚后生活。由第一人称"我"对云姊情感经历的讲述，让读者感到了故事的真实性，小说自然而然地引导了读者的情感趋向，对云姊人生的悲剧性结局就倍感悲悯与愤懑。另外，小说里叙述视角的转换，拓宽了叙述的空间与距离，叙述者与读者有仿佛置身局外之感，作者以第三人称全知叙述对云姊不幸遭遇所进行的透视，就拉开了读者与人物间的情感距离，产生了一种陌生化的效果。市镇小说《湖畔儿语》（王统照）通过第一人称限制叙事视角"我"来讲述小顺家过去的故事以及"他"曾经还算幸福的生活，以旁观者的身份讲述"我"对小顺家的当年所见所闻的事情；小顺家现在的生活情形由"他"讲述，母亲早逝，继母为生活所迫出卖身体，父亲无业吸大烟而今还被抓进警局，从"他"现在的不幸生活，文本已预示了"他"未来的不幸。文本以"我"与小顺的视角来讲述故事，这样就呈现了人物丰富的内心世界，展示了人物艰辛的生存境遇，由对现实生活经历的描写来表现市镇底层民众不幸的悲剧命运。市镇小说《祝福》（鲁迅）以第一人称"我"讲述祥林嫂的悲惨经历，但是，我们在阅读完小说后会发现，小说虽然采用的是第一人称讲述故事，但所采用的叙述视角是不同的，一种是对过去的祥林嫂身世和经历的回忆，是"我"对往昔的追忆，另一种则是对现在正遭遇的事情的叙述，但是整个叙述语调给人以冷静、克制之感，小说采用"定点透视"，打破了"全知全能"的传统叙事模式，此类叙述视角益于引导读者关注故事的内容以及叙述的客观意义；关于祥林嫂遭遇的叙述，是对她悲惨经历的表达，作家采取的是多视角并置的策略，让祥林嫂自己讲述以及卫老婆子和四婶对其身世遭遇的描述互为补充，正是这种多元化视角的运用，人物塑造给人以生动感、真实感，故事构筑有完整性，使原本平面的故事立体化，将客观存在与自我精神相融合，展现了更加丰富的文本内涵，也利于人物自由丰富地表达自己的内心世界。小说里这种多元视角的运用，将叙述者从第一人称限制叙事视角转换到第三人称的全知叙事视角，既有利于保持叙述距离，又便于洞察人物的内心世界；既综合了内视角的体验性，又有外视角的客观性。与采用单一的叙事模式相比，小说进行多种叙事人称的转换，为读者提供了更多的信息量，既有对当时周围的环境、人物的行为所进行的客观叙述，又有对人物内心所进行的透视，这样就拉开了被叙述的事情与读者的距离。

以第一人称为主人公的叙述中，叙述者在回顾往事时，对所见所闻的人和事的讲述貌似公正客观，但经验告诉我们，主体的情感表达其实往往是难以冷静客观的。如市镇小说《我的教育》（沈从文）以第一人称限制视角讲述"我"在部队的生活经历，写出了军营生活的空乏无聊以及经历的残忍杀戮事件，作家从一种历史责任感的角度来描写一段过去的生活经历和生命体验，是作家对那段特殊历史时期的生活和现实的反思。以第一人称视角来讲述故事，这里的叙述者等同于作者，"我"是故事的叙述者同时也是文本中的人物，正因为这样，"我"无法进入其他人的内心世界，这样就留下了叙事悬念和空白。

从叙事人称的功能来看，第一人称"我"的限制叙事视角更有助于自传体小说展开对个体经验和内心世界的叙述，便于表达情感，更有助于淋漓尽致地表现人物的内心冲突和复杂的思想，而且也有助于拉近叙述者与读者间的距离。现代市镇小说《"她是我的姑母"——一个姑娘的手记》（林淡秋）是故事里面再套故事，第一级叙事首先由外视角的"我"讲述芳姊的故事，接下来由外视角的芳姊讲述她姑母的故事；第一人称限制叙事视角"我"叙述的是现在的芳姊的奋斗历程；而芳姊以外视角叙述的是其姑母的悲惨遭遇，此刻她是故事的旁观者，由她来洞见故事的真相，因此，她的讲述就给人以较为清醒和理智之感，是对曾经发生过的故事的认知和评价，是对往事的追忆，通过这一叙述途径让我们清楚地看到了女性存在的过去、现在和未来。小说的叙述过程虽然呈现了作者的复杂心态，但同时又保持了叙述者的冷静态度和旁观立场，叙述者无法进入文本人物的内心世界，因此，对故事的描述就彰显了叙述的客观性特点。这里的第一人称叙述就成了故事的转述人，故事主人公与第一人称叙述不存在内在的精神联系，也不存在对话或论争关系，作家采用这种叙述方式就是为了告知读者这个故事叙述的真实可信性。小说是以女性的价值立场来表达其对命运的反抗和诉求的，揭示了两代女性为实现妇女解放和婚姻自由而艰苦抗争与不懈努力。作家采用这种叙述策略是为了得到读者对文本故事的认同，以此来获得共鸣的效果。

人物视角其实是一种叙述权利的自限，不同的视角各具优点，也有其不足之处，因此，小说叙述视角的多元化就有其存在的必要。我们通过阅读大量的中国现代市镇作品后会发现，在这些众多的市镇小说里，叙述视角常常是不断变化的，主体性"自叙（主观叙事或第一人称）"与"他叙（客观叙事或第三人称）"（见吕思勉的《小说丛话》）交错出现。"他叙"视角讲述小说主人公的故事与文本主体讲述的故事在对比中演进，推动故事情节的发生、发展，这种叙述视角有利于展示小说人物性格的多样性和丰富性，使塑造的小说人物形象易形成一种立体感，让人读后觉得很真实。在许多中国现代市镇小说中，作家叙述的视角并不局限于一种形式，表现方式上常常是二元的，有时是"他叙"故事，有时又是"自叙"事件过程，两种叙述视角同时存在于同一篇小说中，交相出现，同时演绎一个故事。

沈从文的市镇小说《芸庐纪事》常常是"他叙"和"自叙"故事交相出现，共同推动故事情节的发展。小说开始的"他述"

是由刚到县城的中央政治学校的学生们讲述所见所闻的一切，并将眼前见到的情景与之前从书上看到的有关此地的知识相比照，由外地来的学生们来讲述亲历的风物人情；接下来，由大先生自己讲述目前遭遇的人和事，并且，在整篇小说里，"他叙"和"自叙"有时同时出现来佐证事情的真实性。正是由于这种叙事技巧的运用，让我们仿佛看到了一个活灵活现的大先生，小说所描写的这个人物也仿佛是真人真事，不容读者质疑人物的虚构性，这篇小说也如同小说题目明确表明的为某人"纪事"一样，如同是在给真人作传。沈从文以此类创作技法创作了好些颇具特色的市镇作品，如《王嫂》《张大相》《说故事人的故事》等，在这些作品中运用"自叙"与"他叙"的叙述方式演绎文本故事，让我们感到了人物的立体感和故事的真实性。当然，这种叙述策略在其他作家的市镇小说里也有呈现，如《希望》（田涛）、《主仆》（沉樱）、《复活》（林淡秋）、《青弟》（端木蕻良）、《乞丐》（蹇先艾）等，这些市镇小说用"自叙"和"他叙"的叙事方式，呈现了丰富的文本内涵。

在师陀的市镇短篇小说集《果园城记》里，小说叙述视角多变。作家叙事视角并不局限于回忆，而往往是用双重视角来描写市镇的人和事，一方面把记忆中的市镇景色描写得美丽动人，充满宁静和谐的浪漫色彩，给人以眷恋之情；另一方面，作家又以凝重、灰暗的笔调，写出了果园城人事的黑暗和混沌。《葛天民》就是通过描写现在的葛天民，来反映过去的他曾经有理想、有抱负。在省农业学校毕业的他立志回到果园城进行农林改革试验，然而因现实的种种束缚和人事的规约，他变成了现在安于现状不求进取的模样。作家通过回忆与叙写现在这两种视角的穿插讲述，写出了果园城人不是安于现状的无奈，而是乐于现状的适意。作家用这种不同视角相对比进行叙述的目的，意在指出果园城的滞重与落后，是对需要改变而未能付诸行动的批判。用这种不同视角比对着进行叙述的作品，还有《果园城记》里的其他市镇小说作品，如《果园城记》《城主》《颜料盒》等。作家在写到果园城的自然景物时，那里秀色宜人、芳香四溢，让人感到的是果园城的和谐与美丽，那是个让人流连不舍之处；作家在面对果园城的人事与景物时，情感倾向是很鲜明的，那就是对人事的不满，对自然风景的赞美与怡然。

第三节　距离与参与：现代市镇小说里的纯客观叙事

纯客观叙事是指不依赖叙述者的讲述，而是直接让人物自己展示自己的外部行为，非常严格地从外部呈现故事的内容。小说只提供人物的外部动作及客观环境，不对其言行作主观评价和心理分析，而且较少提及人物的动机、目的和情感，因此在这一类小说中，读者看到的只是人物的"表演"：人物的行为、动作、言行等，所有人物的内心活动作者都不会作详细交代，常常是只知其然而不需知其所以然，叙述者一般比任何一个人物看到的都少。如《刀柄》（王统照）中对外部环境的描绘，就不带任何情感判断。小说首先描述了不论在什么时候义合铁匠铺都生意兴隆，这是为什么呢？小说接下来就进行了客观的叙述：在社会承平时期，铁匠铺锻造农具及日常生活用具，生意红火；在如今这个动荡不安的时期，铁匠铺生意更是繁忙，用小说中的原话就是："近十年来，真的，成为有威力的'铁器时代'了"，"只见整大车的铁块送来，成担的矛头、大刀送出"①。读者可以从对客观现实的描绘中来推断出铁匠铺生意兴旺的原因。铁匠铺在这一乱离时期成了生意最好的地方，这是因为警备队和民团需要配置大量的矛头、长刀、刺刀等杀人武器。由此，我们可以看出，这段环境描写就是从客观视角来叙述的。纯客观叙事是从局外人的角度来观看的，对不可见的东西从不推测揣度，只如实地记录人物的行动和言论，让读者自己去理解、去品味。叙述者严格控制自己的主观情感，更多的是对文本的平面描写而不是深度表达，拆解了文本叙事的意义，在面对现实的阴暗和人的非理性存在时，叙述者表现出的是无奈和被动。纯客观叙述视角就像是摄像镜头，只客观地呈现而较少主观地表达，所以纯客观视角也被称之为"非人化视角"（或"外焦点叙述"）。由于这种叙事类似于戏剧舞台上的人物表演，小说理论家有时也将其称之为"戏剧式叙事焦点"，这种纯客观叙述方式相较于其他叙述方式更易于产生真实可信感。如《砥柱》（张天翼）叙述了黄宜庵带女儿去与易总攀亲家时，在船上的所闻所为，小说是以纯客观叙述展开故事的，叙述活动界定在人物的生活逻辑与常识所及的范围之内，从黄宜庵的视角出发来观察旅途中的人物行动和心理活动。在小说中，我们看到

---

① 王统照：《王统照文集》第 1 卷，山东人民出版社 1980 年版，第 426 页。

他常常是根据自己的卑鄙心理来看待船上遇到的人和事，将所见的人事扭曲后再来与自己比照，觉得自己是高尚的"理学家"，是"乱世里的中流砥柱"，叙述者对此并不作任何情感和道德上的评判。而对他真面目的揭露，是由萧会长这个次要人物在笑谈中抖出的，并以他偷听谈话到猜测他人、到参与讲"轶事"以致偷窥女人来佐证他的荒淫无耻，以此来揭示他的假道学真面目。小说以大量的直接引语和间接引语来实现纯客观的叙述，以此来加强客观的对话感，这一叙述就给人以较强的逼真性和客观性。在小说中，叙述者没有对人事作任何的评论和解释，叙述者知道的比黄宜庵还少，无从知晓黄宜庵的生平经历，读者只有通过人物对话来弄清楚故事的来龙去脉，这样，对读者阅读兴趣的引导，就让读者有种文本叙事的参与感。

在纯客观叙述中，文本只是对人物行为进行直接的呈现。这类叙事既没有叙述者的解说，也没有对人物的心理剖析，读者在阅读此类文本时，就是在缺少参照情况下的理解与诠释。虽然这种叙事视角的选择会造成大量故事信息的缺失或延宕，但是正是由于这种信息的缺失，为读者提供了更加广阔的想象空间，给读者创造了对文本进行再解读、再创作的契机，因此，我们也可以说，纯客观叙述是对读者意识的关注，也是对读者的一种尊重。现代市镇小说《肥皂》（鲁迅）中就运用了纯客观叙事视角，小说中的人物通过戏剧式的表演来展现自己的活动，并没有太多的心理描写。例如，四铭将香皂拿给他太太时，眼睛直盯着她的脖子看，这时四铭太太虽对他的心思有猜度，但小说并未将她的所想明确说出来，而是通过她的言行将心理状态外在化。另外，四铭一家在吃饭时的座位安排，其实是对封建等级制的反映，而作者对此并未作过多的评价与解释，只是将桌上吃饭的每个人的位置、顺序作了如实的描述而已。文本中的这种纯客观叙述还有很多。小说通过四铭与何道统的对话描写，揭露了四铭的言行和内心的错位与冲突，提供了一种无可辩驳的事实，将其道貌岸然、龌龊阴暗的内心直接呈示出来，这种客观描写虽无一贬词，但却达到了讽刺的目的，这是一种没有心理分析的心理分析，主人公丰富复杂的心理活动要靠读者自己去解读。小说通过对人物真伪毕现的描写，将四铭的伪道士形象渐渐立体地浮现出来，这一叙述就让我们对生活有种切近真实感。《高老夫子》（鲁迅）亦采用了纯客观叙述视角，通过客观叙述写出了高尔础的虚伪矫情。高老夫子到贤良女校为了去看女学生，课未教好，受到嘲笑便又回来大骂新式教育。文本并没有对人物的内心活动进行刻画，也不对人物的行动做出任何评价，只是通过客观冷静地描述向读者展示了这些封建卫道士的丑恶嘴脸。小说通过客观叙述视角对腐败现实与道德败坏进行描写，让我们感到了鲁迅关于探索国民灵魂和改造国民性的紧迫性与现实性。

此外，还有一种情况，就是有些小说虽然看似是用第一人称在叙事，不过这里的第一人称"我"已完全弱化为一个功能性的符号，其功能与纯客观叙事中隐藏起来的叙述者"我"没有大的差别，一显一隐而已，所以也可将其归入纯客观叙事。这种叙事，一般称之为第一人称次要人物叙事。如市镇小说《桃园》（施蛰存）就采用的是第一人称次要人物叙事，这里的"我"只是一个并不具有确切指代意义的人称，故事其实是由主要人物卢世贻叙述，以客观视角讲述了发生在他身上的一切故事。小说在描述事件时，并未投入叙述的情感评价和心理描摹，因此，读后让人深感故事的真实性。

纯客观叙述视角有其优点，也有其缺点，那就是纯客观叙述视角不能提供人物的内心活动信息，只是稍作暗示而已，因而不利于刻画人物的立体形象。这种叙事常常让读者有种如看电影的感觉，仿佛一切就在眼前发生，但是，读者和人物的内心总是让人感觉仿佛有段不可逾越的距离，这是因为叙述者根本无意进入人物的内心，缺乏必要的人物心理分析，所以，要了解人物的心理和故事情节的发展，只能依靠大量的对话描写。当然从某种角度来说，严格意义上的纯客观叙事是不可能存在的，因为任何叙事都是作者的叙述。

另外，师陀在市镇短篇小说集《果园城记》里，多采用第二人称"你"来讲故事，作家把第二人称"你"纳入故事的叙述是有意把读者拉入文本中，是对读者的关注，有利于直接与读者对话。这种叙述技巧调整了作者、文本和读者之间的关系，打开了一条文本世界与现实世界相通的情感之路，给叙述活动开辟了更为广阔的空间。第二人称叙述所建立的对话情境、营造的故事氛围使读者有一种亲切感，使作者、读者、人物之间的关系更为密切，更容易沟通，使读者与文本中的"你"能够建立起心灵上的默契和情感上的认同，从而拉近了作者、人物和读者之间的距离。第二人称在文本中的使用，使作家同人物如同面对面地演绎情节，读者会不知不觉地把所阅读的他人的故事当成自己亲历的故事，最终参与到文本之中。这种叙述模式突破了时空限制而凸显了自由灵活的特点，使得文本在不同时空元素中自由联想、随意切换。《果园城记》里的第二人称叙述在文本中的运用增强了小说的抒情性，强化了叙述艺术的感染力。

对中国现代市镇小说叙述视角的探讨，意在指出叙述视角不仅有结构功能，更具有意义内涵，不仅是形式的表达，更是内容的呈现。中国现代市镇小说作家对叙事艺术形式和技巧的探索与运用，呈现了文本形式和故事内容相互依存的意义与价值，体现了作家独特的艺术眼光与审美敏感。

第十章

传统的羁绊与现代的塑形

——论中国现代市镇小说叙事里的女性形象

　　20世纪上半叶的整个中国，无论是在物质发展方面还是在精神文明建设方面，都是比较落后的。当时的乡村之落后之贫穷是众所周知的普遍现象；那么，当时的大城市的情形又是如何呢？从某种程度上来说，那时的大都市如北京等同样也是不够发达的。关于这一方面，老舍在他的很多有关北京市民的小说中都有描写。也许正因为如此，美国著名人类学家施坚雅才会说，中国现代没有真正意义上的城市，中国的城市仅处于前工业社会阶段而已。大城市是如此，那么比大城市（都市）低一层级的市镇就更不用说了，就如很多现代市镇小说作品中所描述的那样，封闭停滞、经济落后是其物化特征，而传统与现代的抗衡渐渗、新旧思想的龃龉是其文化特性。市镇作为介于城与乡之间的过渡带，与都市和乡村既有联系又有鲜明区别。在这一别样的图景里，在都市的牵引与乡村的羁绊中，市镇开始发生着缓慢渐进的变化，作为生活在这样一种环境中的市镇人物，必然有其独具的性格特征，如市镇小说人物所表现出来的安于现状、因循守旧、中庸调和等性格特征，他们既有对现代文明的惊惧、困惑、新奇的渐变接受历程，又有对传统文明的承载、疑虑、求变的探寻过程。现代作家在市镇小说里塑造了一群颇具特色的人物形象，如市镇女性、官僚、知识分子、士绅等各色人物。在众多的现代市镇小说文本里，刻画了不同的市镇人物及其人生命运，展示了人物的真实存在状态，并进而对人物的人生价值和人格尊严进行了形而上的思考与探寻。本章主要就其中的女性人物形象进行探讨。

第一节　底层女性：不幸的在场

中国几千年来的封建历史，最根深蒂固，最普遍的现象之一就是层层封建枷锁对女性的束缚与压制。虽然"五四"运动对当时的社会及人们的生活产生了深远的影响，如思想启蒙以及人性解放等观念在知识界得到较为广泛的接受与普及，但作为一种长期规约人们精神的思想资源，是不可能短期内得以彻底改变而消失无余的。而作为先知先觉的知识分子的现代作家，他们在创作实践中，对女性的命运及其社会存在的探讨就成了时常关注的内容和经常表现的题材。

在现代市镇小说里，作家们塑造了众多生活在市镇底层的女性形象。如《小巫》（茅盾）里的菱姐、《丈夫》（沈从文）里的妻子、《巫》（师陀）里的女巫、《一吻》（师陀）里的大刘姐、《祝福》（鲁迅）里的祥林嫂、《明天》（鲁迅）里的单四嫂子、《浣衣母》（废名）里的李妈、《沉淀》（谷斯范）里的云姊等底层女性人物，她们要么承受由于物质贫乏所带来的痛苦和践踏，要么承受由于落后思想所带来的屈辱与不幸。《小巫》里的菱姐，因生活所迫，试图凭借自己的青春与美色来换取母亲的生活保障与自己的未来依靠，但在历史与现实的重负中，她的那点最基本的愿望也没有实现的基础，因此当她贱卖自己从上海来到镇上做老爷的姨太太时就注定了她的悲惨命运。她在家里不仅要经受老太太的无端辱骂欺侮，还时刻要遭受老爷的折磨，更有甚者还有少爷和姑爷的不断骚扰凌辱，即便承受了这一切，也无法确保自身的安危饱暖，母亲的照料更是无暇顾及；她目睹了私利权欲膨胀后的亲情泯灭与杀戮，最后她也在动乱民变中被流弹打死。小说通过对菱姐的经历和遭遇的叙写，既写出了女人在那个特定时代的处境，又通过刻画这一人物反映了当时混乱无序的社会现状。通过对文本的阅读我们发现，在当时的那个社会现实里，女人无论是在大都市还是在市镇，处境都是一样的，并没有实质性的不同：都无法独立生活；小说揭示了女人在男权社会里的附庸地位，男权制对女人的专制是从身体到社会身份的钳制，这也表明了女人只有从身体到思想得到解放才能走向真正的自主解放，也只有在社会环境与经济条件都具备的条件下，女人才能实现真正的独立自由与自主选择。《丈夫》里的妻子靠出卖身体来谋生，我们没有看到她的尴尬与不幸，看到的却是自在与相融；作家对妻子对这种失却尊严的生活的接受与对现实处境的自然自适的叙写，是对女性麻木愚昧、思想无意识状态的揭示，也即表明了女性对当下命运的承受与认可，是对女性所处时代失语存在的表征。《巫》里的女巫为了支撑一家人的生活而装神弄鬼，受尽邻人的冷漠，但命运依旧残酷地向她袭来，神祇未能降福于她，她救不了别人也救不了自己，最后在骗术中弄得自己也如鬼一般，幼小的孩子也在无人照料中病死；小说写出了底层女性生活的艰辛，如果说她们没有谋生的技能，其实更是对没有谋生机会和实现平台的社会环境的揭露。《一吻》里的大刘姐，从物质利益出发压抑自己的感情，顺从母亲的意愿嫁给县衙师爷做姨太太，过着富足的生活；虽然大刘姐对未能自主选择自己的人生而留有遗憾，但我们从刘大妈与大刘姐的命运来看，婚姻对她们来说，无论是自主选择还是被动接受，其实都是殊途同归；刘大妈虽然自主选择了婚姻，但同样过得不幸，也正是因为这样，她才从自己的经历与遭遇出发为女儿选择了婚姻，从当时的社会环境来看，这其实是实际、现实的选择，虽然这种选择是无奈的，但我们发现这却是更常态更正确的选择，这也就更进一步地说明了女人命运的可悲与可怜。

就当时女性所处的时代环境来看，如果说物质是从肉体上摧毁了她们，那么封建成规则是在精神上摧残着她们，因而，无论是韶华已逝的祥林嫂、单四嫂、李妈之流，还是正值青春年华的云姊、翠姨们，女性的生存都是受困受制的存在。这样，文本里对女性生存困境的描写，既是对女性的个体时间的再现，也是对其未来时间的推演，表明了女性无论是在过去、现在还是看不到生的希望。作家们从对女性的现实处境写出了女性的当下生存与历史存在，这些生活在底层的妇女无论是从现实生存还是从精神思想来看，既缺失了自我主体性也不可有自我的发展意识。文本对市镇底层女性的生存状况的描写是与女性生存的严峻社会现实密切联系在一起的，这样，对女性问题的关注与思考就成了对当下社会问题的探求。

作家对市镇底层女性的描摹即是对女性的现实生活与日常生存问题的反映，写出了那个特定年代里的女性生存景况，生活的艰难与人生的不幸是女性的普遍存在事实。因此，市镇小说作品里对底层女性的塑造与描写，就是对女性整体生存处境的探寻与关注，并从对底层妇女生存现状的叙写来演绎女性在历史时间里的本真存在，即底层女性是社会属性缺席的存在，指出了女性生存的现实严酷性及生命意义的虚无与价值的失重。

第二节　知识女性：传统与现代较量下的存在

"五四"新文化运动的出现以及思想启蒙、女性解放的倡导、新式学校的设立，给女性走出家庭、接受新式教育提供了契机。作为20世纪上半叶的中国，能有机会走进学校、接受现代教育成为知识女性的人可谓是时代幸运儿，因此，作为具有新思想、新文化的新女性就成了当时的一个特殊现象和社会群体，这一时代新气象也反映在了现代市镇小说文本的创作中。作家们在现代市镇小说中塑造了一批市镇知识女性，如《颜料盒》（师陀）里的油三妹、《鸟》（师陀）里的易瑾、《二月》（柔石）里的陶岚、《困兽记》（沙汀）里的孟瑜和吴楣、《倪焕之》（叶圣陶）里的金佩章、《"她是我的姑母"——一个姑娘的手记》（林淡秋）里的芳姊、《破裂》（蹇先艾）里的张琴玉等，她们都是受过学校教育的知识女性。作为既受传统文化积淀的影响又受现代文明召唤的新女性，她们独特的心路历程与人生际遇就折射出了作为知识女性在特定时代里的两难处境和人生现实。

相较于传统女性，这些受过现代文明洗礼的知识女性，具有鲜明的理性意识与自我意识，也即她们已开始寻求个体解放与争取独立自由，因而她们身上具有明显的叛逆精神与反抗意识，具有了开社会风气之先的勇气，现代理性文明使她们从思想观念到实践行动都显示了现代知识女性的思想特征，烙上了鲜明的时代印痕。《"她是我的姑母"——一个姑娘的手记》里的芳姊，为反抗包办婚姻虽遭遇了亲人的抛弃，但依旧毅然决然地走出家庭投向社会，献身革命工作，芳姊的这一举动其实是对封建思想与宗法制度的挑战，也是对女性社会身份的建构；她对现实的反抗与对人生的思考就告诉我们，由于几千年的父权专制，套在女性身上的层层封建枷锁还很厚重，因此，芳姊为妇女解放与婚姻自由所付诸的行动就具有了现实与历史的深刻意义。小说写出了当时女性的生存现实：是缺失平等与自由的非人存在，因此，她对人生意义的追求与对黑暗现实的反抗，就体现为一种自觉自为的意识，这也是对女性命运的深刻体察与忧虑。小说通过两种视角来写两代女人的反抗，体现了知识女性的时代觉醒意识，从芳姊自己的角度看"自我"与从姑母的时代来看女性的处境，这是对芳姊现代理性思想的表征，实际上也是芳姊在揭示自我、确立自我、超越自我的认识过程，是对其渐进精神状态的呈示，是对女性反抗命运、抗拒成规的深度表达。

知识给人以力量与理性，现代市镇女性因接受了现代教育而有了独立意识与自强追求，从而也就具有了自主自由的向往与拯救自己的诉求。《颜料盒》里的油三妹，从师范学校毕业回到闭塞滞重的"果园城"里作了小学教员，她生活得自由快乐但却为当时的家庭和社会所不容，正如小说中所发出的诘问："命运早已为她安排下不幸……她为什么不看见自己是一个女人，并且她为什么有那样多的快乐。"① 这是作家对现代女德观的一种思考，小说表明了传统与历史已经对女人的存在形态作出了界定：不幸与失意是对她们生命历程的再现，当"时间"性的传统陈规与当下"空间"化的女性存在彼此相抗衡时，使女性的当下存在与成规在历史传统中相遇，因而，对传统历史强大力量的描述，就是对知识女性即将遭遇的必然命运的指证；也正因为如此，油三妹本真天性的自然流露，才会遭街坊非议受家人冷落。油三妹作为一个现代知识女性亲历了"变"（知识理性与独立意识）与"不变"（传统观念与历史现实）的滞重，因此，当她在一次醉酒后遭遇了"不幸"时，她就清楚了自己的命运，用吞食"颜料"结束了

---

① 刘增杰编：《师陀全集》第 2 卷，河南大学出版社 2004 年版，第 503 页。

自己的生命。她用这一绝望的行动表达了自己的反抗与对命运的拒绝，因此，油三妹之死也就是现代女性的"当下"存在与"过去"存在的对接，这也表明了知识女性用理性的光辉仅照耀了自己，还未点亮周围黑暗的"铁屋"。由此可以看出，理性启蒙在一个闭塞滞后的中原市镇里的征程还很遥远，还很漫长。

知识女性对"女性解放"这一时代现象，对这一切问题，不仅有明确的参与意识更是用具体的实际行动加入这一话语中来。《鸟》里的易瑾为了证明自己是思想"解放"的"新女性"，为追寻梦想离开家庭走出学校，投身社会，"想做一番可以吓倒同学和朋友的事业"；而她遭遇的现实却是，男委员们对女性的一次次侵害与欺凌，这其实是男权对女性人身控制和占有的再现，女性对历史俗规的反抗最后还是被逼进了历史的"死胡同"，用易瑾自己的话说就是："名义倒不错，也是个什么委员，但仿佛是专为别人的开心而来的。"① 面对一次次的羞辱，对此还不能有任何反抗，因为他们有制服你的办法与权力，可以用"反动"的罪名将你抓起来。我们从易瑾的经历与遭遇中见证了时代的荒谬，这是对知识女性在思想转型时期的无奈遭遇与彷徨失措的表达，也是对人性丑陋与非理性的指摘，更是对启蒙神话的颠覆，是对知识女性价值追寻的解构与思想解放的反讽。作家直面现实的阴暗，写出了知识女性的悲剧性存在，表达了对此批判的向度与现实主义的深度，这就从更深的层次上写出了知识女性的主体失落和精神困境。知识女性未能介入男权等级秩序，知识女性的现状就如

---

① 师陀：《师陀全集》第 2 卷，河南大学出版社 2004 年版，第 291 页。

同镜像般映射着女性的传统存在，这也就表明了在那个特定的时代，解放对女性而言还依旧是个理想的乌托邦，因此，小说对知识女性的描写就蕴含了丰富深刻的政治性内涵。作家师陀从最幽暗的角落里写出了知识女性的真实生活和尴尬存在，这是对历史的发现，也是对女性生存现实的审视。

　　鲁迅曾说："人生最苦痛的是梦醒了无路可以走。做梦的人是幸福的。"① 在师陀市镇小说《鸟》里，作为新女性的易瑾曾追求独立解放，在遭遇了一连串的谎言、欺骗、虚伪和伤害后，美好不再，只留下痛苦，她曾带着梦想而来，现在只能痛苦、困惑着离开；而今的她产生了精神危机，曾经的她还有勇气奋起追求，如今的她踏上归程却因找不到归宿而茫然无措，这是荒谬的时代与男权的宰制对其造成的精神伤害，也是历史对其的训诫与惩罚。作家穿透事实表象，直逼女性的存在真实，在历史与现实的夹击中，知识女性对其出路的探寻最后却是一步步地再次回归传统，女性主体在现实中的遭遇变为了客体，依然受制于男权，启蒙也就成了一个虚妄的注脚。小说讽刺地写出了知识女性追求理性启蒙，最后却被启蒙所放逐，这是女性的现代性在社会还未进入现代性之际所遭遇的尴尬与不幸。作家通过对市镇知识女性的叙写来表达对女性命运的思考与探寻。

　　从理论上来说，中国的现代市镇是介于都市与乡村之间的，但就地理位置的实际情形来看，离乡村是更近的，这也就表明了市镇在文化特性上受到传统农业文明的影响相对来说会更多些。

---

① 鲁迅：《鲁迅全集》第 1 卷，人民文学出版社 1981 年版，第 159—160 页。

就作家们笔下的具体市镇想象而言，如沈从文、萧红、师陀、蹇先艾、沙汀等笔下的市镇，经济、文化上都很落后，对生活在这样环境里的知识女性来说，传统对其的牵绊与塑形就会有更大的影响。因传统的滞重、现实的逼仄，生活在这种现实空间里的知识女性，她们的人生追求、事业选择、家庭情感等方面都是受限的存在，时代的局限带给她们的不幸与困惑是普遍的。

知识女性是亲历启蒙的先觉者，就女性问题来说，对"娜拉"们的言说也就是对自我的言说。作为生活在 20 世纪上半叶中国市镇里的知识女性与"被启蒙"的底层女性们，她们虽然在思想或精神上会有所不同，但所处的大环境是大抵相同的，因此，知识女性也同样处在历史与现实的重负中。觉醒后的她们在面对现实与理想的距离时，经历的是一次次更深的危机与痛苦，是一种觉醒后的焦虑与困惑，并且就女性的苦难而言，对她们来说是亲历后的反观与忧郁。作家在作品里塑造的市镇知识女性，让我们看到了她们在精神蜕变中所表现出来的彷徨与犹疑，真切地写出了知识女性所面临的现实困境与精神困惑。知识女性处在传统与现代的夹缝中，有理性思想的挣扎，更有传统观念的规训与召唤。《困兽记》里的孟瑜和吴楣都是市镇里的知识女性，那么，受过现代教育熏陶的她们与普通女性的命运会有质的不同吗？小说里的孟瑜是个出生于富裕家庭、受过良好教育的"心高气傲"的知识女性，为恋爱自由、婚姻自主而离开家庭，选择了与相爱的人田畴结婚，作为胜利者的孟瑜会一如她期盼的那样过上了幸福的生活吗？我们看到，婚后的孟瑜，很快陷入了琐碎而现实的生活，因四个孩子的拖累，不得不放弃教师工作而专事家务，而没有了工作不拿工资的她又加剧了家庭经济的困难，并且脱离家庭的她也得不到亲人的帮撑，如今她没有了当初的理想只剩下生活的沉重。更为不幸也颇具讽刺意味的是，面对平淡的日常生活与繁重的家庭负担，夫妻二人没有了当初的激情与浪漫，生活实际而平庸，孟瑜整日忙于操持家务、照料孩子，面对生活的艰辛与枯燥，田畴移情他人。从这里我们可看出，孟瑜无论是婚姻还是事业都是不如意的，由此看来，家庭与事业的矛盾是知识女性必然遭遇的现实困境。小说刻画的另一知识女性吴楣的命运又会怎样呢？美丽的吴楣作为知识女性，热衷于社会活动，对人生有期待有理想，具有自我发展的价值探求，也曾有过婚恋自主的追求，但在父母的劝诱下抛弃了真爱，嫁给了本镇有财势的"豆渣公爷"为妾，她从最初的不甘不愿到渐渐地接受、自适，在公爷的前妻逝世后，还为公爷对其的宠爱颇感幸运、惬意，当公爷寄情别人时，她倍感失落、屈辱最后甚至于悲愤、绝望地自戕。作家通过对吴楣的生活历程与思想变化的叙述，表达了他对女性命运的体察与忧虑。从知识女性吴楣的经历，我们看到了历史传统的强大力量与现代启蒙力量的纤弱，即便是知识女性的生存追求与未觉醒的普通妇女相比，还没有发生飞越性的蜕变，同样深受传统与现实的牵绊。吴楣对公爷宠爱他人的愤然亦即她对"失掉的好地狱"的留恋与不舍，是对她认可传统、归趋世俗的深度表达，这也是作家对知识女性的生存意义与生命价值的探寻。通过阅读文本后我们发现，如果说未觉醒的女性是缺失主体性的话，那么现在的知识女性是迷失了主体性、丢失了自我，启蒙的失意使其陷入了一个更大的蒙昧之中。以前的女性是被动的受害者，而现在的她们变成了主动的受害者了，恰如小说中指出的："她这一生也算完了。"启蒙未能解开女性原来的"枷锁"，在维艰中还戴上了新的镣铐。知识女性反抗的软弱与失败，就表明了她们在自己的属地既无法坚守又无法突围，作家为这个艰难的守望与守望的艰难，流露出了无限的困惑与茫然。通过知识女性孟瑜与吴楣的遭遇，我们发现，对她们来说，无论怎样的选择都是沉重的，婚姻的自主选择与被动选择没有本质的不同，同样都会遭遇背叛得不到真爱，这也就说明了没有现实支撑的思想与观念是找不到依凭的；爱情与理想、事业与家庭依旧是知识女性遭遇的普遍困境，这是历史同时也是现实对其的制约。小说写出了女性解放的征程若是身体羁留在家庭，思想的腾飞就是沉重的、茫然的。作家对市镇知识女性的生存探寻与严峻的现实相联系，这样对知识女性的人生与命运的追问就有了更切实的指向；对知识女性现实存在的叙事就是对新女性跌绊前行足迹的铭刻。如果说市镇知识女性的人生选择与价值追求有传统历史和社会现实的影响，那么我们通过阅读文本后会发现，作家的写作倾向其实更是对市镇女性自我疏离的批判，对这一群体的刻画也是对女性曾经的历史存在真实的再指认与再审视。

作为知识女性的金佩章（叶圣陶《倪焕之》）算是时代的幸运儿，虽然母亲早逝，依靠兄嫂生活的她依然争取到了求学自立的机会。当佩章看到周围女性的婚姻痛苦不幸时，开始对女性的命运有了自己的思考，用她自己的话说即是"女子嫁人就是依靠人，依靠人只有苦难，难得快乐"，因此有了"独立自存的想望"，并且认为女人是因缺乏知识而无法独立的。因而，在她高小毕业后，没有遵从哥哥的安排，而是进入了女子师范学校继续读书，学校的生活让佩章感到充实而快乐，此时的她，对未来有明确的追求与打算，憎恨落后守旧、支持变革求新，也正是因为她有这样的追求，才会与倪焕之彼此吸引相爱成为志同道合的理想伴侣。

　　婚后的佩章并没有像我们期待的那样，与焕之并肩合作、一同前行。成家后的她，思想性格很快发生了改变，朝着"与从前相反的方向"变化，对曾经热衷的教育事业与变革创新都渐渐失去了兴趣，既遗忘了曾经独立自强的追求也抛弃了昔日热衷的事业，开始满足于家庭琐事的忙碌与家长里短的闲聊，面对丈夫对其改变的质疑与失望，佩章的回答自然而理直气壮："我已做了你的妻子，还能做什么别的呢！"这句话出自曾经追求独立自强的佩章之口，是何等的震撼！文本写出了佩章思想渐变的过程。她的这种自然地"返回"过去与认同历史，表明了市镇的世俗生活观念已经扎根很深，也许正因为这样，我们才看不到佩章思想改变的挣扎与变化的精神不适，却让我们看到了她改变后的自如与适意，正是这种落差，焕之才会发出无奈的叹息："有了一个妻子，但失去一个恋人、一个同志。"如果说这是焕之感到的痛苦与不幸，其实这何尝又不是佩章作为知识女性存在的悲哀呢？小说就这样以回归的方式复演了女性命运本该改变的历史。文本从佩章由反对到再次归附于传统与社会规约的描写，是作家对女性内在的奴性意识的批判，佩章的前后变化是她对自我的否定，是对传统的归顺，也是对思想解放与理性启蒙的嘲弄。小说最后写到当倪焕之死后，悲痛不已的金佩章开始反省"以前的不是"，追悔曾经的不作为，并开始追随倪焕之的足迹重新走向社会。在这里，作家对佩章这一人物形象变化的描摹有些突兀，未免给人以唐突之感，因为作为一个久居家庭远离社会身份的主妇，不可能没有犹疑与挣扎就立刻投身社会，发生质的突破。但作家的这一写作目的更多的是他自己对未来期盼的表达，希望知识女性能克服社会制约因素与自身的不足，意识到自己的使命，肩负起一份社会责任。我们从佩章精神状态的变化，看到了她对自我思想历程的反观，看到了她的反抗、颓唐、奋起的过程，又看到了她对自我的超越蜕变。作者是站在一个理性的高度来审视女性的生命历程及其现实存在的，从这一现代性叙事视角，文本再现了女性主体意识飞翔的沉重，由此，从这个角度来说，作家对女性当下现实性存在的关注，就是对其过去历史的回眸、对当下生存现实的直视与对未来征途的眺望。文本演绎了市镇知识女性在社会现实、传统文化与现代文明相交织的空间里的存在，因此，这里对女性存在现实的观照就具有了叙事的张力。传统成规对女性个体的压制与束缚，是对女性的过去、现在与将来的呈现与展望，这样对知识女性的关注就抵达了历史叙述的深度；对知识女性的叙事，即是对女性的生存意义与存在真相的揭示。处在中国 20 世纪上半期文化语境里的市镇知识女性，经历了现代与传统的拉锯和抗衡，两者相较而言，传统与历史对市镇的影响会更大、更深。在传统成规与世俗观念的共同束缚下，即使是接受了现代理性启蒙的知识女性，能够打破禁锢有所超脱地去实现自己的价值与追求的人，也是微乎其微的，那么，从这一方面来说，陶岚（柔石《二月》）和张玉琴（蹇先艾《破裂》）就算得上是在历史与现实的逼仄中的先觉者与探路人了。经受现代文明洗礼的陶岚，意识到女性在传统社会中的不平等地位与生存艰辛，有了与传统女性不同的理想追求与价值判断。作家站在不同的市镇叙事立场来观照知识女性的命运，她们内心的矛盾与彷徨是生命觉醒后的理想与现实的冲突和对立。

　　生活在如"世外桃源"般的芙蓉镇里的陶岚，出生在一个富有而又开明的家庭里，有亲人的理解与疼爱，在别人眼里她也算是一个理想的人物了，她有外在的美丽，又有内在的知识涵养。就她本人来说，既没有如油三妹般遭受来自世俗陈规的挤压，也没有如孟瑜们经受沉重现实的负荷。然而在小说中，我们却看到了她快乐中的迷茫、搏击中的犹疑与艰辛。她有强烈的求知欲但又缺乏明确的奋斗目标，她为此而彷徨苦恼；周围是一群浅薄、轻狂的纨绔子弟，她对人生有期盼但又不知如何做出抉择，面对周围沉闷的环境欲挣脱但又看不到希望而茫然无措。直到萧涧秋的到来，她才感觉仿佛觅到了知音，她向萧涧秋敞开心扉倾诉自己的困惑和梦想，期望从他那里获得指引与前行的勇气，但事实并不尽如人意，萧涧秋的游移不定与脆弱彷徨，特别是他最后的"逃离"，带给陶岚的是更大的伤害和痛苦。这也是一代知识女性在精神蜕变中的苦涩遭遇，这更进一步说明了，女性主体意识还在成长中，时代在召唤知识女性的独立与自主，暗寓了女性要获得真正的精神自由，就不能依赖于他者。作家在刻画陶岚这个人物形象时，是突破了当时的时代局限的，如家人对其的宽容理解与无私关爱以及她不顾外面的流言非议与萧涧秋去照看文嫂一家，这在当时无论是家庭小环境还是社会大环境都是少见的，体现了作家对市镇女性的理想想象与美好向往，这是对传统对女性规范的突围。

作为生活在发展滞后的市镇里的知识女性，传统对其的影响是无形的。陶岚不无忧虑地说："我不知怎样，总将自己关在狭小的笼里。我不知道笼外还有怎样的世界，我恐怕这一世是飞不出去的了。"其实这是陶岚快乐、无畏背后深藏的怯弱与隐忧，是传统观念制约下的忧郁。

小说中对陶岚每次与萧涧秋同去探望文嫂的描写，表达的是作家对一种理想人际关系的期待。他希望人与人之间能多一份理解与关爱，彼此少些隔膜多些沟通，能于困难中伸出援手互助。陶岚与萧涧秋同去关心文嫂一家，亦是对陶岚作为知识女性的理性认知和人生态度的一种表达，她用具体行动表现了她的人性良知与人文关怀向度。最后，写到陶岚母亲对萧涧秋的理解与对女儿的支持，体现了对女性现代化进程前景的拥护与建构，也是对女性理性启蒙与主体意识觉醒的呼求与询唤。对陶岚人生经历的描写与她的认知方式联系起来，她从自我发展的懵懂到自我认识至自我超越，就是对知识女性觉醒历程的再现，也是对她觉悟后的反抗的支持。

《破裂》里的张琴玉是县城某小学的老师，与丈夫从沦陷区来到后方本想为社会做点儿实际工作，但所处的现实环境却让她深感痛心，历史积淀的影响在这个闭塞的市镇环境里还很厚重的。传统的伦理规范仍旧被民众普遍认同，思想解放与理性启蒙还未触动这里的社会文化心理结构，久远的性别压迫所形成的畸形奴性人格在这儿还仍是大部分女人的身份符码，无论是被启蒙者如周太太这样的老人还是琴玉小学里的其他女老师，她们都很保守、陈腐，对女性传统角色与地位不仅认可而且坚守，这里体现的是女性自我与传统性别角色的冲突与抵牾。同样，这些因素对作为知识女性的琴玉从现实存在到精神心理也会发生影响，她也曾一度动摇过自己的信念，但最后，在挣扎中还是克服了现实的困难与内心的纠结，意识到她所在的社会与所属的家庭都需要改革。

琴玉曾有过幸福的家庭，但现在这一切都已成为过去，与知识分子丈夫朱明方也曾相知相爱过，但在大后方这种沉闷的环境里他褪变了、沉沦了，"他学会了吸烟，喝酒，打牌，乱谈恋爱，成天都在梦想着怎样投机取巧，发国难财"。谁会想到这是一个曾在"五四"时期反传统力求变革解放的有为青年呢？这是时代与环境对人的影响与改变，也是对人自身局限的表征。琴玉在一次次为改变丈夫所做的努力失败无效后，她选择了离开家庭走向社会，开始追求自己的人生与事业，开始新的生活。琴玉的这一举动，确证了女性的社会价值与人生追求，这在那个依然以父权（男权）为主导地位的社会，需要何等的勇气！当然，这一行动的前提条件是因为她受过良好的教育，拥有了能够独立的社会机会与经济地位。

琴玉离家的行动，是她对家庭婚姻的反抗与突围，是内心的挣扎与困惑，也是一种女性自我意识与主体意识的高扬，体现的是她理性思考后的长远眼光与清醒的人生规划。对琴玉这一女性形象的临摹反映了女性主体意识的觉醒及其觉醒后的成长过程。对琴玉自省又彷徨心态的描写与揭示，反映了她对自身处境的清醒认识；在这里，我们看到了人物在历史与现实中的一种内在冲突意识。对知识女性的叙述是与女性的现实存在和社会传统联系在一起的，是从本体论和价值论着眼来探讨知识女性的人生意义与价值问题。

小说对琴玉丈夫朱明方的刻画，是从其反面来摹写的。作为同为知识分子的朱明方，不是跟着社会的步履前进，而是后退腐化了，对这一人物形象的塑造就颠覆了人们的习惯性认知与看法，是作家对现代人物长廊的一个贡献。小说弘扬了女性的独立意识与坚强自信的理念，肯定了女性的人生追求与自我价值。

对市镇知识女性的叙述，是从人物形象这一特定的角度来观察女性的社会存在的。由于封建传统与父权制对妇女身份的规约与束缚，女性长期以来处在一个社会身份缺席的状态，这就隐喻了知识女性无论是在物理时空还是在心理时空里的改变都有其漫长曲折的征程。我们通过对现代市镇作品的阅读发现，作家们对知识女性的叙述一般是从两个维度来考察的：一是他站在理性的高度来对女性的社会性存在进行审视与观照；二是审视视角则是从知识女性自我的立场出发来反观的。从知识女性的现实存在与人生道路，我们看到了传统伦理观念的强大滞后，在思想转型受传统观念钳制的历史语境中，理性的呼唤与传统对其的隶属要求是相对抗的，知识女性此时的现代意识与反抗举措就注定了她们还只是女性解放征途中的一个过渡者，她们肩负着沉重的历史使命与社会责任，也正因为此，她们作为特殊的历史存在镜像而具有了更多的时代意义。作家在市镇小说里从不同的叙述角度表现了知识女性的悲剧性存在，一方面表现为传统对女性个体的束缚与规范，另一方面则表现为个体在滞重的社会现实面前的无力与无奈；作家从对知识女性的人生探求到对她们生存处境的整体观照，再现了女性的时代存在真实。作家对知识女性的描写与叙述，是对知识女性人生意义的追问与探寻。

另外，作家们在市镇小说里还刻画了一系列颇具特色的女性形象，如《边城》（沈从文）里的翠翠、《三三》（沈从文）里的三三、《桃园》（废名）里的阿毛姑娘等。这些人物在自在自然的环境里成长，较少受到外在与内在的束缚与规约，她们代表了美丽、善良等传统美好品质，这些人物体现的是作家的创作理想，是对作家善与美的审美想象与认知思维的表达。

其实，在那个特定的年代，女性即便不是生活在底层，命运对于她们来说其实都是一样的可悲。《淘金记》（沙汀）里的何寡妇，原本出身书香之家，虽然嫁的夫家祖产丰厚，但丈夫软弱懒惰且早逝，儿子无能，为了保住祖产，她作为一个女人既要应对族人的挤对，又要与镇上的权势人物较量抗争，常常生活在惶恐与担忧里。《在祠堂》（沙汀）里的连长太太，在表面光鲜的生活背后，是内心的寂寞与空虚，她渴求一份真情与真爱，最后为情而惨死。从这里可以看出，几千年的封建成规枷锁，在一个社会未曾普遍解放的现实里，女性是不可能有自由自主的，她们的人生就只能是受压抑的存在。《春王正月》（罗洪）里的金淑鹅曾在上海上学，接受了良好的现代教育的她并不是为了独立自主，仅只是为了能够有机会找到更值得依赖的人而已，这也就表明了传统力量的强大与滞后，无论是受过现代教育理性启蒙的还是未受教育影响的，都认同女性目前的身份，并没有从思想精神上独立起来，同时表明，若没有思想的解放，社会的解放是不可能的。作家通过对中国现代市镇女性的叙述，写出了在这一特定时空里的女性存在与人生追求，这样，这些女性形象就蕴含了丰富的历史、文化和审美内涵。

结 束 语

　　"中国现代小说市镇叙事"这一研究课题的提出，使中国现代市镇题材的小说明显区别于都市小说与农村题材的乡土小说，呈现出自身鲜明的独立品格。从中国现代社会来看，市镇是介于都市和乡村之间的存在，是乡村的扩大、都市的缩小。由于处于这一独特的中介位置，在与其他二者的比照中，市镇就呈现出传统与现代、新与旧、城与乡等共存兼容的特性。中国现代小说的市镇叙事作为一个特定时代背景下的空间书写，使市镇作为空间场景又包含了"时间"的意义。市镇进入中国现代小说书写，标明故事发生的地点，组织情节、结构故事，蕴含了历史时代、文化审美、社会现实以及作家的思想情感等大量的内容，这也进一步表明了市镇叙事文本是内涵丰富的文本，可以从不同的角度、不同的层面对作品进行解读、阐释。本论著就从中国现代市镇小说的权力叙事、死亡叙事、左翼叙事、疾病叙事、欲望叙事、仪式叙事、"异化"叙事、"水"意象等不同的角度对市镇小说的内涵进行了深入研究与阐述，呈现了现代市镇这一特定时间与空间下的文学书写及其在中国现代文学史上的价值与意义。

中国现代小说的市镇叙事是现代作家对特定地域空间的想象与表达。在中国现代市镇小说的文本里，市镇不仅仅是故事发生、人物活动的背景，而且成为小说叙事的主体，如鲁迅笔下的鲁镇就不仅仅是个被强调的叙述背景，甚至作为一个不可或缺的角色参与出现在文学创作中，它成为中国几千年来的社会缩影与象征，是一切封建正统文化积淀的底层，如宗法观念、盲目排外、男尊女卑、等级家长制等，都在鲁迅的文本中有所呈现。

中国现代小说里的市镇有独特的文化物化形态，如市镇的城垣、街道、楼阁、庙宇、祠堂、学校、药铺、茶馆、酒肆、民居、作坊、店铺等。当然，这些既有当下新生的，也有历史遗留的。这些各色建筑筑就了市镇特有的形象与身份，是市镇有别于乡村的立体文化形态，这些设施对应着个人的日常居住、群体的管理和安全、精神追求（或大众休闲）、生活消费等功能，因多直接面对公众，所以更多地呈现了群体化的文化心态。而市镇独有的空间地理结构、经济政治结构、制度风俗结构、文化精神结构等，又构成了市镇有别于都市、不同于乡村的特色和风格，以市镇为参照的书写衬托出了都市的繁华现代和乡村的萧条落后。

从中国现代小说来看，由于语境的隔离与区域的阻隔，在相当大的程度上导致都市、市镇、乡村三者的叙事内容的不同。如市镇里的茶馆酒铺是信息集散、舆论流传、纠纷调解之处，是独立自存的存在，这里五方杂处、鱼龙混杂，各色人等应有尽有，各种歪门邪道包罗万象，是集中化了的人间舞台，是市镇的普遍存在，同时又具有中心地位。关于这方面的内容，在沙汀的市镇作品里表现得特别明显，如他的《淘金记》《在其香居茶馆里》《公道》等市镇小说的茶馆酒肆都体现了此特点；另外张天翼的《清明时节》也有此内容的鲜明呈示。作家对此的描写，折射出市镇的世态人情，沾染着浓厚的功利色彩，也糅合了作家自己的记忆、经历、体验和思考。市镇作家对此内容的呈现，表达的是对群体性悲剧生存的批判。而老舍笔下的都市里的茶馆酒店则成了都市文化和都市生活的一部分，也是文本的故事背景或叙事空间，成了精神文化的载体，是都市社会生活与文化心理的缩影。市镇人由于少束缚、少规范，因而居民多在茶馆酒肆里作乐以寻求寄托，以"悠闲""自足"为乐，享乐信仰是市镇居民精神指向的延伸；都市人常因工作繁忙、紧张，因此需要释放、需要补偿，以寻乐来忘却束缚和规约；而在农民的生活理念中，没有休闲，只有强体力劳动之后的休憩，农民被整日拴在土地上。市镇居民在生活上具有更大的灵活性、活动性和自由度，有较多的闲暇时间。

从都市、市镇、乡村三者之间在经济情形、意识形态等方面的研究可以看出，三者各自承载了不同的社会、时代、历史、文化等方面的作用和信息，中国现代小说对此有鲜明的呈现。从日常认识上来看，都市体现在生活方式上是鲜明的异质性，都市生活复杂多样，是多种生活样式的聚合体；相较而言，乡村生活仿佛是同质的、单一的，农民终年日出而作、日落而息，遵循自然界的四时节候的变化；市镇与之相比，没有都市生活的丰富多样，比单一的农村生活要多元化。作为中国现代市镇小说文本里的市镇，与乡村相比，交通便利，信息快捷，接受新事物较快，文明程度较高，有更便利的变化进步条件。市镇与乡村相比，呈现最明显的特征是都市现代化物质文明传播到了市镇，而由于当时经济发展所限，这些象征现代化的都市物质文明还未影响、传播到落后的乡村，市镇现代化的典型标志有：如汽车、轮船、小火轮等便利交通工具的使用，电灯、电话等现代化生活工具的出现，洋布、洋油、洋火等日常生活用品的使用，当然这些物质文明在东南沿海一带的市镇里就表现得更为明显，如茅盾、王鲁彦、施蛰存、罗洪等作家的作品都有所表现。市镇由于地理位置上更靠近乡村，因此，与都市相比，对传统更固守。在文化物态方面，市镇追慕都市，归趋现代，又成为现代都市文明的接受者、传播者。与乡村相比，市镇人的生活方式最大的特点，就是不从事农业生产，有工商经营的经济活动。相对来说，内地市镇在经济氛围上表现得不是太明显，更多的表现在茶馆酒肆、小店铺等的消费性经营活动上；而在王鲁彦、茅盾、叶圣陶、罗洪等对沿海市镇进行书写时，经济活动就表现得较为明显。如王鲁彦的市镇作品在写到类似松村这种小地方，也会有几家碾米坊及商店等为了营利相互竞争、彼此倾轧。《许是不至于罢》（王鲁彦）里写到王阿虞的富有时，"他现在在小碶头开了几爿米店，一爿木行，一爿砖瓦店，一个瓦厂。除了这自己开的几爿店外，小碶头的几爿大店，如可富绸缎店，开成南货店，新时昌酱油店都有他的股份。——新开张的仁生堂药店，文记纸号，一定也有他的股份！"① 茅盾的《林家铺子》里的林老板的店铺就是一家"洋广货店"，小说就以商业经营来反映社会时局、摹写现实生存，从洋货冲击、农民破产、高利贷盘剥、同行的恶意竞争、腐败势力的敲诈勒索等复杂的社会现象着手来反映市镇的商业活动以及市镇小商人的艰难处境，从经济的发展变化来反映社会的发展趋势，因此，从某种程度上来看，《林家铺子》又可堪称中国现代市镇政治经济表现的形象摹本。叶圣陶在《多收了三五斗》里就写到了外洋的火轮船运来的洋米、洋面等对市镇经济及民众生活的影响。罗洪在《春王正月》里反映的经济意识更明显，市镇商人程之廉已开始做公债生意，小镇人也将平日盈余的钱投入"协大"赚取利钱，这一经济活动就类似于今天的"集资"分红。当然，即便是这样，市镇商业经济活动与大城市相比依然是无法相提并论的，现代市镇更多的是受传统农业文化积淀的影响，正因为这样，保守、惰性、沉滞、安逸等就成了市镇文化生活的一个明显特征；而都市由于商品经济的发达，多职业、多需求就呈现出都市生活的开放性特色；乡村由于经济自给、需求自足，封闭性就成了乡村的代名词。从以上对中国现代都市、市镇、乡村三者间的比照描写与叙述中就可以看出，市镇向前看是都市，向后看则是乡村，过渡性与中介性就成了

---

① 王鲁彦：《鲁彦小说精品》，中国文联出版公司1997年版，第18—19页。

其特色与标志性内涵。乡村常常是通过市镇来接近都市现代文明的，市镇成为现代化进程途中的中转站和连接点，同时也由于地域上的特定局限与影响，乡土文明对其有羁绊，而现代文明对其又形成牵引与导向作用，因而，市镇表现在文化上，就呈现出既是传统的、又是现代的鲜明特征。

中国现代市镇小说作家多、作品量丰富。表现在创作上，中国现代市镇小说就呈现出了丰富多样的叙事技巧，如不可靠叙述、陷阱叙事、儿童视角等在市镇叙事作品里都有鲜明的呈现。另外，市镇小说里还塑造了众多颇具特色的人物形象，如士绅、知识分子、女性、官僚等人物形象。这些叙事策略与艺术技巧的运用，既是文本丰富内涵的呈现，又是作家独特艺术探索的表达。新颖独特的叙事模式和圆熟多变的创作技巧，使作品的形式与内容得以完美地结合，并呈现了文本形式与内容相互依存的意义与价值。

从大多数中国现代市镇作家的阅历上来说，他们基本上都不是一直固守在故土，都曾经离开过故乡，走进都市，深受现代理性文明的影响，这种经历后来就投射在了他们的创作上。因此，市镇叙事的作者们常常成了传统文化的对立者和现实秩序的挑战者。中国现代市镇小说的叙事角度既是向后看的又是向前看的，这种叙事角度对作家来说是矛盾的，如师陀对乡愁的叙述是少眷恋多批判，有返回的冲动，也曾做过返回的努力，但回去后感到的是痛心和失落；沈从文的乡愁是对他需要一个归宿的表达，希望返回到理想化的过去，因此，他的返回更多地表现出留恋与不舍。中国现代市镇小说作家对叙事视角的选择就是其感受时代、思索现实、生活体验以及思想情感等的集中反映与呈现。

"市镇叙事"是一个古今中外一直都存在的文学现象，只是未能引起学界的充分关注而在一定程度上处于被忽视的状态。如曾经获过诺贝尔文学奖的拉丁美洲作家马尔克斯和美国作家福克纳，他们都创作过很有特色的市镇小说作品。由此可知，市镇叙事是一个国内外文学领域都存在的文学现象，理应不被忽视。从中国现代作家的市镇叙事创作意图来看，有的作家有明确的市镇创作意识，如师陀在写作《果园城记》时，就曾明确表示："我有意把这小城写成中国一切小城的代表，它在我心目中有生命、有性格、有思想、有见解、有情感、有寿命，像一个活的人。我从它的寿命中窃取我顶熟悉的一段：从前清末年到民国二十五年，凡我能了解的合乎它的材料，我全放进去。这些材料不见得同是小城的出产：它们有乡下来的，也有都市来的，要之在乎它们是否跟一个小城的性格适合。"（《果园城记·题记》）从师陀的这段话，我们可以知道，他是有意识的在为一个特定的地理空间在塑形，同时，也很明确地指出市镇存在的特征："乡"与"都市"的交汇点。还有一些作家虽然没有明确的市镇意识，但创作了非常典型的市镇小说，如沈从文、鲁迅、萧红、蹇先艾等，他们在创作市镇小说时，虽然出发点不同，但选材的着眼点却一样，这种无意识中的有意识创作，使得作家们殊途同归，共同构筑了中国现代小说的市镇叙事这一独特的文学景观。从中国现代小说的市镇书写来看，市镇叙事是一个不争的存在，但在文学研究领域却因视角的模糊，导致这一文学现象有忽略之嫌。

"中国现代小说市镇叙事"这一研究课题的提出，使我们对中国现代文学的认识超越了传统的"乡土文学——都市文学"的二元对立的划分模式，形成了"乡土文学——市镇文学——都市文学"三元并立的划分模式的新认识。中国现代小说的市镇叙事内涵深广，是一个复杂的文学现象，亟须进一步深入开拓研究。

参 考 文 献

研究论著:

[1] ［意］安贝托·艾柯等:《诠释与过度诠释》,王宇根译,
　　上海三联书店 1999 年版。

[2] ［美］安敏成:《现实主义的限制:革命时代的中国小
　　说》,周文彬译,江苏人民出版社 2001 年版。

[3] ［美］艾温·辛格:《我们的迷惘》,郜元宝译,广西师
　　范大学出版社 2001 年版。

[4] 艾云:《用身体思想》,江苏人民出版社 2003 年版。

[5] ［苏］巴赫金:《小说理论》,白春仁、晓河译,河北教
　　育出版社 1998 年版。

[6] ［苏］巴赫金:《文本:对话与人文》,白春仁等译,河
　　北教育出版社 1998 年版。

［7］［美］本尼迪克特·安德森:《想象的共同体》,吴叡人译,上海人民出版社 2003 年版。

［8］［苏］巴赫金:《巴赫金全集》,钱中文译,河北教育出版社 1998 年版。

［9］［美］鲍威编:《向权力说真话:爱德华·赛义德和批评家的工作》,王丽亚等译,中国社会科学出版社 2003 年版。

［10］程德培:《小说本体思考录》,上海文艺出版社 1987 年版。

［11］程虹:《寻归荒野》,生活·读书·新知三联书店 2001 年版。

［12］陈继会:《二十世纪小说文化精神》,东方出版社 2002 年版。

［13］陈平原、夏晓虹编:《二十世纪中国小说理论资料》第一卷,北京大学出版社 1989 年版。

［14］陈平原:《文学史的形成与建构》,广西教育出版社 1999 年版。

［15］陈平原:《触摸历史与进入五四》,北京大学出版社 2005 年版。

［16］陈平原、王德威:《北京:都市想象与文化记忆》,北京大学出版社 2005 年版。

［17］春荣:《新时期的乡土文学》,辽宁大学出版社 1986 年版。

［18］曹书文:《家族文化与中国现代文学》,中国社会科学

出版社 2002 年版。

［19］陈漱渝：《披沙简金》，中国工人出版社 2001 年版。

［20］程文超等：《欲望的重新叙述》，广西师范大学出版社
2005 年版。

［21］陈望衡：《中国古典美学史》，湖南教育出版社 1998
年版。

［22］丁帆：《中国乡土小说史论》，江苏文艺出版社 1992 年版。

［23］［美］戴维·霍伊：《阐释学与文学》，张弘译，春风文
艺出版社 1988 年版。

［24］陈平原、夏晓虹编：《二十世纪中国小说理论资料》第
一卷，北京大学出版社 1997 年版。

［25］［美］恩斯特·贝克尔：《拒斥死亡》，林和生译，华夏
出版社 2000 年版。

［26］［德］恩斯特·卡西尔：《人论》，甘阳译，上海译文出
版社 1985 年版。

［27］［美］E. 希尔斯：《论传统》，傅铿、吕乐译，上海人
民出版社 1991 年版。

［28］［德］E. 云格尔：《死论》，林克译，上海三联书店
1995 年版。

［29］［德］费迪南·费尔曼：《生命哲学》，李健鸣译，华夏
出版社 2000 年版。

［30］范家进：《现代乡土小说三家论》，上海三联书店 2002
年版。

［31］［奥］弗洛伊德：《弗洛伊德论美文选》，张唤民、陈伟

奇译，上海知识出版社 1987 年版。

[32] 方维保：《红色意义的生成：20 世纪中国左翼文学研究》，安徽教育出版社 2004 年版。

[33] 方锡德：《中国现代小说与文学传统》，北京大学出版社 1992 年版。

[34] 费孝通：《费孝通文集》，群言出版社 1999 年版。

[35] 冯友兰：《中国哲学简史》，涂又光译，北京大学出版社 1996 年版。

[36] 范智红：《世变缘常——四十年代小说论》，人民文学出版社 2002 年版。

[37] 关爱和：《悲壮的沉落》，河南大学出版社 1997 年版。

[38] 顾朝林编著：《城市社会学》，东南大学出版社 2002 年版。

[39] 顾朝林：《中国城镇体系——历史·现状·展望》，商务印书馆 1992 年版。

[40] 格非：《小说叙事学研究》，清华大学出版社 2002 年版。

[41] 高恒文：《京派文人：学院派的风采》，上海教育出版社 2000 年版。

[42] 高鉴国：《新马克思主义城市理论》，商务印书馆 2006 年版。

[43] ［法］格拉夫梅耶尔：《城市社会学》，徐伟民译，天津人民出版社 2005 年版。

[44] 高小康主编：《城市文化评论》第 1 卷，上海三联书店 2006 年版。

［45］高亚彪、吴丹毛：《在民族灵魂的深处》，中国文联出版公司 1988 年版。

［46］耿占春：《叙事与抒情》，中国社会科学出版社 2005 年版。

［47］耿占春：《叙事美学》，郑州大学出版社 2002 年版。

［48］耿占春：《隐喻》，东方出版社 1993 年版。

［49］皇甫晓涛：《现代中国新文学与新文化》，山西人民出版社 1997 年版。

［50］胡吉省：《死亡意识与神话》，中国社会科学出版社 2007 年版。

［51］黄曼群、马光裕：《中国文学史资料全编》，知识产权出版社 2009 年版。

［52］黄修己：《中国现代文学发展史》，中国青年出版社 1988 年版。

［53］何显明：《中国人的死亡心态》，上海文化出版社 1993 年版。

［54］胡顺延等：《中国城镇化发展战略》，中共中央党校出版社 2002 年版。

［55］洪子诚编：《二十世纪中国小说理论资料》第五卷，北京大学出版社 1997 年版。

［56］黄子平：《"灰阑"中的叙述》，上海文艺出版社 2001 年版。

［57］方铭编：《蒋光慈研究资料》，宁夏人民出版社 1983 年版。

［58］蒋红：《马克思市民社会理论研究》，人民出版社 2007 年版。

［59］季红真：《文明与愚昧的冲突》，浙江文艺出版社 1986 年版。

［60］贾剑秋：《文化与中国现代小说》，巴蜀书社 2003 年版。

［61］蒋孔阳等：《美与审美》，上海人民出版社 1985 年版。

［62］靳明全主编：《区域文化与文学》，中国社会科学出版社 2003 年版。

［63］蒋述卓等：《城市的想象与呈现：城市文学的文化审视》，中国社会科学出版社 2003 年版。

［64］江卫社：《文化的觉醒与文学的选择：论"五四"乡土小说与民间文化之关系》，中国言实出版社 2007 年版。

［65］惠西成、石子编：《中国民俗大观》，广东旅游出版社 1988 年版。

［66］纪晓岚：《论城市本质》，中国社会科学出版社 2002 年版。

［67］金元浦：《接受反应论》，山东教育出版社 1998 年版。

［68］［英］乔治·奥威尔：《奥威尔文集》，董乐山译，中国广播电视出版社 1997 年版。

［69］［德］卡尔·西奥多·雅斯贝尔斯：《存在与超越——雅斯贝尔斯文集》，余灵灵、徐信华译，上海三联书店 1988 年版。

［70］旷新年：《1928：革命文学》，山东教育出版社 1998 年版。

［71］刘北成编著：《福柯思想肖像》，北京师范大学出版社

1995 年版。

［72］［印度］罗宾德拉纳特·泰戈尔：《人生的亲证》，宫静译，商务印书馆 1996 年版。

［73］李佃来：《公共领域与生活世界：哈贝马斯市民社会理论研究》，人民出版社 2006 年版。

［74］刘广明、王志跃：《中国传统人格批判》，江苏人民出版社 1995 年版。

［75］梁庚尧、刘淑芬主编：《城市与乡村》，中国大百科全书出版社 2005 年版。

［76］［以］里豪·凯南：《叙事虚构作品》，姚锦清等译，安徽文艺出版社 1989 年版。

［77］李钧：《存在主义文论》，山东教育出版社 1998 年版。

［78］李俊国：《中国现代都市小说研究》，中国社会科学出版社 2004 年版。

［79］［法］罗兰·巴特：《批评与真实》，温晋仪译，上海人民出版社 1999 年版。

［80］栾梅健：《前工业文明与中国文学》，广西教育出版社 2000 年版。

［81］《列宁全集》第 19 卷，人民出版社 1989 年版。

［82］［美］李欧梵：《现代性的追求》，上海三联书店 2000 年版。

［83］［美］李欧梵：《未完成的现代性》，北京大学出版社 2005 年版。

［84］［美］李欧梵：《铁屋中的呐喊》，李慧珉译，岳麓书社

1999 年版。

[85] 雷锐：《中国现代小说五十年》，广西师范大学出版社 1998 年版。

[86] 梁漱溟：《中国文学新编》，人民出版社 1975 年版。

[87] 刘小枫：《走向十架上的真》，上海三联书店 1995 年版。

[88] 刘小枫：《沉重的肉身》，上海三联书店 1999 年版。

[89] 刘小枫：《拯救与逍遥》，上海三联书店 2001 年版。

[90] 李西建：《重塑人性——大众审美中的人性嬗变》，湖北人民出版社 1999 年版。

[91] 陆扬：《精神分析文论》，山东教育出版社 1998 年版。

[92] 凌宇等主编：《中国现代文学史》，湖南师范大学出版社 1993 年版。

[93] 李遇春：《权力主体话语——20 世纪 40—70 年代中国文学研究》，华中师范大学出版社 2007 年版。

[94] 李云才：《小城镇新论》，气象出版社 1994 年版。

[95] 刘永佶：《中国官文化批判》，中国经济出版社 2000 年版。

[96] 李咏吟：《创作解释学》，广西师范大学出版社 2004 年版。

[97] 刘增杰、王文金：《迟到的探询》，河南大学出版社 1996 年版。

[98] 刘增杰编：《师陀研究资料》，北京出版社 1984 年版。

[99] 刘增杰：《云起云飞——20 世纪中国文学思潮研究透视》，上海文艺出版社 1997 年版。

［100］［德］马丁·海德格尔：《形而上学导论》，熊伟、王庆节译，商务印书馆 1996 年版。

［101］［德］马丁·海德格尔：《存在与时间》，陈嘉映等译，上海三联书店 1999 年版。

［102］孟繁华：《梦幻与宿命——中国当代文学的精神历程》，广东人民出版社 1999 年版。

［103］［俄］米·赫拉普钦科：《艺术创作，现实，人》，刘逢祺、张捷译，上海译文出版社 1999 年版。

［104］［德］马克思、恩格斯：《马克思恩格斯全集》第 3 卷，中共中央编译局编译，人民出版社 1986 年版。

［105］马良春等：《中国现代文学思潮流派讨论集》，人民文学出版社 1984 年版。

［106］［捷］米兰·昆德拉：《小说的艺术》，董强译，上海译文出版社 2004 年版。

［107］明恩溥：《中国人的特性》，光明日报出版社 1998 年版。

［108］［法］米歇尔·福柯：《福柯集》，杜小真编选，上海远东出版社 1998 年版。

［109］［法］米歇尔·福柯：《疯癫与文明》，刘北成、杨远婴译，上海三联书店 1999 年版。

［110］马以鑫：《中国现代文学接受史》，华东师范大学出版社 1998 年版。

［111］［俄］尼古拉·别尔嘉耶夫：《论人的使命》，张百春译，学林出版社 2000 年版。

[112] 裴毅然：《二十世纪中国文学人性史论》，上海书店出版社 2000 年版。

[113] ［美］齐格蒙·鲍曼：《立法者与阐释者》，洪涛译，上海人民出版社 2000 年版。

[114] 钱理群等：《中国现代文学三十年》，北京大学出版社 1998 年版。

[115] 钱理群：《精神的炼狱：中国现代文学从"五四"到抗战的历程》，广西教育出版社 1996 年版。

[116] 邱运华主编：《文学批评方法与案例》，北京大学出版社 2005 年版。

[117] 邱紫华：《悲剧精神与民族意识》，华中师范大学出版社 2000 年版。

[118] ［法］让·布伦：《苏格拉底》，傅勇强译，商务印书馆 1997 年版。

[119] 饶会林主编：《城市文化与文明研究》，高等教育出版社 2005 年版。

[120] 任建东：《道德信仰论》，宗教文化出版社 2004 年版。

[121] ［美］史蒂文·卢克斯：《权力——一种激进的观点》，彭斌译，江苏人民出版社 2008 年版。

[122] ［美］施坚雅主编：《中华帝国晚期的城市》，叶光庭等译，中华书局 2000 年版。

[123] 盛宁：《人文困惑与反思》，上海三联书店 1997 年版。

[124] ［美］苏珊·朗格：《情感与形式》，刘大基等译，中

国社会科学出版社 1986 年版。

[125] 〔美〕苏珊·S. 兰瑟：《虚构的权威——女性作家与叙述声音》，黄必康译，北京大学出版社 2002 年版。

[126] 沙汀：《沙汀研究资料》，知识出版社 2009 年版。

[127] 沈卫威：《自由守望》，上海文艺出版社 1997 年版。

[128] 孙先科：《颂祷与自诉》，上海文艺出版社 1997 年版。

[129] 田广：《废名小说研究》，中国社会科学出版社 2009 年版。

[130] 谭光辉：《症状的症状》，中国社会科学出版社 2007 年版。

[131] 唐帼丽：《传统中国的文化精神》，中国社会科学出版社 2004 年版。

[132] 唐欣：《权力镜像》，社会科学文献出版社 2006 年版。

[133] 〔美〕W. C. 布斯：《小说修辞学》，华明等译，北京大学出版社 1987 年版。

[134] 王德威：《想象中国的方法》，上海三联书店 1998 年版。

[135] 王德威：《写实主义与中国现代小说》，麦田出版社 2009 年版。

[136] 吴福辉：《中国现代文学发展史》，北京大学出版社 2010 年版。

[137] 〔英〕汤因比等：《历史的话语：现代西方历史哲学译文集》，金大白译，广西师范大学出版社 2002 年版。

[138] 王江松：《悲剧人性与悲剧人生》，中国社会科学出版社 1994 年版。

［139］伍茂国：《现代小说叙事伦理》，新华出版社2008年版。

［140］温儒敏：《中国现代文学批评史》，北京大学出版社1993年版。

［141］吴士余：《中国小说美学论稿》，上海三联书店1991年版。

［142］韦小坚等：《悲剧心理学》，三环出版社1989年版。

［143］王学泰：《游民文化与中国社会》，学苑出版社1999年版。

［144］王阳：《小说艺术形式分析》，华夏出版社2002年版。

［145］王岳川：《现象学与解释学文论》，山东教育出版社1998年版。

［146］吴予敏：《美学与现代性》，西北大学出版社1998年版。

［147］许道明：《京派文学世界》，复旦大学出版社1994年版。

［148］熊家良：《现代中国的小城文化与小城文学》，中国社会科学出版社2007年版。

［149］［英］休谟：《人性的断裂》，冯援译，光明日报出版社2001年版。

［150］［德］西美尔：《金钱、性别、现代生活风格》，顾仁明译，学林出版社2000年版。

［151］徐文斗主编：《新时期小说的文化选择》，中国广播电视出版社1991年版。

［152］徐子方：《千载孤愤——中国悲怨文学的生命透视》，江苏教育出版社2001年版。

［153］夏志清编：《中国现代小说史》，香港友联出版社有限

公司 1979 年版。

[154] 解志熙:《风中芦苇在思索》,河南人民出版社 1994 年版。

[155] 解志熙:《摩登与现代:中国现代文学的实存分析》,清华大学出版社 2006 年版。

[156] 谢昭新:《中国现代小说理论史》,安徽大学出版社 2003 年版。

[157] 尹昌龙:《重返自身的文学——当代中国文学思潮中的话语类型考察》,广东人民出版社 1999 年版。

[158] 杨东平:《城市季风》,东方出版社 1994 年版。

[159] 严家炎编:《二十世纪中国小说理论资料》第二卷,北京大学出版社 1997 年版。

[160] 严家炎:《中国现代小说流派史》,人民文学出版社 1989 年版。

[161] 殷国明:《艺术家与死》,花城出版社 1990 年版。

[162] [美] 雅克·德里达:《文学行动》,赵兴国译,中国社会科学出版社 1998 年版。

[163] 尹康庄:《象征主义与中国现代文学》,暨南大学出版社 1998 年版。

[164] 叶朗:《中国美学史大纲》,上海人民出版社 1985 年版。

[165] 岳庆平:《中国的家与国》,吉林文史出版社 1990 年版。

[166] 杨义:《中国现代小说史》第 1—3 卷,人民出版社

1998 年版。

[167] 杨义著，郭晓鸿辑图：《京派海派综论（图志本）》，中国社会科学出版社 2003 年版。

[168] 严云受：《文学象征论》，安徽教育出版社 1995 年版。

[169] 昌切：《清末民初的思想主脉》，湖北人民出版社 1999 年版。

[170] 赵冬梅：《小城故事：中国现代文学中的小城小说》，人民出版社 2006 年版。

[171] 张法：《中国文化与悲剧意识》，中国人民大学出版社 1989 年版。

[172] 朱光潜：《悲剧心理学：各种悲剧理论的批判研究》，张隆溪译，人民文学出版社 1983 年版。

[173] 张辉：《审美现代性批判》，北京大学出版社 1999 年版。

[174] 赵恒瑾：《中国新文学的现代性追求》，学林出版社 2006 年版。

[175] ［美］朱克英：《城市文化》，张廷佺等译，上海教育出版社 2006 年版。

[176] 昌切：《思痕集》，湖北人民出版社 2005 年版。

[177] ［英］詹·乔·弗雷泽：《金枝》，徐育新等译，中国民间文化出版社 1987 年版。

[178] 周仁政：《京派文学与现代文化》，湖南师范大学出版社 2002 年版。

[179] 张文勋主编：《民族审美文化》，云南大学出版社 1999

年版。

[180] 张晓山、胡必亮主编:《小城镇与区域一体化》,山西人民出版社2002年版。

[181] 赵园:《北京:城与人》,上海人民出版社1991年版。

[182] 曾永成:《文艺政治学导论》,四川大学出版社1995年版。

[183] 张英进:《中国现代文学与电影中的城市:空间、时间与性别构形》,秦立彦译,江苏人民出版社2007年版。

[184] 止庵编:《周作人讲演集》,河北人民出版社2004年版。

文学作品:

[185] 艾芜:《艾芜文集》,四川人民出版社1981年版。

[186] 北京大学等主编:《现代短篇小说选》第1—4册,上海教育出版社1979年版。

[187] 陈白尘:《乱世男女》,上海杂志公司1946年版。

[188] 丁玲:《丁玲文集》,湖南人民出版社1984年版。

[189] 樊骏主编:《中国现代短篇小说钩沉》第1—4卷,北岳文艺出版社1999年版。

[190] 谷斯范:《不宁静的城》,福建人民出版社1982年版。

[191] 葛琴:《贵宾》,人民文学出版社1990年版。

[192] 蹇先艾:《蹇先艾文集》,贵州人民出版社2004年版。

[193] 柯灵编:《喜事》,上海书店出版社2002年版。

[194] 柯灵编:《乡怨》,上海书店出版社2002年版。

［195］骆宾基：《骆宾基短篇小说选》，人民文学出版社 1980 年版。

［196］骆宾基：《幼年》，文化艺术出版社 1982 年版。

［197］刘北汜：《山谷》，江西人民出版社 1981 年版。

［198］李葆琰编：《文学研究会小说选》，人民文学出版社 1991 年版。

［199］罗广斌、杨益言：《红岩》，中国青年出版社 1961 年版。

［200］罗洪：《群像》，福建人民出版社 1982 年版。

［201］罗洪：《薄暮的哀愁：罗洪的小说》，上海古籍出版社 1997 年版。

［202］罗洪：《浮蚁集》，宁夏人民出版社 1984 年版。

［203］黎锦明：《黎锦明小说选》，人民文学出版社 1983 年版。

［204］鲁迅：《鲁迅小说全集》，北京燕山出版社 2009 年版。

［205］乐齐主编：《鲁彦小说精品》，中国文联出版公司 1997 年版。

［206］马加：《马加文集》，春风文艺出版社 1986 年版。

［207］茅盾：《茅盾全集》，人民文学出版社 1985 年版。

［208］彭家煌：《彭家煌代表作：皮克的情书》，华夏出版社 2009 年版。

［209］彭家煌：《彭家煌小说选》，人民文学出版社 1987 年版。

［210］柔石：《青年和妇女的人生写照：柔石小说全集》，中国文联出版公司 1996 年版。

［211］沙汀：《沙汀文集》第 1—5 集，上海文艺出版社 1990 年版。

[212] 刘增杰编：《师陀全集》，河南大学出版社 2004 年版。

[213] 沈从文：《沈从文全集》第 1—10 集，北岳文艺出版社 2002 年版。

[214] 施蛰存：《施蛰存文集》，华东师范大学出版社 1996 年版。

[215] 台静农：《台静农论文集》，安徽教育出版社 2002 年版。

[216] 王鲁彦：《鲁彦代表作》，华夏出版社 2009 年版。

[217] 王蒙：《王蒙文集》，华艺出版社 1995 年版。

[218] 王统照：《王统照文集》，山东人民出版社 1980 年版。

[219] 王西彦：《王西彦选集》第 1—3 集，四川文艺出版社 1985 年版。

[220] 萧红：《萧红小说全集》，中国文联出版公司 1996 年版。

[221] 许杰：《许杰代表作：子卿先生》，华夏出版社 2009 年版。

[222] 许钦文：《许钦文代表作》，华夏出版社 2009 年版。

[223] 许钦文：《许钦文小说集》，浙江文艺出版社 1984 年版。

[224]《延安文艺丛书》编委会编：《延安文艺丛书》（小说卷），湖南人民出版社 1984 年版。

[225] 叶至善等编：《叶圣陶集》第 1—3 集，江苏教育出版社 2004 年版。

[226] 中国社会科学院文学研究所现代文学研究室编：《中国现代短篇小说选（1918—1949）》第 1—7 卷，人民文学出版社 1980 年版。

[227] 陈思和等：《中国新文学大系》第 1—9 集，上海文艺

出版社 1984 年版。

[228] 张天翼：《张天翼文集》，上海文艺出版社 1985 年版。

[229] 周文：《周文选集》，四川人民出版社 1980 年版。

[230] 周扬：《周扬文集》，人民文学出版社 1984 年版。

[231] 朱自清：《朱自清全集》，江苏教育出版社 1993 年版。

重要论文：

[232] 陈红旗：《文艺与革命——中国左翼文学发生的审美之维》，《社会科学研究》2008 年第 4 期。

[233] 顾文选：《建立和完善全国城镇体系的几点思考》，《城市发展研究》2000 年第 3 期。

[234] 蒋明玳：《"选材要严，开掘要深"——略论沙汀讽刺小说的题材选择》，《江苏大学学报（高教研究版）》1989 年第 3 期。

[235] 李靖：《国内外城镇体系研究综述与展望——兼论贵州城镇体系研究应注意的几个问题》，《农村经济与科技》2008 年第 12 期。

[236] 李莉：《风俗叙事与中国现代小城镇小说结构的散文化》，《湖北工业大学学报》2008 年第 6 期。

[237] 栾梅健：《小城镇意识与中国新文学作家》，《中国现代文学研究丛刊》1997 年第 4 期。

[238] 鲁迅、斯诺：《鲁迅对斯诺的谈话》，《新文学史料》1978 年第 1 期。

[239] 谭桂林：《鲁迅与佛学问题之我见》，《鲁迅研究月刊》

1992 年第 10 期。

[240] 萧红:《现时的文艺活动与〈七月〉座谈会上的讲话》,《七月》1938 年第 5 期。

[241] 熊家良:《论现代中国"小城"叙事的文化意蕴》,《中山大学学报（社会科学版）》2007 年第 3 期。

[242] 熊家良:《"无常"与"日常"——论中国现代小城叙事中的生活图景》,《学术交流》2007 年第 6 期。

[243] 熊家良:《现代中国小城叙事中的"诗情"与"乡情"》,《首都师范大学学报（社会科学版）》2006 年第 5 期。

[244] 熊家良:《小城:在传统乡村与现代都市之间》,《湖北民族学院学报》1993 年第 4 期。

[245] 熊家良:《空间·故乡·童年——中国现代小城作家现象研究》,《宁夏社会科学》2007 年第 4 期。

[246] 辛秋水:《小城镇:第三种社会》,《福建论坛（经济社会版）》2001 年第 5 期。

[247] 解志熙:《深刻的历史反思与矛盾的反思思维》,《中国现代文学研究丛刊》2002 年第 2 期。

[248] 袁国兴:《鲁迅小说的"小城镇氛围"——兼谈中国现代小城镇文学》,《鲁迅研究月刊》2007 年第 5 期。

[249] 杨加印:《现代文学中的"小城镇世界"》,《文艺争鸣》2004 年第 6 期。

[250] 易竹贤、李莉:《小城镇题材创作与中国现代小说》,

《江汉论坛》2003 年第 11 期。

[251] 赵冬梅:《20 世纪小城小说:一种独特的文学现象》,《南都学坛》2004 年第 2 期。

[252] 赵冬梅:《诗意与悲剧——中国现代小城小说的审美风格》,《南都学坛》2005 年第 4 期。

[253] 张磊:《城乡交响中的小城乐章——浅论现代作家的小城意识》,《山东师大学报（人文社会科学版)》2001 年第 6 期。

后　记

一

选择"中国现代小说市镇叙事"作为研究对象，源于我大量阅读中国现代文学作品时的一个发现——在中国现代小说作品中，有很多讲述市镇故事或者说以市镇为背景、为题材的小说。这一发现引起了我的极大兴趣，我开始关注、思考这一现象背后的因素及其蕴含的内容。我广泛地阅读了中国现代作家作品及各种理论资料，对市镇作家作品进行了较为翔实的资料爬梳与整理，进一步验证了自己的发现和看法，并在此基础上提炼出了自己的观点。

我在研读了大量的中国现代市镇小说后，对"市镇叙事"这一文学现象的思考越来越深入，形成了一些独到的观点与见解，并在一些重要学术期刊上发表了一系列研究中国现代小说市镇叙事的论文。曾刊发我的中国现代小说市镇叙事研究相关论文的学术期刊主要有:《文艺争鸣》《上海师范大学学报》(社会科学版)《东北大学学报》(社会科学版)《兰州学刊》《理论月刊》《华南农业大学学报》(社会科学版)《西北民族大学学报》(社会科学版)《江苏师范大学学报》(社会科学版)《山西师范大学学报》(社会科学版)《河北师范大学学报》(社会科学版)《北方论丛》《沈阳大学学报》(社会科学版)等。相关学术论文的发表,既是对我个人学术能力的肯定,也是对这一学术课题及其研究意义的认可,更加坚定了我对中国现代小说市镇叙事进行深入研究的信心。

通过对文献作品的搜集整理,我发现中国现代文学史上市镇作家人数多,作品量大,市镇小说所呈现的社会容量与文本内涵都相当宽广。近年来,学术界已经开始关注中国现代市镇文学(特别是市镇小说)这一文学现象,但从目前已有的研究成果来看,研究还不够深入,还有较大的开拓空间,有待进行更深入的研究、探讨,亟待向纵深开拓。期望本书的出版能起到抛砖引玉的作用,期冀学术界更加重视这一研究领域。

二

我先后在不同高校就读,经历了本科生、硕士研究生、博士研究生、博士后研究人员等不同身份的转变。不同的高校就学经历,使我受到了良好的高等教育熏陶,具备了开阔的知识视野和完整的知识结构，让我得到了很多良师益友们的提携与帮助。至此，我要借本专著出版的机会，对曾经关心、帮助过我的所有人表达诚挚的谢意！

　　首先，我要感谢武汉大学博士后研究合作导师张洁教授。张老师在研究工作上给予我精心的指导、热情的鼓励、不断的督促，在生活上给予我关心，使我获得了攻克学术难题的勇气，让我在学术研究上不断得到进步。有幸得到张老师的培养和指导，是我的莫大荣幸。在从事博士后研究工作的三年里，我的学术视野不断拓宽，研究能力明显提高，学术研究成果突出，使我在学术水平上实现了一次新的质的飞跃。从事博士后研究期间，我先后在全国重点大学学报等学术刊物上公开发表学术论文 24 篇，其中 14 篇发表在核心期刊上，8 篇发表在 CSSCI 期刊上。能在三年内集中发表这么多的高质量学术论文，我现在都有点难以置信！我想，在博士后研究阶段，能取得这么突出的学术研究实绩，这在全国相同学科博士后研究人员中也是不多见的。这些学术论文得以公开发表，一方面是我自己刻苦努力和辛勤付出的结果，另一方面也离不开张老师的具体指导、点拨和把关。从博士后研究报告的开题到具体的写作过程中，张老师给予我耐心、细致的指导，并对研究报告逐字逐句进行审阅、修改，倾注了大量的时间和心血，使我的研究报告不断完善并最终在博士后出站报告答辩中获"优秀博士后"称号。张老师严谨的治学精神、渊博的学识和平易近人的态度，对我的谆谆教导和潜移默化的熏陶，将使我一生受益。在此，向张老师致以崇高的敬意！

　　其次，我要感谢在博士后研究阶段给予我指导、帮助的其他老师。武汉大学文学院的於可训教授、陈国恩教授、方长安教授、樊星教授、金宏宇教授、叶立文教授等老师，武汉大学博士后科研流动站的蒋英老师及武汉大学文学院博士后管理办公室的廖婧、凌云等老师，为我的博士后研究工作提供了诸多帮助、支持和便利。在此，我向他们致以谢忱和祝愿。

再次，我要感谢我的硕士导师、博士导师，我的领导、同事以及深爱我的家人。我的硕士导师、博士导师，不断培养、提高我的学术研究能力，并引导我登上更高的学术台阶。玉溪师范学院的领导为我提供了开展研究工作的便利条件，我的同事在研究资料的收集上给予了大力支持。一直以来，家人在我的学习、研究、工作和生活上默默支持我，不断鞭策、激励我，亲情的力量是我不断获得动力的重要源泉。

最后，我还要感谢中国社会科学出版社出版人赵剑英及该社文学艺术与新闻传播出版中心主任、责任编辑郭晓鸿博士和特约编辑席建海等同志。正是有了他们的热情帮助与大力支持，才使本专著得以顺利出版。

本专著的出版是对我的中国现代小说市镇叙事研究工作的一个总结。我将继续鞭策自己，勇攀学术的高峰。

邱诗越